西部爱情故事丛书

拉仁布与吉门索

LARENBU YU JIMENSUO

李卓玛 著

青海人民出版社

图书在版编目（ＣＩＰ）数据

拉仁布与吉门索/李卓玛著.--西宁：青海人民出版社,2017.11

（西部爱情故事丛书）

ISBN 978-7-225-05439-1

Ⅰ.①拉… Ⅱ.①李… Ⅲ.①长篇小说—中国—当代 Ⅳ.① I247.5

中国版本图书馆 CIP 数据核字（2017）第 290660 号

西部爱情故事丛书

拉仁布与吉门索

李卓玛 著

出 版 人	樊原成
出版发行	青海人民出版社有限责任公司
	西宁市五四西路71号 邮政编码：810023 电话：（0971）6143426（总编室）
发行热线	（0971）6143516 / 6137730
网　　址	http://www.qhrmcbs.com
印　　刷	陕西龙山海天艺术印务有限公司
经　　销	新华书店
开　　本	880 mm × 1230 mm　1/32
印　　张	11.625
字　　数	200 千
版　　次	2018 年 4 月第 1 版　2018 年 4 月第 1 次印刷
书　　号	ISBN 978-7-225-05439-1
定　　价	36.00 元

版权所有　侵权必究

在土族百年千年的时间轴上,真正令人动容的,是浩瀚人群在黑暗中无意识的涌动,是无数平凡人的平凡生活。他们的衣食住行,他们的喜怒哀乐,他们的痛苦和挣扎,他们的贪婪和愚蠢。历史的小枝叶便在这些最微不足道的小人物的生命轮回中填得丰满,一切都由此形成,引人注目的人和事,不过是水上浮沫。所以我追寻他们,那些隐没在历史的背面和角落里的人们,在重重阴影中辨认他们的足迹,倾听他们微弱的、时断时续的声音……

——题记

1

  高高的山上是什么？

  是美丽的彩虹挂天边。

  那不是彩虹挂天边，

  是土族阿姑的花袖衫……

  赤列布山①上，吉门索静静地牧羊在一处开满山花的向阳山坡。深秋午后的阳光温柔地照耀着大地万物，也照耀着这个放羊的阿姑。黑狗塔塔静卧在她的脚边打盹，她坐在一丛雪里蓝旁边，眨巴着毛墩墩的眼睛瞧着那丛花。雪里蓝，多好听的名字，多美妙的想象，这最后盛开在山野里的一种鲜花，这在寒气早早张开的白牙间微笑着舞蹈的蓝精灵。吉门索摘了一朵雪里蓝，

---

① 赤列布山：土族语，即互助县境内龙王山。

吉门索边放羊，边采药，又唱起了动听的花儿

其状如酒杯,她轻轻吻了吻那蓝色花瓣,胸臆间立即涨满了酒的燥辣。她便扯开嗓门唱起了歌,嘴巴里立即注满了秋阳之光波,秋阳的光波立即注满了无数晶蓝的酒杯,她朦朦胧胧居然醉倒在雪里蓝怀里……

吉门索动人的歌声引来了蝴蝶,引来了山雀,也引来了一群不速之客。不一会儿,一个一身红衣的姑娘在一众随从的簇拥下来到了吉门索的面前,居高临下地看着她。塔塔嗓子眼里鼓着一口气,警觉地盯着来人,等着主人的指令。

"这不是'蓝鬼'吗?还学人家唱歌呢?"红衣姑娘右手握一根马鞭,用那马鞭轻轻敲敲自己的左手,看着正起身的吉门索笑道:"我说你长了这么一张脸,就别整天没事唱歌扰人了吧?本小姐好不容易有心情出来打打猎,你倒好,一唱起歌,把我的山鹿惊走了不说,连我的下人们也不尽心侍候我了。"

吉门索大概猜到红衣姑娘的身份了,这片土地上能有这个阵仗的,只能是土司府的人。她垂首一揖,"搅了大小姐的雅兴,吉门索在这里赔礼了。只是,山高挡不住云,石硬挡不住河,放羊人唱支山歌,连腾格里都不会责怪的。"转身想要离开,红衣姑娘一闪身拦在了她前面,"你说得倒轻巧!一句赔礼就算了?"

吉门索定睛瞧着她,不言语。她的沉默却激怒了红衣姑娘,

"好大的狗胆！居然敢盯着我！祥木！你死哪儿去了？就这么看着呀？"

红衣姑娘口中的祥木走上前来，原来是一个半大小伙子，弓着腰站到吉门索面前，手中是一根圆棍，半截缠着羊皮，进过土司衙门的人都识得，这就是马棒。

"还愣着干什么？"

"呀！"

一听红衣姑娘的指令，那个叫祥木的小伙子终于直起了腰，带着一抹得意的笑，朝着静立的吉门索举起了马棒。

"吉门索，你可别怪我！你千不该万不该，不该惹上我们土司府的大小姐。穷家的百姓，本来就是地上的蚂蚁，见了大小姐，你就该绕着走。可你倒好，放开了嗓子唱起来了，生怕别人不知道有个蓝脸的丑女在这赤列布山上。"

"给我打！狠狠地打！"

仆人祥木的马棒无情地落在了吉门索的背上，她被土司小姐的四个丫鬟摁着身子，动弹不得。眼见此情状，黑狗塔塔猛地冲向仆人祥木，死死地咬住了他的胳膊。祥木吃痛，一个马棒打在塔塔头上，塔塔当即瘫倒在了一旁的草丛中，没了动静。吉门索痛喊一声"塔塔"，她乌黑的眼珠静静地看着土司小姐，小小的脸庄重而严肃，薄薄的嘴唇紧紧地闭着，倔强、屈辱、愤怒、悲切都明显地燃烧在她的眼睛里。土司小姐一接触到这对黑幽幽的眸子，不禁打了个冷战，立刻，这眼光里那种尖锐的责备和倔强的高傲把她给打倒了。

"阿么①？你还骄傲得很呢！你自以为是什么？凭你？这样一个小小的、寒酸的村姑，竟然敢以这种轻蔑的眼光来注视我？以这种无言的责备来反抗我？"

土司小姐被彻底地激怒了，"给我往死里打！"

可骄傲的土司小姐却没有听到吉门索的一句求饶，甚至连一句痛苦的呻吟都没有。她只是默默地咬紧牙关，不发出一点声音。

"住手！"

拉仁布是循着吉门索的歌声找过来的。只是，当他来到她面前时，面对的，却是这样一幅情景。长着蓝脸的吉门索正被四个土司府的丫鬟摁在草地上，一个男仆正手举马棒不停地打在她背上。在她们几步开外，一身红衣的土司小姐正拿着皮鞭手叉腰，一副看好戏的神情。此刻，土司小姐的一双眼睛紧紧地盯在突然出现的拉仁布身上，眼里的怒意渐渐褪去，难得的温和涌上眼眶。

拉仁布越过土司小姐，一把夺过仆人祥木手里的马棒，往后一扔，丢下了赤列布山。紧接着，他拉开那四个丫鬟，扶起

---

① 阿么：青海方言，怎么。

了已被打得直不起腰的吉门索，柔声问道："没事吧？"

吉门索一颗心全系在草丛中没了动静的塔塔身上，挣扎着走过去，艰难地蹲下身子，试了试塔塔的气息，万幸只是被打昏了。谢天谢地！

拉仁布搀她坐到了一旁的大石头上。吉门索擦擦额头上的汗，看着拉仁布，"拉仁布阿吾，你阿么过来了？今天不是去滩里了吗？"

"这得怪你呀！"他一脸温暖，微笑地看着她，"我在滩里放着羊，是被你的歌声引过来的。好久没听见你唱了，你唱得真好听！比以前更好听。"

吉门索摸摸耳朵抿着嘴笑了，看着他不说话。

一旁的土司小姐扑闪着长长的睫毛，仔细看着眼前的男子。原来他就是拉仁布！十里八村顶顶俊气的后生，人堆里的尖子，彩虹镇少年里"抛儿石"扔得最好的一个，听说十二岁的时候就靠扔"抛儿石"打到过一只赤狐。隔着山隔着水，她常常听到他的歌声，却从未见过他的人。

拉仁布取下白毡帽，笑着挠挠头，看着吉门索道："阿么了？我今天是不是哪里不对劲？"

听他这么一说，吉门索才醒过神来，"唰"地红了耳根，蓝色的脸颊透出一点紫气来，低下头去不说话。

"喂！你们两个当我是死人呐！"

土司小姐突然横到两人面前，居高临下看着他们两个，"拉仁布？你就是那个放羊的拉仁布？嘀，原来是我们土司府的长工！"她突又手叉腰，横着眉道："你既然是府里的长工，阿么帮着外人欺负我呀？"

拉仁布爽朗一笑，"那可真是对不住大小姐了，可能是我眼睛不好，没看到谁在欺负你，倒是有四五条哈巴狗在欺负一个放羊阿姑。"

"你！"土司小姐气急败坏地跺跺脚，她的红腰盘绣长靴踩碎了地上的那丛雪里蓝。吉门索一双眼定定瞧着那丛零落的雪里蓝，眼睑低垂。

"我说大小姐，你打你的猎，我们放我们的羊，井水不犯河水，何苦要来为难一个放羊的阿姑？"

"你！你等着！"

土司小姐终于在仆人的簇拥下愤愤离去了。

拉仁布找了处高点的地方坐了下来，看着坐在他对面的吉门索，关切地问道："刚才没被打坏吧？你身子骨弱，等会儿回家得上点药，土司府的马棒可不是闹着玩的，我看那小子下手不轻。"

"不碍事，就打了几下。只是，你……"吉门索惊讶地瞧着他，"你的羊呢？"

拉仁布温和地笑了，坦荡荡看着她，"五十六正好跟我一块儿呢，我把羊交给他了。都有整五年没听到你唱歌了，今天是阿么了？有什么好事吗？"

吉门索习惯性地抿了抿嘴，淡淡地笑着，"没有，只是突然想唱歌了。"

"也对，咱们克尔伦人①想唱歌，还需要什么理由吗？还不是张口就来。尤其是你！我们彩虹村的'歌仙'！"

她不由抬起头，迎上了他的注视。

目朗神清，何等俊朗！真是玉树临风。几许平淡，几许宁静，几许自信，几许稳重。他的那份淡泊与宁静，让她看着心安。

拉仁布笑笑，取下掖在腰间发白的黑色绣花布袋，从里面掏出早上带的半个青稞面焜锅②，掰了一块递给吉门索，"给！晌午了，你也应该饿了。如果不嫌弃。"

吉门索看着那块硬邦邦的黑面焜锅，"你晌午就吃这个吗？"

拉仁布自嘲地笑笑，"这都算不错的了！大部分时候，我只能吃到冰洋芋。你不吃吗？你不吃我可吃了啊。"说着咬了一口，焜锅馍实在是太硬了，割破了他的牙龈，有血从牙缝渗了出来。他不以为然，冲她笑笑，继续啃那块焜锅。吉门索见状忙取下

---

① 克尔伦人：土族人的自称。

② 焜锅：青海的一种馍。将发面加清油、香豆等调料，放在圆形铝制焜锅内，将焜锅埋入草木火堆中，慢慢烤制即成。内软外脆，酥香可口。

身上的紫色挎包，从里面拿出了一个白面锅盔，洒了香豆，一打开包，香豆的香味和着白面的香气，一下子扑进了拉仁布的鼻子。

吉门索整个递给了拉仁布，笑盈盈看着他，"这是我一早烙的，你吃吧。如果不嫌弃。"说完"扑哧"一笑。拉仁布被她的最后一句逗笑了，却不去接那白面锅盔，"不！你自己吃吧，我有焜锅就成。"说话又继续啃他的硬焜锅。吉门索默默撕下一半锅盔，直接放到拉仁布手上，再将他布袋上放着的那半块焜锅拿到手里，"这样总行了吧！咱俩扯平了！"

拉仁布愣愣瞧着自己双手捧着的白面锅盔，香豆的香味，白面的香气，已经钻满了他的全身。他再看浅笑盈盈的吉门索，她蓝色的脸庞在阳光照耀下正泛着紫色的光，可他此刻却觉得那蓝紫色的脸庞亲切无比。

"后天的赛歌节，你去吗？"

正努力啃着那块黑青稞馍的吉门索一愣，"我……我这个样子，最好还是不去凑那个热闹吧？"

"为什么不去？彩虹镇里，有谁唱歌能比得过你？你都整整五年没去了，听我的，去吧，我在鼓楼南根等你！"

2

赶着羊群回到村里,已是日落时分。彩虹村是个依山傍河的小山村,村子里一百多户人家,全都是土族。村子所在的东西夹山的川叫彩虹川,村子依靠的北山叫赤列布山,村子依傍的大河叫彩虹河。这是一个山清水秀的高原小村,对于严寒的青海高原来说,算是个小江南一样的美丽地方了。这里的一切似乎与彩虹有着解不开的缘分,这缘分来自这里的阿姑们五彩的花袖衫,因为像极了彩虹,所以才有了这彩虹一样的地方。

塔塔已经缓过劲儿来,只是下山的路上走不了直线,东斜一下西歪一下,头重得好像负荷不了。吉门索的家在彩虹村西头,那里是一片河滩,她家临彩虹河而居,是雕花木门朝东的一处土墙围成的庄廓。墙是去年刚夯的新墙,那土还泛着奶色的白,满是泥土的鲜气。北面一排柳木房是今年春上刚盖的,住在里头还泛着柳木的清香味。一进家门,吉门索顾不上给后背上药,先给塔塔用冰开水泡了包里剩下的那半块锅盔馍,喂给它吃,让它回窝趴着,这才拖着疲惫的身体回到屋里,身子刚挨到炕沿,才觉出后背火辣辣地疼。正是收粮时节,阿吾出门还没回来,他是土司府在彩虹村的舍房[①]的收粮人。吉门索找了药,自己却

① 舍房:土司宗族人家。

上不了药，只得去邻居家，将腊月花阿姐叫了过来。

腊月花一边笨拙地替吉门索上着药，一边嘀咕道："我说你也是，干吗去惹那个刁蛮的土司小姐呢？咱们都是平头百姓，俗话说得好，胳膊拧不过大腿，你跟她犟，能有什么好果子吃？你瞧瞧这一道道伤，怕是要留疤的，你还想不想嫁人了呀？就不能学点乖吗？遇到什么事，让着点嘛！"

吉门索愣着神，"知道了，以后不会了。"

"好妹子！这才对嘛！"

腊月花这一激动，手下系布条的力不由一收，吉门索跟着眉头一皱，强忍着没出声。

"唉，说起来也是你命苦啊！要没有五年前那场劫难，你哪里用得着受这些苦啊！"腊月花唠叨了两句，见日头已落山，便起了身，"我该回去做饭了，好容易歇了一脚，要是没做好饭，我阿吾新阿姐[①]回家，又得说我了。"

"哦，他们割麦子去了吗？"

"我的大小姐啊，你尽顾着放羊了！麦子早前几天就割完了，这两天往打碾场上拉麦捆呢。他们去拉土司家的麦捆了，拉完了土司家的，才能拉自家的。都连着拉了三天了，我的胳膊腿

---

① 阿吾：土族语，哥哥，有具体的兄长之意，也有泛指年轻男子之意。新阿姐：土族语，嫂子。

儿都不是自己的了。好了不说了，这会儿估计他们也该回来了。你好好歇着啊！"

送走了腊月花，吉门索的心绪却被她的话勾回了五年前。五年前的那个冬天，她和阿吾收获了刻骨铭心的失去，终此一生，也不可能忘掉那场劫难。可如今想来，五年前的那些岁月，仿佛都是遥远的前世了。

小时候家境优越，因为阿爸祁拉仁是远近闻名的大夫，兼之乐善好施，很有些贤名。阿爹①祁忠琪曾中过举人，却不曾去为官，带人开垦土地，在彩虹河的两岸开辟出了大片大片的肥沃田地，用心仔细打理这些田产，几十年下来，成了彩虹村的首富。乡亲们也不再只是放羊放牛放马放骡子了，他们尝到了种地的甜头，都纷纷弃牧从耕，抢着租种祁家的地，因为祁家收的租子是其他地主的一半。这样的盛景是很容易招人妒忌的，加上阿爸的贤名远播，终于招来彩虹镇十三家地主的挤兑，他们再三向老土司申告阿爸，说阿爸不服土司老爷的管辖，到处笼络人心，这是公然要与土司作对，让老百姓不臣服于土司府的管辖。终于，祸患来临，祁家被安上了侵犯地权私开田地的罪名，阿爸作为一家之主被抓到土司府大牢里。村里几户当年跟着阿爹一块儿开垦河岸地的人家，也一起抓了两个。村北的

---

① 阿爹：土族语，爷爷。

苏多只日结，当年在滩中开了半亩田，听到土司府抓人的消息，吓得抛弃了家业，连夜逃到北山后去了。

年老的阿爹将家里能用的钱财都用上了，才勉强救回了阿爸。只是，身体本来就弱的阿爸受了土司府几场酷刑，等回到家里，没三日便过世了。阿妈是最爱阿爸的，伉俪情深，当晚吞药自尽紧随阿爸去了。心高气傲，一辈子要强的阿爹受不住这样的打击，一病不起，一个月后也相继下了世。

几乎在一夕之间，吉门索和吉然斯让从天堂跌进了地狱。那一年，阿吾十八岁，吉门索十五岁。原本富足的日子一下子变得拮据，田产被全部罚没，彩虹河两岸那成片成片的肥沃土地，全都成了土司家的。就连他们家北面那一排雕花的两层楼也被土司府在彩虹村的舍房李外移到了自家院里。兄妹俩只得住进西面的厨房，阿吾开始租种土司府的地，地还是原来的地，只是，每年要交租子，交了土司府的租子后也就所剩无几了。兄妹俩淌上一年的汗水，却也是半饥半饱，没多久，都瘦成了青稞秆秆。不过，苦难挡不住有志的人，阿吾吉然斯让因为聪明，脑子活，十九岁那年得到少土司的赏识，破格成了土司府的收粮人，专门负责彩虹村的秋末收粮，家境慢慢有了转圜，倒也比寻常百姓家稍好一些。兄妹俩省吃俭用，三四年的光景，攒下了一点积蓄，阿吾全拿来买羊羔，每日由吉门索到赤列布山上去放，等到羊肥的季节卖掉,赚点闲钱。这不,去年就在原址上新打了一副庄廓,原在院北盖起了一栋坐北朝南的雕花柳木房。

阿吾今年已经二十三,早到了娶亲的年纪,本村同龄的小伙子早都做了阿爸了。吉门索心疼阿吾,自打阿爸阿妈和阿爹去世,他挑起了家里的重担,都没顾上考虑自己的事情。所以,在单调的放羊生活里,她还同时不停针地做着绣活,然后把绣品卖出去换点小钱。她小心翼翼地将这些钱存起来,预备给阿吾娶亲用。

坐在"气死猫"①的油灯前,上了药后,背也不那么疼了,她便拿起绣活默默做着。但她心里,却隐隐浮动着一片若有似无的云雾。那片云雾虽然清清淡淡,却也一直挥之不去,造成了相当程度的困扰,让她在独处的时候怔忡失神,绣花没心情,干沽没力气,成天除了发呆,一事无成。这种感觉前所未有,吉门索怀疑自己大概是生病了,一种时而恍惚时而脸红的怪病。

她想着拉仁布今天突然出现在她面前时,那副清俊斯文的模样,那份从容淡定,儒雅大气,稳重沉着,英气中透着温柔的翩翩君子感觉永远抹不去。也想着他那近似蛊惑的低沉声音:为什么不去?彩虹镇里,有谁唱歌能比得过你?你都整整五年

---

① "气死猫":一种陶制油灯,内装植物油,因倒油的口子特别小,偷油吃的猫只能闻着油香,却因口子小偷不了油,才得此名。

没去了，听我的，去吧，我在鼓楼南根等你……她不禁抚着微烫的脸颊，轻轻自问："这是阿么了？又不是第一天认识。从小相识的人，为什么单单今天想起来，会这样心不定？难道，我喜欢上他了？"

话一出口，她立刻把自己吓了一大跳。腾格里啊，她又是阿么了？阿么可以为了拉仁布的一句邀约，如此思绪缥缈，如此心神不宁？

拉仁布家境贫苦，自打吉门索记事起，拉仁布印在她脑子里的形象，就是一个赶着羊群每天行走在滩里山上的少年。她对他所有的记忆，背景全是放羊，给她们家放羊。放羊，放羊，无穷无尽的放羊，永无止境的放羊。那时候，她是富家千金，加上阿爹对她的教育极为重视，一年到头，有大部分的时间都花在读书上。稍有一点闲暇，也是被阿爸带上山，去辨识山花野草。每每在黄昏时分，吃过晚饭坐在雕花楼二楼的房间读着书，一抬眼，透过打开的木格窗，看到大门外赶着羊群进羊圈的拉仁布，她不由自主会多看上两眼。因为年纪相仿，免不了多了份好奇心。对于那时候的她，拉仁布这样的外面的孩子的生活，是充满神秘和魅力的。直到五年前，她在一夕之间失去一切，变成了和拉仁布一样的人，她才真正体会了他生活的万般滋味。也就是从那一年开始，拉仁布跟她的接触才慢慢多了起来。起初开始放羊,对她来说太难了,常常丢了羊,然后满山遍野地找羊,最怕碰上下雨天,羊群就像被钉在山上,任你阿么使鞭子也是雷打不动。这样的时候,拉仁布总会突然出现,将他身上发黄的褐裓①披到湿透的她身上,帮她把羊群赶回家。苦难的岁月里培养起来的一点一滴的友谊都是珍贵的,虽然当时的生活是那样难以堪受,可如今想来,全是甜蜜。

吉门索不由笑上眉头。

"这是不对的!"她突又生气地责备自己,"赛歌节那天我绝对不出门!而且也绝对要停止想他!"

她很努力地紧闭了会儿眼睛,然后很有把握地点点头,"行了,从现在开始,我已经完全忘了他!"

结果,赛歌节那天,因为腊月化阿姐想上街添置一些针线衣料,硬拉她作陪,再加上旦见索也来叫她,她还是身不由己地来到了赛歌节。彩虹镇大街上南北什货纷呈,小商贩的叫卖声此起彼落,放眼望去尽是一片热闹升平的新奇景象。穿梭在人群中,腊月花和旦见索不疾不徐地顾盼浏览着,吉门索心里却七上八下,她自己都分不清这样的不安,究竟是因为期待,还是因为害怕。

---

① 褐裓:羊毛擀的长毡袍,可防雨防寒防潮,牧羊人常年背在身上的物件。

腊月花很快地就在鼓楼门洞里找到了属意的花布摊子,拽住旦见索一门心思挑着衣料,吉门索却无精打采地站在一旁,望着眼前涌动喧哗的人群,情绪骤然低落了。

我这不是太傻了吗?她怔怔地想,在人山人海中找人多费工夫!谁会真的这样和自己过不去呢?人家或许只是随口说说,我居然还当真……这么一想,她不觉淡淡一笑,有些放心了。紧随其来的,却是怅然,内心深处会不由自主地想:他会不会是嫌弃我的蓝脸?

九月初八,彩虹镇一年一度的"赛歌节"。这一天,是一年里最热闹的日子,这是彩虹镇的盛事,也是东府土司所辖地内所有土族人民的盛事。小商贩、外来商队,甚至西宁卫来的商团,好不热闹。彩虹镇邻近几个村子的百姓携眷带口地赶来参加这难得的盛会。由东府土司包揽赛歌节上所有需要的布置。这东府土司现任土司是前年春天刚世袭的阿须厚,乡亲们习惯叫他少土司,祖上是在青海高原大名鼎鼎的会宁伯李英。说起这会宁伯李英,确也是有过军功的。明仁宗洪熙元年(公元1425年),安定曲先诸部杀害了明朝政府派往西域的使臣乔来喜、邓成等,并劫走金币,边地骚动起来。仁宗命令李英去镇压,李英追击直过昆仑山,掳了安定王,俘斩了1000多人,得了驼、马、牛、羊13万余只。李英因此功被封为会宁伯。东府土司原本是住碾伯卫[1]东南120里的上川口，因土地和属民多在互助，于十年前迁到镇东的桑思格，从此在这里定居下来。有东府土司，自然有西府土司。西府土司始自东府土司之祖李英的同胞兄弟李雄之子李文，宣德时为陕西行都指挥佥事，于明英宗时做大同镇总兵，北敌南下侵犯威远，李文以防御战胜之功被封为高阳伯。他的子孙承袭伯位，为西伯府，如今住在西宁卫南30里的乞塔城。而在兵制上，东府土司有土千户1员，土百户2员，土千总4员，土把总6员，马兵、步兵共300名，是青海十六家土司中兵额最多的一个。东府土司在民和、湟中、西宁等地，也有许多土地。他们的舍房，遍布各处。也因为有这家大业大的缘故，才有眼前这样的盛景。

每年赛歌节的主角，却是老百姓中的各色"道拉奇"[2]。彩虹镇自古便是远近闻名的歌海之镇，由青稞酿制的酩馏酒又让彩虹镇成了神酒之镇，青海各大土司府每年所用的酒，十有八九也都是来自彩虹镇。

今年的歌海尤其热闹，连平日不怎么出门的老土司也驾临了。这位老土司年过六旬，许是养尊处优惯了，早早显出了老态，瘦骨嶙峋的，挂着一副紫色赞丹木[3]的龙头拐杖，须发皆已花白。他是东府七世土司，二十岁时曾中万历癸未科武进士，擢锦衣

---

[1] 碾伯卫：今青海省海东市乐都区。
[2] 道拉奇：土族语，唱歌能手。
[3] 赞丹木：土族语，檀香木。

卫正堂。

赛歌节上，赏动听的歌谣，看美丽的阿姑，品醇香的青稞酩馏酒，这一切足以让前来参加赛歌节的人流连忘返。

赛歌台背靠鼓楼，搭起两人高的木台子，土司老爷高坐在鼓楼二楼，占据了视线最好的位置。他身边坐着本地的七八个地主，附近村子的五六个舍房。二楼的边边角角坐着土司府的几个女眷，其中最引人注目的，是英气逼人的土司小姐，大红纽达顶在头上，身穿一件大红的坎肩，罩在五彩花袖长衫上，远远望去，格外醒目。

百姓被土司府的土兵[①]挡在一百步开外，饶是如此，没过一会儿，土兵一个不注意，百姓们已经挤近了赛歌台。如此往复几次，最终还是让大家伙都站到了赛歌台前。百姓们对赛歌节的热情，远远超过了土司府的预期。

土族人平日里就爱唱爱跳，一早便有人上台唱起了歌。台西站着十几个穿着各色坎肩的小伙子，台东站着十几个穿着五彩花袖衫的少女，正在对歌。只听为首的一个瘦高个小伙先唱道：

什么有腿不走路？

---

① 土兵：明代西北边境的地方性兵种，亦称土军。作为土司所属的武装，一方面服务于土司自身的统治，另一方面也是明王朝军事力量的一个特殊组成部分。

什么没腿满地转？

什么有嘴不说话？

什么没嘴吱喳响？

对面阵营里，为首的一个中等个子的阿姑立时接道：

凳子有腿不走路，

轱辘没腿满地转。

茶壶有嘴不说话，

二胡没嘴吱喳响。

紧接着阿姑身旁细眉细眼的一位唱道：

天上圆来什么圆？

地上圆来什么圆？

路上圆来什么圆？

眼前圆来什么圆？

小伙子们丝毫不肯服软，站在队伍最后的一个圆头圆脸的阿吾接唱：

天上圆来月亮圆，

地上圆来西瓜圆。

路上圆来轱辘圆，

眼前圆来眼镜圆。

阿姑们掩嘴而笑面面相觑，推出了中间一个高个顶顶俊俏的阿姑，只见她羞红了脸，却勇敢地向着对面唱道：

什么穿的一身花？

什么穿的一身黑？

什么穿的一身绿？

什么穿的一身青？

为首那个高个小伙子立马接上了：

喜鹊穿的一身花，

乌鸦穿的一身黑。

鹦哥穿的一身绿，

鸽子穿的一身青。

……

高个小伙子成了台下阿姑们议论的焦点。也的确，他那瘦瘦高高的身形，细长的腰部尤为突出，两道浓眉是他脸上最明显的地方。长相倒不是特别出众，只能算方正。

腊月花看了看周围的阿姑们都定睛看着那个高个少年，她凑近吉门索和旦见索小声道："看来大家伙儿都挺喜欢白崖村的达杰。不过照我看，不怎么样。"

旦见索听她这么说，眨巴着小眼睛看着她，"我看挺好的呀。"

腊月花摇摇头笑道："瞧见他那又细又长的腰没？村北看相的官布阿嘎可说过，这种男人很懒，而且做事情眼高手低的，嘴上功夫倒比一般人好。这样的男人在喜欢你的时候很能编，一般的阿姑是禁不住这样的男人的。"看旦见索依旧一副不以为然的神情，她接着道："你再看他的眉毛。从面相上来说，眉形散乱的男人，通常都不会守着一个女人的。你看他的眉毛粗浓又离眼睛很近，这叫眉压眼，做事大多也都是敷衍了事，可以交差就行，没有什么上进心。而没有感情却连身子都可以出卖的这种男人，想必在感情上也是随便玩玩而已，咱们可千万别被这种人给拖累呀。"

听到这儿，一直凝神看着台上赛歌的吉门索不由看了腊月花一眼。她的一双眼还是在人群中搜来搜去，一刻不停闲。她身旁的旦见索倒是一脸心事地紧盯着台上的那个瘦高少年。吉门索笑着拍拍旦见索的手,"别听腊月花瞎说,如果单看一个人的长相就能看出一个人的好坏,那这世上哪里会有那么多的痴情男女?"

腊月花斜了吉门索一眼,刚待开口,正这时,对唱的阿姑阿吾们已经开始下台。腊月花见状,嘴里噙着一抹促黠的笑意,突然高声喊道:"你们唱得不咋样,这儿可有我们彩虹村的'歌仙'呢!"

一石激起千层浪,人群沸腾了,被称为彩虹村"歌仙"的吉门索被彩虹村的一众乡亲推上了台。她看着台下黑压压的人群,想下台已不可能。只得定住心神,壮着胆子,亮起了嗓子:

在那高高的树梢上

落有吉祥的布谷鸟

它有黑色的嘴巴

它有蓝色的身子

它有灰色的尾巴

它有黑色的腿子

它欢快地转动着脖子

它频频地点着头

它高高地翘着尾巴

它不安地用爪子刨着

它要飞向哪里

为什么要飞向那里

在那高高的树梢上

落有吉祥的布谷鸟

它告诉我们要飞翔

它要飞向蒙古尔[①]的地方

那里有绿油油的麦苗

它去是为了麦苗茁壮

等到庄稼丰收了

养育着那一方百姓

百姓们享受丰收的粮食

布谷鸟鸣叫着又飞向远方

吉门索的歌声是来自故乡的呼唤，是无数甜蜜的回忆，是久违的春雨，是夏天的微风飘过黄土地。从山上匆匆赶下来的拉仁布正巧听了个真真，感觉自己整个人变得软绵绵的，动弹

① 蒙古尔：土族自称。

不了。她的歌声多像他在牧羊时，看到的白云靠着赤列布山顶，又像是春天的音讯，能令满山的鲜花吐芬芳。他的心里似是有万道太阳光瞬间照进来，温柔而光明。情不自禁地，他跳上台去，定睛看着罩着紫巾的她，亮开了嗓子：

唐德尔格玛——
蒙古尔汗的儿女
唱支蒙古尔的歌
这是蒙古尔的习俗
男女老少都聚全了
既高兴来又热闹
比这快乐的还有吗？

唐德尔格玛——
金黄色的泉口上
形成了金黄色的土
金黄色的土上
修着金黄色的城
金黄色的城门上
安着金黄色的门

金黄色的门上

锁着金子的锁子

金子的钥匙在哪里?

铁青色的泉口上

形成了铁青色的土

铁青色的土上

修着铁青色的城

铁青色的城门上

安着铁青色的门

铁青色的门上

锁着银子的锁子

银子的钥匙在哪里?

雪白色的泉口上

形成了雪白色的土

雪白色的土上

修着雪白色的城

雪白色的城门上

安着雪白色的门

雪白色的门上

锁着海螺的锁子

海螺的钥匙在哪里?

只见吉门索略作思忖,欣然接道:

唐德尔格玛——

金子的钥匙在里面

在猫头鹰的身上

取的办法是什么?

银子的钥匙在中间

在布谷鸟的身上

取的办法是什么?

海螺的钥匙在外面

在白凤凰的身上

取的办法是什么?

拉仁布马上接唱:

唐德尔格玛——

要捉那个猫头鹰

捉的办法有一个

泥滩上捉猫头鹰

猫头鹰陷在泥淖里

趁机取上金钥匙

要捉那个布谷鸟

捉的办法有一个

洒上一些青稞粒

布谷鸟来吃青稞

趁机取上银钥匙

要捉白色的凤凰

捉的办法有一个

捉来花白蛇一条

凤凰会来吃白蛇

趁机取上螺钥匙

……

赛歌节上深情对唱

拉仁布和吉门索一唱一和，一对一答，整整持续了半个时辰，成了赛歌节的高潮，也是最有看头的一幕。鼓楼二楼上的老土司抚着下巴，定睛瞧着赛歌台上的两人，笑意慢慢拢上他的眉头。他身旁坐着的几个地主看他这副模样，忙不迭地赞叹，"不错不错！今年比往常哪一年都热闹啊！"

鼓楼角上盛装就座的女眷们窃窃私语着，一个精心打扮过的俊俏阿姑坐在东角的椅子上，一双眼瞧着台上唱歌的百姓，却是没有焦点的，眼角一直在鼓楼二楼和三楼转来转去，似在寻找什么。她的左侧是她的阿妈，彩虹镇白地主家的太太，一个瘦眉瘦眼瘦高个的女子，她一侧头瞧出了女儿的心事，凑到女儿跟前小声耳语："别看了，少土司今天不会来的，你姨娘说他去东边巡视了。"女儿一愣，幽怨地看了眼母亲，颓然靠向了椅背。坐在她右座戴着高高的纽达的阿姑，正是土司小姐。她正目不转睛地看着台上唱歌的人，全然没有发觉身旁的动静。

赛歌台前的人群为这一对真正的"道拉奇"轰动了。对于这些美丽的歌谣，土族人人人都是裁判，不用鼓楼上的达官贵人们下结论。拉仁布是"道拉奇"，而吉门索成了"歌仙"。赛歌节是属于老百姓的，是属于真正热爱唱歌的人们的。

就在人们为这对年轻人欢呼雀跃的时候，一块红色绣帕从空中晃晃悠悠飘了下来。所有人的目光都看到那块从天而降的红帕，只见那红帕轻轻巧巧地飘落在拉仁布的脚前。拉仁布疑惑地看着，弯腰拾起。吉门索瞧着红帕上用金线绣着的喜鹊落在一丛石榴花上，这绣工倒不过尔尔。

"喂！放羊的拉仁布！"

一身红装的土司小姐笑盈盈走到拉仁布面前，右手拿着一条马鞭，一双丹凤眼直愣愣盯着拉仁布，伸出左手道："把我的帕子还我！"

吉门索不由细瞧了土司小姐身上的衣裳。不似那天在赤列布山上，她今天是盛装打扮过的。上身的花袖衫上套着一件绣着金凤的大红坎肩，下身穿着镶有半寸宽白边的红色褶裙，裤子膝下部分套一节黑色贴弯[①]，贴弯上沿为一寸宽的白色哈济尔嘎[②]，下沿为半寸宽的蓝边。两鬓各梳着一条小辫子，中间梳一条大辫子，三条辫子合辫在后面，用红绸绳扎紧，发辫根部系着三个白海螺圆片。

看着她头上的纽达，吉门索心里不由暗暗赞叹。这是脱欢纽达，所有纽达头饰里最复杂的一种，大概也只有土司小姐这样的贵族小姐才会戴的，寻常百姓家的阿姑，花不起这份精力，当然还有它昂贵的价格。她头上的纽达形似圆饼，上面镶嵌着

---

① 贴弯：土族语，裤筒。
② 哈济尔嘎：土族语，裤筒的上沿。

五色珠串和海螺、贝壳，额前垂吊着大红色的丝穗。

台下的腊月花忙拽拽旦见索的五彩袖子说道："快看！脱欢纽达！我只是听我阿奶说过，还从来没见人戴过。我阿奶说，戴脱欢纽达特别麻烦，看见她耳朵旁的那两块薄铜片了没？那得用丝线连在一起卡在两鬓间，将一个用牛尾做的半月形卡子卡在脑后，然后戴上纽达，扣上她头顶的那个银子的碗状'向斗'，再用银簪'藏日'把向斗、纽达、头发紧紧地别在一起，背后挂上两束红色棉线绳子。你再看！她的银子做的大耳环和用海螺圆片做的'索尔'大项圈！这大耳环叫'阔勒岱苏嘎'。"

旦见索不由也张大了嘴巴吐吐舌头，凝神看着台上的土司小姐，"我的腾格里啊！"大耳环也许实在是太重了，即使戴在诺呼多[①]坠扣上，她看着土司小姐的头都被拽长了似的，大耳环重重地垂在肩上的镶着一指宽的名贵水獭皮的衣领上了。银子做的大耳环下串一颗大红珠子，珠子上下放银质对口，用五串珠子串连起来，珠串吊在胸前。

台上的拉仁布一撇嘴，"阿么证明是你的？"

土司小姐高声笑了，看定拉仁布，"好大的狗胆！居然敢这么跟我说话！"

---

① 诺呼多：土族语，头套。这种头套在鬓间缝制宽1厘米、长约4厘米的红色耳坠扣，坠扣下部缠上五色线，扣眼中戴大银耳坠。

拉仁布一听这话，也不生气，突然将手中的红帕往空中一抛，朗声笑道："红帕呀红帕，你可真是不长眼。"闪过土司小姐走向吉门索，牵住了她的手，预备走下赛歌台。土司小姐紧走两步追上他，喝道："喂！你给我站住！你刚才的话是什么意思？你是在骂我吗？"

拉仁布没有回头，高声道："自己想吧！"

正这时，鼓楼上的人里不知是谁高喊了一声："瞧啊！那不是蓝脸的丑女吗？"

"居然是她！"

"一个丑女阿么能做歌仙？"

"就是啊……"

吉门索听见了，清清楚楚地听见了。她停下脚步，转头看着拉仁布，却在他的眼里看到了让她平静下来的东西。那是浅浅的微笑，那是深深的信赖。拉仁布握紧了她的手，掉转身冲着鼓楼上的人高声道："吉门索是真正的歌仙，赤列布山下的歌仙，这不是她自己封的，是大家伙公认的。赛歌节赛的是歌，什么时候变成赛脸了？"

吉门索心里猛地灌进一股暖流，定睛看着阳光帅气的拉仁布。他今天穿了一件黑条纹的坎肩，里面是洗得发黄的白棉布短褂。如此陈旧的衣裳穿在他的身上，却让他一点也不逊色，反而更出众。吉门索不由想到，这旧衣裳穿在他身上，倒显得贵了。

这时，拉仁布又将目光投了过来，"咱们走吧！"说着握紧了她的手。

"好。"

"等一等！"

老土司在管家仁欠的搀扶下不知何时下了鼓楼，挂着龙头拐杖来到了台上。老土司老态龙钟的模样，头戴一顶黑色瓜皮帽，帽顶挂有一綹狐尾为饰，帽檐缘毛皮出锋，身穿黑色长袄，配着紫带，并绣云霞孔雀纹，长裙横竖襕并绣有缠枝花纹，那精美的绣工，让吉门索一时看呆了。

他面带笑谷慢悠悠走到二人面前，手里各拿着一锭银子，挑眉道："不错啊！拉仁布，能唱能说，你这嘴皮子，是靠给那些羊群唱歌练出来的吗？"

一股浓重的酒气刺鼻而来，拉仁布和吉门索对视了一眼，都没有说话。老土司推开管家仁欠的搀扶，转过身举起手中的银子，面向一百步开外的人群高声道："今天的赛歌节确实高手云集，尤其是台上这两位，实在是道拉奇中的道拉奇，为此，本老爷特意赏赐他们二人每人五十两纹银。"

台下的人们只是默默看着难得心情不错的老土司，有人窃窃私语着。腊月花一双眼快要跳出来似的,盯着年迈的老土司,她的眼睛从他的瓜皮帽一直游移到他绣着金色云纹的腰靴,又反复地看了几遍,最后将目光落定在老土司手中的大银锭上。她身旁的旦见索推推她,小声笑道:"就是个银子,有那么好看吗?眼睛都不眨一下。"腊月花冲她噘噘嘴道:"是啊,你们家又不缺银子,当然是看不上那一小疙瘩了。"

老土司转回身,将手中的银两递向拉仁布和吉门索。拉仁布看看那银子,看向吉门索,吉门索也看着他。两人都面有难色,不知道是接还是不接。管家仁欠见状,上前将银子直接塞到二人的手中,板起脸道:"土司老爷这么大的恩赏,你们两个是傻了吗?阿么不知道接呀!"

老土司捋捋已经花白的稀疏山羊胡子,瞧着吉门索道:"这位阿姑真是好嗓子!这么好听的声音,应该长着一张俏丽的脸蛋才对,来,摘下这块紫巾,让老爷我看看!"

吉门索一惊,看着老土司愣住了。拉仁布上前一步挡到吉门索前面低头一揖,高声道:"土司老爷见谅,吉门索因为几年前生了一场病,导致脸色不好,所以才蒙着面巾。"

老土司听言,尖声笑道:"好啊!赛歌节人才济济,不错!明年的赛歌节,土司府出双倍的银子,大家好好置办!我等着看你们露一嗓子呢!"

拉仁布和吉门索相视而笑,正待走下歌台去,土司小姐突然上前拦在了他们面前,怒气冲冲地看着他俩,最后将目光落定在拉仁布身上,上上下下打量了他一番,撇撇嘴,"哟哟哟!瞧你这副穷酸样,还敢打趣本小姐!几天前在赤列布山上你就对本小姐不敬。告诉我,你是哪个村子的?"

拉仁布学她撇撇嘴,笑道:"我是西边彩虹村的。请问大小姐,现在,我们可以走了吗?"

"你!"土司小姐还待发作,管家仁欠在老土司的授意下忙走上前来,"大小姐快回吧,你看这么多百姓都看着呢!"

"管家!"土司小姐跺了跺脚,举起右手的鞭子指着拉仁布道:"你没见他阿么欺负我!你得叫人为我出气!"

"先回家啊,好小姐,先回吧,要收拾拉仁布,有的是机会,他是给咱们府里放羊的长工啊。"管家仁欠拽着土司小姐,追上正蹒跚走着的老土司,下了台走了。

腊月花抱着旦见索的胳膊,要接着去逛热闹的街市,被旦见索拒绝了。

"我得回家了,新阿姐还在坐月子,跟前没个人伺候可不成。"

腊月花冲她撇撇嘴道:"做地里的活儿都已经累成狗了,还得伺候月子啊?你那新阿姐的身子也真是娇贵,咱们庄户人哪有坐四十天月子的?这都快五十天了吧?阿么,她还躺在炕上不肯下来吗？"

　　且见索忙"嘘"了一声，紧张地左右看看，凑近腊月花道："你小点声啊！要是被别人听到，会笑话的。万一要是传到我新阿姐耳朵里，受罪的不还是我嘛！"

　　腊月花戳戳她的脑门，"行行行，我不说了还不行吗？你快回去伺候你的新阿姐吧！你看看你这穿来穿去都不变的青色坎肩，多老气！我看你阿吾不是给你娶回个新阿姐来，倒是给你迎回一个婆婆了！"

　　且见索刚要笑着伸手掐腊月花的胳膊，腊月花早她一步闪开，冲她摆摆手，没进了满是五彩花袖衫的人群里。

　　拉仁布和吉门索来到赤列布山腰，看着山下彩虹村里的炊烟袅袅，两人的心里都升腾起一股欢快的温情。

　　"今天谢谢你！"

　　拉仁布侧头看着取下紫巾的吉门索，"嗨，言重了啊！真要拿我当朋友，就别说这些见外的话。"

　　吉门索低下头温柔地笑着，"真的谢谢你！"

　　拉仁布只见她纤长的手指将自己绣着彩虹的白色绣帕放在双腿上，轻柔地将手帕对折成三角，把两边的角对折，将直边往上卷起来，卷到只剩一小半的高度，再将卷好的手帕两边往后面折回去，然后将顶端往后卷，把角塞到圈圈内，再将卷好的部分翻卷出来，把三角顶的位置包得更深，直到露出最里面的两个小角，并将两个小角拉出，最后把其中的一个小角扎成两个耳朵。再见她双手利落地整理了一下，一只长着圆圆的小耳朵的小老鼠就突然出现在了拉仁布的掌中。

拉仁布惊奇地看着手中的小老鼠，不由啧啧赞叹，再看吉门索，眼中的笑意更深了，正温柔地看着自己。

"因为有了你这个'师父'，我学会了放羊，学会了割草，学会了剪羊毛，学会了很多我以前想都不敢想的事情。拉仁布阿吾，谢谢你让我重生了，度过了那段最艰难的日子。没有你，我也许早被那场劫难打垮了。这些年，每当我的蓝脸被人嘲笑被人讥讽，都是你第一个站出来维护我。谢谢你，竟然愿意拿这样的我当朋友。"

"阿么还谢呢？别人不交你这个朋友，是他们亏了。"他顿了顿，看着蓝脸的她，"咱们俩也许是注定的朋友，从懂事起我就在你家放羊，这一放就是十二年。这十二年里，我每天最开心的事，就是晚上赶羊回圈时，看着雕花楼上的你。那时候的你，高贵，美丽，像个仙女似的。我这脑子里能想到的所有美丽的话儿加起来，也不能说出你的半分好看来。"说到这儿，他低头不好意思地笑笑，"你不知道，我们几个小子私下里说得最多的就是你。彩虹村的小子们，哪个没有偷偷喜欢过你？"说着他偷偷地将那只小老鼠放进了怀里。

吉门索脸一烫，忙低下了头。拉仁布惊觉失言，挠着头笑笑，"你别生气啊，我……我跟他们直来直去惯了。"

"没事，都是好遥远的事了。我变成了蓝脸的丑女，大概没有人会喜欢现在的我了。"

"真心喜欢一个人，又阿么会在乎她的相貌？人这一辈子，要真能碰上一个知冷知热的人，那才是真正的福气。"

吉门索不由抬头看向他，眼神纯净而真挚。拉仁布有那么一瞬的恍惚，心突然跳快了两下。他猛地晃晃头，收回了视线。

吉门索也收拾了心神，轻声道："只是，咱们好像又得罪了土司小姐，她看起来很不高兴。"

"嗨，刁小姐耍脾气而已，不用放在心上，没事。"

听他这么说，吉门索便也不再提这事了。

拉仁布看着眼前的深秋景象，田野中满是忙碌的身影，有挖洋芋的，有扬起长鞭响彻天空赶着骡子拉碌碡碾场的，还有龙口夺食般汗流浃背收青稞的，不由朗声道："还记得小时候和同伴去挖辣辣根儿，有的拿着小铲子，有的拿的是家里土炉子上用的钳子，有的干脆就拿一根木头棍棍，到山坡上找有辣辣的地方，然后散开，开始挖起辣辣根儿。挖出来的辣辣根儿，我们用手简单地捋一捋，就放到嘴里吃起来，辣辣的，还带点土腥气，我们边挖边吃，吃了一根儿又一根儿。"

见吉门索摸摸耳朵笑了，拉仁布接着道："那些年岁里，好像常常在饿肚子，好在还有辣辣根儿，有蕨麻，还可以掏鸟窝。"

吉门索低头温柔地笑着，"我小时候的故事好少，每天除了读书，好像也没什么可以拿来回忆的事情了。不过，有一次抓黄老鼠，我却一直记得。那是刚收过麦子的时候，我一个人在家，隔壁的腊月花阿姐和旦见索叫上了我，约上几个小伙伴，有的拿木桶，有的拿着捡来的破碗，只要找到地老鼠窝，我们就往里面灌水。如果窝比较深，就要用好多水去灌洞黄老鼠才会出来。一群小伙伴，其中有女孩，也有男孩。男孩用桶到附近去抬水。水抬来了，女孩抢着用水瓢往地洞里灌，大家围在一旁，憋住气不敢出声地看着。地老鼠不出来，男孩用手提起桶接着往里灌。这一下水都灌得冒出来了，也不见地老鼠。再等一阵，地老鼠从洞里爬出来了。地老鼠被我们灌得浑身水淋淋，看见地老鼠爬出来的样子，好可怜！"

拉仁布看着这样快乐的她，不由出了神，心里不禁恻然：虽然腾格里将她的面容变成了现在这样，但她毕竟是快乐的。是的，吉门索是个快乐的阿姑。五年前的大难没有压垮她，艰难的放羊生活没有打倒她，她又坚强地活过来了。她有着惊人的学习能力，有着常人难以企及的坚韧，这一点常常让拉仁布惊叹。如她自己所说，她获得重生了。

3

彩虹镇里无人不知无人不晓，这里的地主白家有个既美丽又有才的小姐，见过小姐的人没有人不为她美丽的容貌所倾倒。听说媒人踏破了白家的门槛，不知讲烂了多少张嘴巴，小姐依然深闺独处。有人说是白老夫人想留着这美丽的小姐替她在西宁卫找个乘龙快婿好借以攀关系一步登天，也有人说小姐眼光太高对于媒人的求亲一一不允，否则以白老夫人那老好人的习气阿么可能会拒绝得这么彻底。

吉门索随着白府的丫鬟穿行在白府的走廊，眼睛不由睁得大大的。什么叫"一入侯门深似海"，她算是领教了。

"老夫人，大小姐，做绣活的吉门索来了。"

"带她进来吧。"

后院花园里，正挂着一树又一树的沙果和长把梨，围着中间一个圆形的木亭子，亭子里一个漆了胡桃色的圆木桌。丫鬟在两旁林立，圆木桌前坐着白老夫人和美名远播的白小姐。白老夫人满脸笑意，的确是老好人形象。而这白小姐，确实如传言所说，美不可言，坐在那儿，就已够炫目了。

白老夫人和白小姐都定睛瞧着她，眼里满是惊讶。吉门索知道她们是惊讶于自己的蓝色皮肤，上前屈膝行礼，"吉门索谢谢老夫人照顾我的生意。不知道是府上哪位阿姑要做绣活？"

"就是她咯。你给费费心，好线我们有的是，你尽管拿出你的好手艺。一对钱达和一副腰带，你可一定得上上心，顶顶要紧的，年底可能做出来？"

吉门索点点头，"可以。"

"阿吾！"人还没进屋，吉门索就激动地喊道。她的身后，塔塔使劲摇着尾巴看着兴高采烈的主人。屋里正忙着拨算盘珠子的阿吾吉然斯让"哎"了一声，忙出得门来，只见吉门索一脸的喜气，怀里抱着一堆针线。

"阿吾你看！"吉门索从兜里掏出三块碎银子交到了阿吾手里，"是白家的小姐要做钱达和腰带，估计是明年开春就要出嫁，要得急，这些只是一半的工钱。"

阿吾看着吉门索一脸的笑容，不由也喜上眉头，笑着道："别太累着了，咱们家又不急等钱用。再过几天就要入冬了，你自己也上镇里买件漂亮的冬衣吧。"

吉门索满脸笑意搂住阿吾的胳膊，和他进了屋，"我的好阿吾，要穿漂亮衣服，我自己不会做吗？好了阿吾，这些钱还是一样，存起来，再努一把力，你就可以向腊月花阿姐求亲了！"

阿吾吉然斯让笑着刮刮妹子的俏鼻子，"鬼机灵！"

转眼到了年根，对于穷苦人来说，日子再苦，也得开开心心过个年。这不，刚到腊八，庄户人就忙活开了。一大早最热闹的，要数彩虹村上游的河滩了。年轻人背着草编的背篓，拿着铁锤，一片此起彼伏的砸冰声。

拉仁布来到河滩时，河上的冰面早被砸得七七八八了。每年砸冰的河滩在村子西北边，因为这片河滩邻近村庙，加上是彩虹河的上游，所以祖祖辈辈的彩虹村人都在这里取冰，村里人都说这里的冰最干净，最圣洁，能带来吉祥。日头已升起，照在冰堆上，远远瞧着，像是一堆一堆的银子，闪闪发着亮。拉仁布一眼就瞅见了和旦见索、腊月花一起出来的吉门索，黑狗塔塔就跟在她身后，吐着红舌头跑来跑去。早有几个小伙子帮她们砸了一堆冰，挤在她们面前，她们三个正高高兴兴往背篓里挑着装着。那几个小伙子里还有隔壁白崖村的达杰，他一边砸着冰，一边偷瞄着眼前的三个阿姑。

吉门索身边的塔塔最先看见了拉仁布，乐颠颠地叫了两声，摇着尾巴迎了上来。经过多年的相处，塔塔对拉仁布已经很熟悉了，俨然把他当成它的另一个主人了。

拉仁布笑着摸摸塔塔的黑头，放下背筐，冲着大家道："来得挺早啊！"

吉门索见是拉仁布，展颜一笑，刚待答话，达杰笑着抢道："不是我们来得早，是你来得迟。瞧瞧，冰都砸好了，你倒可以捡现成的了。腊月花,我帮你们捡吧？"说着走到三个阿姑跟前，帮着捡冰。

腊月花是精心打扮过的。虽然穷苦人家没有脂粉可用，但灵巧的阿姑还是有办法装扮自己。一条大辫子黑得发亮，都能照出人影来，那是她偷偷抹了点被阿爸锁在炕柜里的珍贵的菜籽油。指甲盖红得像滹了血，那是自家院角偷偷种的海娜花瓣揉碎了掺上白矾敷在指甲上，用碎布条紧紧地绑了，用上半晌午的工夫硬生生渗进去的大红花汁。但指甲老长，越怕它长，越长得快。于是，她用陶罐将海娜花瓣密封起来，等到指甲上的红色花汁脱落，再接着敷上。

这些可不够。再看腊月花那眉毛，那是烧火的木棍用菜刀削细了描上的，乌黑乌黑的，像两只小毛毛虫趴在她那光洁的额头。粉是没有的，她只有经年累月地用头巾捂着，不让日头晒着，不让风沙吹着，这才捂出了这一脸水滋滋的嫩皮肤。平时是舍不得露出来的，只有在人多的时候，她才大胆地让自己的嫩白皮肤露出来。樱唇的红艳和两颊的桃红，却只能靠过年时才买的红纸了，她的闺房抽屉里藏着一摞呢。她可舍不得给别人，也决不能给别人。这秘密，她要一个人留着，哪怕是好友吉门索和旦见索，她也不告诉。

达杰看呆了眼，直到手里的冰块"哐啷"掉在河面上，他才回过神来。腊月花乜斜了他一眼，旋即又是浅笑盈盈。吉门索这会儿已忙着往拉仁布的背筐里挑冰，拉仁布拿起达杰的扳镢砸起了冰，时不时冲吉门索笑笑。

只有旦见索寂寞地捡着冰，看看这个，瞅瞅那个。

"腊月花，你阿吾呢？阿么好几天没见到他了？"达杰紧挤在腊月花身旁，一边帮她往背筐里装冰，一边问道。腊月花眉稍微蹙，"还不是前些日子舍房的人来收粮，问我们要大小一律的制钱做脚钱，因为大的不够，我阿吾加了几个小钱，结果被舍房的收粮人打了十七八马棒，几天都走不了路，在家养伤呢。"

达杰"哦"了一声，没说什么，继续装冰。

倒是拉仁布的眉头慢慢锁紧，看着忙活不停的腊月花，沉声道："脚钱，脚钱，干什么都要脚钱……"

"可不是吗？去年腊月里，我们白崖的拉木斯让和邻居旦见因为门前的半分地的地界起了争执，拉木斯让告到了土司衙门，你猜阿么着？土司衙门的差役先跟拉木斯让要300文脚钱，才肯去传旦见到衙门里。拉木斯让一听想着不告了，但差役还是硬跟他要了200文脚钱才作罢。"达杰轻描淡写地说着别人的故事，眼睛瞟了一眼身旁艳丽的腊月花。

拉仁布正要说什么，黑狗塔塔突然猛烈地叫起来，几个年轻人都抬头看向塔塔叫唤的方向。原来是一身红衣的土司小姐骑着一匹白马来了，仆人祥木小跑着气喘吁吁地跟在马屁股后头。土司小姐的白马丝毫不减速地上了河面，马蹄踩在冰面上发出清脆的响声，但溜光的冰面承受不住那白马如此快的速度，一个趔趄，白马滑了一跤，愣生生将马上的土司小姐甩了出去。

砸冰的人们几乎都认定这下土司小姐非得栽个大跟头不可，甚至有可能头破血流。可当他们看到拉仁布飞身出去接住那团"红色"的时候，都张大了嘴巴不敢出声。

土司小姐惊魂未定中，看到的只有拉仁布那双沉稳的眼睛，和那宁静淡泊的脸庞。他的怀抱让她觉得好踏实啊！迷迷糊糊中，她感觉自己快要晕过去了。

拉仁布抱她到河滩，放在一棵杨树下，让她已经瘫软的身子靠在树上。然后，掉转身要回到河面上。

"喂！你去哪儿？"她的声音几乎带上了依赖的味道。

"大小姐，我是来砸冰的。"拉仁布头也不回地道。

土司小姐鼻子直冒气，却无可奈何。她看到不远处，那个蓝脸吉门索正和其他的几个人帮忙扶起挣扎着要站起却怎么也直不起身子的白马，拉仁布走过去用有力的胳膊托住马的前胸，众人再一使力，白马终于站起来了。拉仁布将它牵到了土司小姐身边，将缰绳交到她手里，一言不发地走了。

拉仁布一肩一个背篓，吉门索拿着扳镢，两人并行在田间小路上，塔塔夹在两人中间，时不时抬起它的黑头，看看吉门索，瞅瞅拉仁布。太阳的光很亮，照在人和狗身上，有一种清清亮亮的暖意，虽不盛，却丝丝缕缕地直暖到心里。吉门索看着拉仁布鬓角不时流下来的汗，情不自禁拿出羊羔毛坎肩胸兜里的白帕，替他擦汗。拉仁布呆住了，只觉一股淡淡的幽香自鬓角轻轻飘来，紧接着，他感到自己的心里被猛地灌进一股清泉，甘冽，醇香，有着一种无法抵挡的张力，正静静地在他心里的角角落落扩散开来。

他不由侧头看去，看到的是那双黑亮的美丽眼睛，此刻正静静望着他，半含羞涩半含娇。塔塔趴在地上，歪着黑头看着两人。吉门索的眼睛一碰上他火热的眼神，忙垂下了眼睑，收回手帕，低首向前走去。拉仁布回过神来，忙跟了上去。塔塔欢快地叫了两声，一步不落地跟上了他们。

吃过了腊八的冰化成的水熬的黑豆面搅团，土族人的年就正式开始了。日子艰难，除夕夜吃不上一顿肉，不过，拉仁布的阿妈玲花婶还是想办法弄来了半斤猪油，掺上前几天吉门索送来的红糖，再加点珍贵的白面粉，包了几个大饺子，土族人管它叫"凤登"，取五谷丰登之意。母子正就着自家腌的黄芽菜吃着，门外传来了塔塔洪亮的叫声。吉门索来了，端着一盘猪头肉。

拉仁布迎上前来，却不肯接那盘肉。他神情凝肃地看着盘里朝天的猪嘴，不说话。跟来的塔塔一双黑眼一动不动盯着吉门索手中的猪头肉，嘴里的哈喇子流成了两条线，黑亮的尾巴使劲地摇晃着。

玲花婶让吉门索上炕坐，"可是要谢谢你送来的红糖，味道很好呢，快尝尝。"

吉门索笑着将猪头肉放到炕桌上，用手拿起一个"凤登"尝了一口，"哇！真好吃！婶子的手艺好！"说着又紧着两口吃掉了。看拉仁布依旧站着，吉门索笑道："今天可是一年里最该高兴的一晚，可不能多想哦。这是我给镇里的富人家做绣活得的，好几家都送了，有好几个，我们家就我和阿吾两个人，放着也是要坏了,婶子和拉仁布阿吾就当是帮帮忙。时候也不早了，我也该回去了，我阿吾还等我呢。"

"这就走啊？再吃两个凤登吧！"

"不了不了，您快进屋吧，外头冷。"

塔塔一步三回头地看着炕桌上的猪头肉，很不情愿地跟着吉门索走了。

听着阿妈送走了吉门索，拉仁布疲惫地坐到炕沿，看着那盘猪头肉发呆。

"你是阿么了？人家吉门索好心好意来送肉，瞧你那一脸的不高兴。亏得吉门索知道你的脾气，要不然，不定要阿么想呢。"

拉仁布看了阿妈一眼，甩开心底爬出来的沉重，振作精神，笑道："放心吧阿妈，儿子一定努力，以后让您每年除夕都吃上肉。"

阿妈一听这话就笑了，从灶台上黑红色的碗柜里取出小刀，"有你这话，阿妈比吃什么好东西都高兴。阿妈还不知道你的性子吗？要不是你不肯讨好舍房的人，不肯到下乡的土司跟前凑，以你的本事，那舍房的收粮人还能轮到吉然斯让身上？三年前，舍房李外不就找你谈过嘛！不说那些啊，阿妈不求富贵，只要你好好的，咱们娘俩没病没灾的，比啥都强。"说话间坐到炕沿，用小刀切了肉，抓了一块递给儿子，"也真是奇怪了，这吉门索送来的东西，我收下了心里也是舒舒服服的。你说说往常，阿妈什么时候收过别人家的物件？跟她，好像就跟自家人似的，没有半点生分。我想这就是前世的缘分吧。"

拉仁布心里一暖，接过阿妈递来的肉，端详了半天，终于放进了嘴里。

4

夏天终于来了。对于高原的人们来说,这夏天实在太珍贵了。一年到头,真正的夏天只有那么短短的两三个月,所以,在土族人的词汇里,只有夏天和冬天。赤列布山下的人们便格外地珍爱这短暂而宝贵的夏天。

一大早,吉门索将羊群赶到拉仁布的羊群里,她自己要去帮旦见索锄草。塔塔却阿么也不肯随拉仁布上山,任吉门索怎么呵斥,还是跟着她来到了地里。

旦见索家种的是土司府的军马田地。这是县府有司拨给土司作为军用田的地,种军马田的人家要有人充当土兵,旦见索的阿吾就在土司府里做着人牢的看守土兵。打下来的粮食每年要上交土司府,作为兵粮。旦见索家种着七斗地,但实际上军马田的地要大于其他田地,一般多在一斗五六升。每年所交的租粮,也比其他田地要少,因此村子里的人大多愿意种军马田,也不怕去当土兵,久而久之,大家都抢着种军马田。旦见索的家境也是因为自七年前种军马田开始好起来的,比作为三班的腊月花家要好很多。彩虹村是彩虹镇的大村,按田地的多少、人户的贫富,土司府将村里的百姓分为四班,土司府一切杂役、供应费用,都按照班份来负担。田地最多的为一班,较少的为二班，最少的为三班，没有田地的贫雇农为四班。所出钱数，三班为一班的半数，四班为二班的半数。一年下来，交了土司府的班份钱，作为三班百姓的腊月花家往往连温饱都成了难事。

地里的青稞快要没过脚，再不锄草，那野草就要抢占地盘，成为土地的主角了。旦见索和吉门索同岁，家境还不错，只是，阿妈去世早，从十岁起，地里锄草的活儿便全部落在了年幼的旦见索身上。旦见索也真是肯下苦力，这么多年来，从未听她叫过苦，默默地做着一切力所能及的事。每天都艰辛地做活儿，日子也还算是安安稳稳、妥妥帖帖的。四年前，阿吾娶了新阿姐，家里的日子没啥大的改变，只是，新阿姐老是身子不适。阿爸原指望着新阿姐进了门旦见索肩上的担子能轻一点，但看新阿姐一天总窝在家里，便知道是指望不上了。自打去年中秋节后新阿姐生下了一个男孩，身子便更虚了。旦见索倒也不在意，反正已经做惯了。只是，每天除了干以前做惯的活儿之外，还得跑到村子西头的半月滩里，从白崖村的达杰手里偷偷买点牛奶给小侄子喝。这达杰是为土司府放牛的长工，牛奶自然要供给土司府的贵族用，他愿意偷偷卖一点牛奶给旦见索，已经让旦见索感激涕零了。

吉门索锄草的功夫是跟旦见索学的。两个阿姑右手握着手铲，向左侧立起铲面，小心翼翼地铲着青稞苗中夹杂的杂草。

塔塔趴在两位阿姑前面，将黑头搭在两只毛掌上看着她们。旦见索手底下真快，几乎把多半地都承包了，只留一人宽的地方给吉门索锄。吉门索看着她笑了，"每次都是这样，草都让你给铲了，我好像只是来捧个人场的。"

旦见索手下不曾停，"不是怕累着你吗？你这双手，可不是用来干粗活儿的。"

"那我的手是用来干什么的？"

"是用来做这世上最最好看的荷包的，还有钱达，还有腰带。你的盘绣是我见过绣得最好的。吉门索，我手笨，我的腰带阿么也绣不出你那样的花样，到底是为啥呀？"

吉门索拍拍身上的土坐到地垄上，塔塔立即起了身也跟到她身旁，将身子靠着她趴下了。她摸摸塔塔的黑头，看着一刻不曾闲下手中铲的旦见索，笑道："没事，我帮你。你这么着急绣好那个腰带，你……是有心上人了吗？"

旦见索一听这话，脸比东边的日头还要红。她将头低了下去，"我也不知道算不算，只是，一见到他，我的心就跳得厉害，好像腔子里都放不下了，我……"

吉门索温柔地笑了，"告诉我，那个人是不是……放牛的达杰？"

旦见索一惊，手中的铲子都掉在了青稞苗上，压断了两棵，

"你……你阿么知道？"

"每天早上你唤我去西边的泉儿里担水，总能碰上赶牛上山的达杰。你的眼睛，你一见他就发红的脸庞，要我不知道也难啊，是不是？"

旦见索呆坐在青稞苗上，看着吉门索，"那……是不是别人也知道了？"

吉门索柔声道："别担心，我敢保证，除了我，没有别人知道。话又说回来，你喜欢达杰又不是什么丢人的事情，不怕的。"

听了吉门索的话，旦见索的情绪慢慢恢复了稳定，重又拿起了铲子开始锄草。吉门索也回到她身边锄起了草，塔塔随即也回到地里趴着。蔓生成一团一团的猪秧秧草，密生须根的密花香薷，还有最不好辨识的野燕麦长得几乎和青稞苗一模一样，只是颜色稍稍浅一些，但也只是浅一点点，没有一两年的锄草功夫是绝对辨不出来的。刚开始帮旦见索锄草时，吉门索有很多次错将青稞苗当作野燕麦给铲了，把旦见索心疼的呀！

想起铲错的野燕麦，吉门索心里慢慢生起一股隐忧来。白崖的达杰，拉仁布是认识的，她曾跟他打听过达杰的品性，拉仁布只说了句"放羊不动弹，吃肉磨刀子"。以吉门索对拉仁布的了解，能说出这样的话，已经是一种否定的意思。只是，看此刻的旦见索，已完完全全地用上了心思，只怕……

赤列布山腰的青草长得真茂盛啊，吉门索锄完草来到山上，和拉仁布牧羊在这处落凤坡。这里也是他俩初次结伴牧羊的地方。这会儿头顶红日高悬，山下田地里的人们正热得难受，山顶却是清风徐来，绿波微动。吉门索坐在一块小石头上，正绣着一个太阳花的腰带，塔塔像往常一样趴在她脚边睡着了。拉仁布静静地看着她，在面对他时，吉门索是不戴面巾的，蓝色的脸庞直愣愣地呈现在他的眼里。他坐在草地上，仔仔细细地看着她。他发现，她除了肤色是蓝的，其他几乎是无可挑剔的。漂亮的额头，黝黑的美丽眼睛，小而挺的鼻子，小巧的红唇，尖尖的下巴。那双美丽的大眼睛时不时地朝他看过来，微微一笑，露出两颗可爱的小虎牙。每当这时，拉仁布的心会不由自主地慌一下。他越来越清楚自己的心思了，这段日子里每晚睡不着，脑袋里想着的，不就是眼前的阿姑吗？可是……她的心思呢？她原是高贵的千金小姐，有着那么好的出身，曾经的她可是他世界里的仙女啊！那会儿的她，美得不食人间烟火。直到现在，他都清晰地记得，那个洒满夕阳金辉的傍晚，当他赶着羊群走进她家的羊圈时，一抬头，看见了二楼木格窗里的她。正读书的她也正好抬起头看了过来。她先是一怔，紧接着温柔地对着他笑了。那一刻，他觉得天旋地转，满天的晚霞都变成了金色的彩棉，托着他直上云端。她笑的时候很美，露出她那两颗小小的虎牙，更添俏丽。

拉仁布嘴角笑意盈盈，收回视线，一低头瞧见了自己露着脚趾的条纹布鞋，心里一沉。他自己呢？无地无产，成年累月地给别人放羊，生活也仅够不饿肚子。这样的他，真的可以向她表露心意吗？

拉仁布不由敲敲自己的脑袋，掩饰似的高声道："这么好看的腰带，你是要绣给未来的新郎吗？"

吉门索停了手，看着他笑道："这是我接的绣活。拉仁布阿吾可别取笑我。"

拉仁布却按捺不住心里的波动，朗声道："以你吉门索的出身，阿么着也得配个富户家的少爷才成！你说呢？"

吉门索一愣，抬头看向他，分不清他是真心还是假意，手中的针捋了捋乌黑的长发，柔声道："易求无价宝，难得有情郎。不过，我这个人家唯恐避之不及的蓝脸丑女，这辈子怕是没人敢要咯。"

拉仁布心里一动，一股莫名的热情从心底升起，情不自禁地柔声唱道：

布谷鸟不叫哟春秋难分，
阿姑不说话哟心意不明。

有心把山上的花儿摘呀，

摸不准个心意难把口开。

然后他起了身，直直地走向吉门索，蹲下身子，眼睛看定了她的蓝色脸庞。他温柔地看着她说："吉门索，如果……你不嫌我家贫，不嫌我是个穷放羊的，愿不愿意……嫁给我？"

吉门索猛地抬起头，看着拉仁布。他的眼里是一派真诚，并无玩笑之意。她愣愣地看了他好半天，才轻轻道："你……不嫌我丑吗？在众人眼里，我可是蓝脸的丑女，村里的阿吾们见了我都绕着走，你真的不介意吗？想想，你今后每天面对着我这样一副蓝脸，不害怕吗？"

塔塔这时睁开了眼睛，抬头看着拉仁布，也像是在等着听他的回答。

拉仁布认认真真地看着她，"吉门索，我拉仁布不求富贵，不求做官，对这艰难的世道我早就凉了心。我只求今生有一个懂我的知心人相伴。不管你的相貌如何，你都是我见过这世上最好的阿姑。你善良，聪明，善解人意，没有人会不喜欢你的，除非他本来就是个恶人。我拉仁布是真心喜欢你，长个蓝脸阿么啦？在我拉仁布心里，你比那些长相白净的阿姑好一千倍，一万倍！我只是怕……怕你根本就瞧不上我这个放羊娃，你可

赤列布山上情定三生

是海底的红珊瑚。"

吉门索眨巴着美丽的大眼睛，看着眼前这个丰神俊逸的阿吾，心底被深刻的感动和幸福涨满了。她不由自主抬头向头顶看去，天蓝得晃人的眼睛，万能的腾格里真是有情啊，即使她是以这样一副面孔面对他，他还是愿意付出真心来对她。霎时间，她对人间的一切都充满了感恩，甚至觉得这单调而凄苦的放羊生活也熠熠生辉，散发着金光。

她红着脸柔声唱道：

同是高山的青石崖

一样的高来一样的硬哩

同是沟里的苦丝蔓

一样的苦来一样的绵哩

她低下头去，轻声道："接下来的几天，我赶一个绣活，答应交活儿的时限快到了，耽误不得。七天后的清晨，我会带着你爱吃的香豆锅盔在这里等你。那天，我会送你一个礼物，到了那个时候，你再告诉我你心里的决定。"

5

吉门索这段日子忙着手里的绣活，放羊的事基本都落在了拉仁布身上。也因此，和拉仁布也有一段日子没见了。拉仁布实在担心，来到祁家找吉门索，刚到祁家门上，看见匆忙出得门来的吉门索。

"咦？你阿么来了？"吉门索笑着迎上来，手中抱着一个紫色大包袱。塔塔依旧形影不离地跟着她，看见拉仁布，轻快地叫了一声，摇着尾巴奔了上来。

拉仁布一见吉门索，心里直觉灌入了满满一腔的阳光，亮堂极了。自从去年赛歌节上听到她的歌，他就知道自己动心了。更或许，从很久很久以前，他心里就已经有了她。也许是十二岁那年，他第一次看见雕花楼上正读书的她……他并不想闪躲这份感觉，于是一步一步走向她。

"你都有六天没来放羊了，我都看不住了，你的那些羊也太皮了。再说绣活费眼，你少做一点嘛。"

吉门索看着他，不由打趣道："我倒是不知道，原来拉仁布阿吾也会撒娇的。"

拉仁布不由朗声笑了，上前要咯吱她，吉门索忙笑着求饶，看了眼左右，"我阿吾快回来了，我得走了。这绣活是土司府的，得赶紧送去。"

"土司府？有些脚程呢，我陪你去！"

吉门索摇摇头，"不用，我送了绣活出来就上山。没事，你快回去吧，羊群离了人可不成。"她抬头看了看天，"瞧这天气，一会儿可能有过雨。"

拉仁布心里担心，却也不得不回去继续牧羊。刚回到落凤坡，突然从东南方向的无穷远天涯升起了一小团长怪脚拖尾巴的乌云。一开始它并没有引起拉仁布的特别注目。但不多时，这团乌云便迅速演变，壮大成了黑压压的一片，汇同山坡上汹涌的林涛上下呼应，径直向拉仁布和他的羊群所在的落凤坡铺天盖地席卷而来。

顿时狂风大作，紧接着就是整个天空中的道道电光。拉仁布从未看到过那样威武、庄严和绚丽的闪电，而最为壮丽的一幕则是一只孤独的同赤列布山上的风暴进行英勇搏斗的雄鹰，当它的褐色躯体被电光照亮的一刹那，拉仁布感觉全身振奋，那情景好像在向他示意，在鼓舞他，激励他。

震撼山岳的雷鸣，压过了一切声音。那样威慑一切、统摄一切和想摧毁一切的雷声，让拉仁布忘记了身之所在，心之所系。

拉仁布的羊群吓得缩成几大团，躲在几棵柏树底下。拉仁布则是无一处庇护之地，身边既没有一把伞，也没有带褐褂，更没有一个人。他就这样呆呆地站在山坡上，昂首望着无穷极的天空发愣。

紧接着，倾盆大雨泼了下来。

就在这样的时候，不远处艰难地走来了一身红衣的土司小姐，仆人祥木高举着一把藏蓝色的大布伞在她的头顶，脚步踉跄着跟在她身后，大布伞被风吹得东扭西歪。一见拉仁布，达兰绽开一脸的笑意奔过来。跑得急了，没能在拉仁布面前及时刹住脚，一个踉跄扑到了拉仁布怀里。拉仁布忙用双臂扶住了她。

达兰红了脸看着拉仁布，就这当际，暴雨已经将她淋了个透湿，红色的头巾软塌塌地贴在她头发上，脸上的雨水不住地灌进她的嘴里，她使劲地吐着雨水，也使劲地笑着，全然忘了要去避雨。仆人祥木的伞着急忙慌地回到了她的头顶，她一把推开仆人祥木，重又将自己置身于暴雨中。

拉仁布松开了手，越过她要去赶羊群下山，这样大的雨实在已经不可能再放牧了。

"喂！放羊的拉仁布！我可是赶了一个时辰的山路来看你呢！你阿么不理我呀？"

羊群对拉仁布的羊鞭不为所动，只是抱成一团又一团，纹丝不动。达兰跑到他身旁，高声喊道："你对别人都和颜悦色，为什么独独对我冷若冰霜？为什么？"仆人祥木的大伞还是撑到了她的头顶。

拉仁布放弃了赶羊群下山的计划,雨天放牧对牧羊人来说便是劫数。他伸手抹了一把脸上的雨水,看向身旁的土司小姐,"大小姐,这样的天气,你阿么还有心情上山来?好好待在你的土司府里享福不好吗?"

"我喜欢呐!我就喜欢跟着你受苦怎么样?你拉仁布在哪儿,我就在哪儿!谁也管不着!"说着从斜挎的红色绣花包里掏出一包东西,拿油纸包着。她笑看着拉仁布,打开了那油纸包,是一大块酱牛肉,另一只手又从包里摸出了一小坛,居然是飘香的酪馏。她笑盈盈地递向他,头上的雨水不住地灌进她的嘴里。

拉仁布无奈地笑着摇摇头。他被这突如其来的暴雨困在落凤坡上,只能在暴雨中看护着自己的羊群。

吉门索脚步加快,赶到鼓楼东边的桑思格时,天上的云块已经压低到快挨着她的头顶。她刚要跨进土司府高高的木门槛,塔塔被门口的土兵拦在了门外,吉门索只能让它在门旁的石狮旁边等着她。

这是一处四进院的府邸。第一进院是土司老爷断案的地方,首先看到的是土司府接待室,进门右侧是牢房,两扇木格窗的牢门紧闭,上头还上了重锁,远远瞧去,透出一丝阴森恐怖来。

左侧是土兵休息室，透过木格窗看见内有土炕，墙角摆着各式兵器。吉门索跟着管家仁欠紧走两步，她的正前方是土司老爷办案的衙门。正方为土司老爷正座，左右两边为兵器架，整体看上去显得很庄严肃穆。正中上方一幅金字的牌匾吸引了她的注意，是天顺年间明英宗朱祁镇颁发给东府先祖土司的金书铁券，就是民间所说的"免死金牌"。吉门索从小爱读书，许是因为阿吾的不爱读书，阿爹在失意之余，将满腹的经纶都用心教给了天赋过人的吉门索。在阿爹的督促下，她早熟读了经史子集，这金书铁券于她也并不陌生，在书上是见过的。铁券，也称铁契，是帝王表彰功臣并赐予某种地位和待遇的凭据，以铁铸成。铁券的文字称为誓文，誓文有丹色和金色两种，分别称为"丹书铁券"和"金书铁券"。此块牌匾为金书铁券，生铁质，呈丰弧形，如瓦状，字嵌以金，分17行，每行12字，共204字。铁券背面（凹面）镌有"若犯死罪,禄米全不支给"竖排一行，共10字，右上角还刻有一"右"字，从整体看铁券铁色如墨，字迹完整，字体为颜体楷书，遒劲端庄，金书灿然。吉门索不由看得出了神，书本上的东西如今跃然眼前，总归不是一件寻常事。这时一旁的管家仁欠喊了她一声，她忙跟着进了二进院。

二进院东西两边为土司府师爷房、管家房。东房为师爷房，室内打了土炕，木质月亮门，有书房、会客室、正厅，散发着浓烈的书香气息。西房为管家房,与师爷房的布置格局基本相仿。

三进院是土司老爷的居所,坐北朝南的二层楼房就是土司楼,整个建筑相当精致美观,豪华贵气,雕刻栩栩如生。吉门索一侧头,在东西两侧看到了两排房子,从东面开始依次为土司厨房、家丁厨房、仆人、丫鬟房,整个装点古朴典雅。院子正中坐北朝南的是二层土司楼,一楼自东向西为土司老爷的书房、客厅、中堂、宴会厅和休息室,二楼自东向西布置为老爷主卧室,夫人主卧室,少土司主卧室、佛堂、小姐房、少爷房和休息室,整个格局整齐、典雅、古朴、温馨和舒适,所谓受皇恩辉照而富裕奢华的生活,眼前可见一斑。

吉门索怀抱那包绣活,在管家仁欠的指引下来到土司楼的二楼,土司太太的卧房里。这次机缘巧合接了这绣活,回家和阿吾吉然斯让聊过后,吉门索才了解,这土司太太慈眉善目的,是远近闻名的老好人,对丫鬟仆人更是没话说。这次请吉门索做的绣活,是给土司小姐达兰做的钱达。按照土族人的习俗,这钱达和新郎的腰带,要女儿家自己完成最好。但土司小姐身份尊贵,绣工却不怎么样,平日里不爱女红爱武行,射箭骑马,竟不输给男子。土司太太一个月前在镇里妹子的夫家白家见到了吉门索的绣活功夫,这才想到让吉门索来帮着做。

木格子窗开着,外面已经下起了雨,雨势来得猛,有不少雨水蹦进了窗下的地毯上,早有个身穿蓝色坎肩的丫鬟轻轻地放下了用木棍支起的格窗。土司太太怀里卧着一只虎斑猫,看着手中的钱达和腰带,一脸赞赏道:"瞧瞧这针线,真是一等一的手艺!吉门索阿姑,腾格里真是给了你一双世上最巧的手呀!"

吉门索轻轻笑笑,静立一旁,"太太过奖了,咱们土族阿姑哪一个不会针线啊,我算是差的了。"

土司太太看着吉门索点点头,"真是个懂事的阿姑,不骄不躁。行!冲这,我给你双倍的工钱!"

"遇上我们太太这个大善人,你可真是有福了。"蓝衣丫鬟笑着抢道。

吉门索看了那丫鬟一眼,她也正看着吉门索。吉门索弯腰行礼,"多谢太太!"

"你也别谢我,你这手艺,无论拿到哪儿,都只会为我们土司府脸上贴金。手里还有活儿没?要没有,我再给你点。我们家阿须厚也到了该娶亲的年纪了,我瞧你也是打心眼里喜欢,所以也不拿你当外人了,我早看上了我那妹子的大女儿,你兴许也知道,就是镇南白家的尼尕,年纪也和你差不多。我妹子的针线倒是没得说,只是这么些年不做,怕早生疏了,而那小尼尕，怕是连针都没拿过。你也知道，咱们土族人可是最看重这女儿家的针线活儿的，你再做副钱达吧，算是我给我那外甥女的心意。"

吉门索正待答话，门外进来一个年轻后生，抖落着身上的雨滴，人未到声先闻，"好大的雨呀！阿妈这是跟谁喧呢，这么高兴？"

吉门索忙退到一旁，垂首默立。蓝衣丫鬟已轻盈盈拿来布巾，轻巧地、温柔地擦着后生衣服上的雨水。

进门来的正是年轻的少土司，土司太太已眉开眼笑，冲着儿子伸出手去，少土司忙上前双手握住，"阿妈今天晌午觉睡得可好？儿子在外头一忙就是一天，实在对不住阿妈。"

土司太太轻轻拍拍儿子的手背，慈爱地说道："说什么傻话呢，阿妈知道你忙，耍扯心阿妈，阿妈好着呢，吃得好，睡得好，心情也好。"

她怀里的猫这时醒了，朦胧着睡眼冲少土司"喵"了一声。

听了母亲的话，少土司点点头，"对了，阿爸呢？我去他房里找他，阿么没在？"

"嗨，你又不是不知道，自打四年前迷上了酒，啥时候断过？依我看，他干脆就泡在威远烧坊的大酒缸里算了。"

少土司不置可否地笑笑，一垂首看见了几案上木编竹篮里的钱达和腰带，不由眼前一亮，拿起那绣着两朵太阳花的腰带仔细地瞧着，"这是谁绣的？"

这会儿工夫，蓝衣丫鬟已经端了一龙碗的奶茶，静悄悄放在了少土司身旁的几案上。

"喏，就在你身后，吉门索阿姑。"

少土司不由回头看去，看见了低头默默站在他身后的吉门索。他拿着腰带起了身，来到吉门索面前，"抬起头来！"

吉门索只得依言抬头，却还是眼观鼻鼻观心。少土司心里不由一惊，呆住了。从没见过一个阿姑居然长着一张蓝脸！虽然罩着紫色面巾，但露出来的额头，却是清清楚楚的蓝色。一惊之下，他手中的腰带软绵绵地掉在了地上，土司太太忙呼一声"哎哟"，这才惊醒了少土司。他弯腰欲拾起腰带，正巧吉门索这时也低头要捡那副腰带，两人的头差点撞到一起。少土司闻到一股淡淡的幽香，很有点杏花的味道，但又不是那么具体。正愣怔间，吉门索已快速捡起腰带，用细长的手指轻轻掸着上面的地毯毛渣。少土司冲她伸出手去，吉门索将腰带递了过去。看着眼前这精致绝伦的针线手艺，似是不敢相信，他再次仔仔细细地看着吉门索，依旧是长着蓝脸的一个丑女。

"哦，活儿不错，只是这脸……"

吉门索默然挺立。少土司摇摇头，收回视线，转身将腰带丢在几案上,"行了,去找管家领赏钱吧。"说着沉沉地坐进木椅里。

"是。"

吉门索刚要转身,却听"哐啷"一声,抬眼看去,她的心猛地收紧。少土司没瞅见几案上的奶茶,龙碗被他的胳膊肘儿打翻,整碗奶茶全倒在了那副绣着太阳花的腰带上。

"哎呀!快快!兰索快!"先是土司太太一声惊呼,怀里的虎斑猫尖声一"喵"跳下地毯,转眼不见了,紧接着是蓝衣丫鬟手忙脚乱地拿着先前擦了少土司衣服上雨水的布巾胡乱擦着腰带上的奶茶。一切都已来不及,这副腰带,已经毁了。

少土司淡漠地看了一眼狼藉的几面,"有什么大不了的?不就是一副腰带嘛,再请人绣就是了。正好,人不是还在这儿吗,让她再绣一个就是。"

吉门索沉默地看着这一切,不说话,心里早被疼惜碾压了好几遍。少土司没有什么兴致在绣品上,起了身来到窗前,重又拿那木棍支起了木格子窗,看着院子里的大雨。

"吉门索阿姑,你也瞧见了,纯粹是个意外。还得劳驾你再绣一副,至于工钱你放心,少不了你的,只是这工期,可能就得紧一点了。"

吉门索垂首一揖,"我赶一赶吧。太太,天色不早了,我也回去了。"

"好吧。兰索,你快带吉门索阿姑去找管家,先把原先的工钱付了,再把下一副的工钱预付一半。"

"是,太太。"

吉门索跟着丫鬟兰索匆匆走向门口,纯羊毛的白地毯软绵绵的,她的紫色条纹的布鞋踩在上面没发出一丝声响,转身轻巧地出了门。

窗前的少土司侧头看着吉门索高挑曼妙的背影,她苗条的体形,完美的身姿,优雅的动作,周身透出来的那副动人的气息,他实在无法将这些和一个蓝脸的丑女放在一起。

"阿妈,阿么找这么个丑女给妹子做嫁妆?咱们土族阿姑里不是有的是针线强的人嘛!"

土司太太慢条斯理地整理着钱达,笑道:"人丑怕什么?到时候你妹子'晒针线'又不晒她。你不知道,她的手艺是一等一的,我看过的绣活也不算少了吧,你瞧瞧这针脚,这图案,挑不出一丝毛病来。"

少土司笑着摇摇头。土司太太见状接着道:"我还托她帮着做你尼尕妹子的钱达呢,你俩的事也得准备起来了。你瞧瞧这针线,拿到哪儿都是数得上的。"

少土司刚要说话,门外有管家仁欠的声音。

"少土司,白崖村的舍房收粮人平安保来了,找您有急事!"

"让他到前厅等着。"

"呀。"

少土司别过母亲，下了楼，拐进了一楼的走廊。院子里的雨下得越发大了，他不经意侧头，瞧见雨中奔跑着一个年轻的阿姑。阿姑不知道是从哪里冒出来的，雨太大了，没两下便将阿姑全身淋透，阿姑没办法，举起手中的紫色布包顶在头上，可雨水还是毫不客气地泼在了她的脸上。

少土司的脚不听使唤了，眼皮都不敢眨一下，生怕眼前的美丽阿姑会突然消失了。虽然是大雨中，虽然是匆匆奔跑着，可她举世无双的面容还是清清楚楚地展现在少土司的眼里。那眉眼，那娇俏的鼻子，那遗世独立的剪影，世上怎会有如此摄人心魄的美丽容颜？

等着少土司回过神来冲到雨中，阿姑早不见了身影。他怔怔地看着眼前不断落下的雨帘，一个紫色的绣着点点红梅的小荷包闯入他的视线。他忙弯腰捡起，打开那荷包，发现里面还有一个精致小巧的紫色红梅小荷包。从手指的触感来看，小荷包里装着一个硬东西。他小心翼翼地打开来，里面竟是一朵玉花，是一个筒状钟形的花，花冠有五个半圆形花瓣，花喉部还用金子点了十几个黄色的斑点。是什么花呢？他不认识，更像是山上的什么小野花。玉的质地非常好，是昆仑玉中的上品，致密度，白度，油性，糯性，完整性，都堪称一流。花的尾部打了一个细小的洞，串着一根细细的紫绳，看这绳的长度，应该是戴在脖子上的。这荷包，想必就是刚刚的阿姑不小心掉下的。少土司手拿着荷包急喊："管家！管家！"

"哎哎！来了来了！"管家仁欠匆匆忙忙赶来，弯腰立在少土司面前，"少土司，您有什么吩咐？"

"去！快带人去追刚刚的阿姑！一定要给我追回来！"

管家一头雾水，眨巴着眼睛茫然道："阿姑？什么阿姑啊？"

"你管什么阿姑！快去追！追不回来，我扒了你的皮！"

"呀呀呀！"管家仁欠一迭连声，急忙带了人冒着大雨冲出门去。

掌灯时分，湿漉漉的管家仁欠垂头丧气地回来了。少土司刚送走白崖的收粮人平安保，见了管家忙叫他过去。

"怎么样？追回来了？"

管家仁欠"扑通"一跪，磕下头去，"少土司！您扒了老奴的皮吧。我们分了四拨，东南西北方向都去追了，都没见到您说的阿姑。"

少土司抬起脚猛地踹在管家仁欠肩上，管家仁欠整个人趴在了石板地上。

"没用的东西！"

少土司气急败坏地在走廊里来回踱起了步。管家仁欠重新在原地跪好，垂首等着。少土司的脚步慢了下来，重又在管家仁欠面前站定，"今天府里都来了什么人？你好好想想！一个也不准漏掉。"

"呀！"管家仁欠仔仔细细想着，嗫嚅道："一大早您刚走，彩虹村的吉然斯让来过，晌午太太歇午觉的时候，表小姐尼尕来了，是来看太太的，一直等太太睡醒，喧了有半个时辰就走了。再后来……傍晚的时候，白崖的平安保来了，然后……再没有了呀……"

"女的！女的都来过什么人？"少土司沉声道。

"女的？"管家仁欠绞尽脑汁回忆着，"女的就来过尼尕小姐呀……"管家仁欠使劲转动着眼珠了，"哦！"突然拍大腿，大叫道："吉门索！还有吉门索来过！彩虹村那个蓝脸的丑女，去年赛歌节的歌仙，她是来给太太送绣活的！"

管家仁欠像是做了什么好事等着被大人夸奖的孩子一样仰头看着少土司，几乎要堆上满脸的笑容了，却看到少土司越来越冰冷的脸。管家仁欠的笑冻住了，慌忙垂下头去。

"明天开始给我找去！找不到今天来府里的阿姑，我饶不了你！"说着转身上了楼，留下管家仁欠瘫倒在石板地上，一筹莫展。

6

吉门索放羊阳山坡

想阿吾

花草儿也有了情分

高高的天呀海一样蓝

装不下一腔子高兴

南山日照北山雾

织出了土乡的美景

二十一年来头一回

感到了土热山亲

暖风悠悠拂面来

一阵阵轻轻抚慰

莫非风也知脸发热

要为我

拂散两颊的红云

多谢你呀有情的风儿

送给我一路的芬芳

你今天阿妈般的温柔

请你

快送来阿吾的歌声

拉仁布循着吉门索的歌声赶着羊群到达落凤坡的时候，吉门索正坐在一丛蓝色的花海中，塔塔正在她身边不远处追着一只蓝色蝴蝶玩。

她不似往常般以蓝色面孔面对他，而是像在别人面前一样罩着紫巾，只是头上的紫头巾戴得很低，遮住了额头，一双美丽的眼睛笑盈盈地看着他。拉仁布近上前去坐到她不远处，看着她道："今天这么早啊？那天你说要送我个礼物，是什么？你做的香豆锅盔吗？"

吉门索低头笑了，从身后的紫色布包里掏出一个物件，用蓝色的棉布包着。她慢慢起了身，满脸柔情地将布包双手递给了他。她郑重其事的样子让他不由也紧张起来，在身上擦擦双手，才犹豫着接住那蓝包。见他盯着手里的物件发着愣，吉门索笑道："不打开看看吗？"

"啊？哦……"

拉仁布轻之又轻地，小心翼翼地打开那蓝布，一副精美绝伦的绣花"达博"腰带就展现在他的掌中。拉仁布感觉自己的眼睛直打晃,被掌中的东西所晃。他将这副腰带捧在手中,像捧着一件珍宝。土族阿姑的绣活如何,一副绣花腰带便能全部显现。绣制这个腰带主要是盘绣和刺绣,绣前要先用糨糊把几层布裱好并缝上底料布,然后精心绣制具有土族特色的各种图案。拉仁布手中的绣花腰带分为两部分,上绣云纹图案,下绣一朵艳丽夺目的太阳花。

"你……"

拉仁布当然明白这太阳花腰带代表着什么。他心里猛地一热,看着罩着紫巾的吉门索,"你想好了?我一个穷小子,什么也没有,跟着我,可能要吃很多苦,你……"

吉门索的眼睛笑了,定睛看着他,"腰带既已送你,你就该明白我的心。除非,你根本就嫌弃我这蓝脸丑女。"

拉仁布忙摇摇头,"绝没有!赤列布山作证,我拉仁布若有一点点嫌你,便叫天雷轰了我,我……"

吉门索忙用手掩住他的嘴,"别瞎说!我信你。"接触到他热烈的眼眸,她忙抽回手,站开两步,面对着他,美丽的眼睛里满是柔情蜜意,"谢谢你愿意真心待我!为了回报你对我的这份真情,除了绣花腰带,我还有一样礼物送给你。而这份礼物,我用心珍藏了八年的岁月。"

拉仁布满心的疑问，见吉门索抬起双手，静静地取下了紫色面巾，露出了那张绝世容颜。拉仁布在看到她真实容颜的一刹那整个人呆住了。天真清丽，那低垂的睫毛，那因经年累月的牧羊岁月而吹磨得健康而光润的皮肤，那尖尖的下巴和玲珑的嘴型。她的睫毛又黑又密，微微地向上翘着，那对黑白分明的眸子是坦白而充满深情的，那是一对被赤列布山尖的雪水点亮过的眼睛，清澈，灵动，又有北山天池的宁静，安详。拉仁布感觉自己的心在一点一点地沦陷。

拉仁布看着看着，心里不由生了疑惑，"不对啊！你的脸不是因为生病……"

吉门索摸摸耳朵温柔地笑了，露出那两颗可爱的小虎牙，抬起头看着拉仁布，"你还要这样的蓝脸丑女不？"

拉仁布不好意思地笑笑，"世上哪有你这么俊俏的丑女啊？不过，你比小时候更俊了……"情之所至，不由朗声唱道：

> 花青脸蛋樱桃嘴
>
> 好人品
>
> 盖过了九州十八县
>
> 彩虹村里美丽的凤凰
>
> 看一眼

睡梦里要梦上三遍

阿姑放羊山头站

活像是白云顶上的雪莲

阿吾只想变成小羊羔

甘愿你轻轻地抽几鞭

吉门索红了脸，伸手指了指身旁的那一丛还未开花的雪里蓝，笑看着拉仁布。拉仁布恍然明白过来，用那双深邃而明亮的眸子紧紧盯着她，那张泛着笑意的嘴轻轻扬起。吉门索也回视着他，他有一张斯文、英俊、使人易于亲近的脸，此刻正目不转睛地盯着她。

"你认识这种花吗？"吉门索坐下来，手指抚摸着雪里蓝的绿叶问道。拉仁布在雪里蓝的另一侧坐了下来，仔细瞧着那叶子，"倒是老见，却从来不知道它叫个啥。"

"它叫雪里蓝。我查了汉人的药书，他们管它叫龙胆草，是祛火的良药。"吉门索摘下一叶，捧到手心里，悠然道："也许，雪里蓝将会在初冬到来的一场暴风雪中纷纷化作枯萎的山魂。但天地运行，日月不灭，灵魂不会冻僵，明年的深秋她们必将再次绽放满山的幽蓝。赤列布山孕育了她们，她们则永生厮守着大山。这些为灾难深重的大山创造美也创造丑、创造历史也创造未来的蓝精灵们,多么有情的花儿啊……"

拉仁布目光投在吉门索身上,再也移不开自己的眼睛了。他虽不识字,但他听得出她话里的意思,因为她美丽的眼睛已经将她话里的意思清清楚楚地映了出来。

"吉门索,哪有阿姑不爱俏的?为什么你却偏偏藏起自己美丽的容貌,要涂上这蓝色的花汁?"

吉门索低头笑笑,"在今天以前,我也不知道为什么,是我阿妈的意思。从我十二岁起,阿妈就让人采了山上的雪里蓝花瓣来,用石杵磨成汁涂在了脸上,起初脸上特别痒,我还跟阿妈闹脾气,可阿妈还是坚持。为了安慰我,阿妈还让阿爸在西宁卫的玉器匠人那儿雕了一朵雪里蓝给我。慢慢地,我也就习惯了。就在第三年,家逢巨变,阿爸阿妈还有阿爹,都相继去世,我日日夜夜想念我的阿妈,却也只有这雪里蓝是我与阿妈唯一的联系了,便继续采了来,捣汁抹脸,继续以蓝脸示人。对于别人异样的眼光,从起初的不适应,到后来慢慢也习惯了,也就不以为然,想着当初阿妈既然让我以蓝脸示人,必有她的一番用心。"转头看着拉仁布,柔声道:"直到你说不在意我的蓝脸,依旧愿意真心待我,我便全都明白了。这雪里蓝让我看到了你的真心,想来,它竟是你我的媒人了。"

阿妈的坚持，经过多年的岁月，吉门索才明白

拉仁布默默地点点头,看着眼前美丽的吉门索,眼里闪烁着和她一样的深情。执手相看两不厌,情也缱绻,梦也缱绻。

"唉……"

"怎么了?"

吉门索摸摸自己的胸口,"阿妈送我的雪里蓝,玉雕的,被我弄丢了。我把家里都找遍了,还是找不到,也不知道是丢在哪里了。"

拉仁布忙道:"山上呢?山上找了吗?兴许是丢在山上了,我帮你找。"说着要起身,吉门索轻轻拽住了他的衣袖,"不找了。它已经帮我找到了你,想来也是完成了使命。"

见拉仁布面露疑惑,吉门索柔声笑了,看着他道:"我给你讲个故事吧。"

"好。"

吉门索望着眼前的山河,慢慢开口道来:"在很早很早以前的彩虹村里,有一个干散的牧羊阿姑,长得像刚开的牡丹。村子里的阿吾们都爱她,可谁也不敢去提亲。只因她和一个牧羊的阿吾早有了深厚的感情。有一天来了三个人,争抢着向阿姑求婚。第一个是大老爷的公子,向她夸老爷的权柄。第二个是商人小掌柜,白马驮来两袋金银。第三个是牧主的少爷,用千匹骏马来下聘。对这三个人阿姑一眼也不看,赶着羊群上了山。

三个人万分恼恨，依仗着权势抓走了牧羊阿吾。威胁阿姑，限期三天答应亲事，要不就杀掉她的心上人。阿姑在天池边哭了三天三夜，感动了水下的池神。这时候一朵莲花伸出水面，花瓣上坐着个须发皆白的老人。老人送给阿姑五根羽毛，三根漆黑，两根金黄，又教她如何搭救心上人。阿姑来到刑场中，当众把亲事应允，然后高声向那三个求亲人说：'你们当中究竟是谁能娶我，看来只有请佛爷来判定了。谁先插上羽毛追上了我，谁就是赢家。'阿姑把黑羽毛当空一扔，三个人恶狗一样地争抢。这个时候，阿姑和牧羊阿吾插上了金羽毛，立刻生出了金黄的翅膀，而那三个人却变成了黑色的乌鸦，聒噪着追撵那一对金凤凰，却哪里还看得见凤凰的影子。原来这一对金凤凰飞到了赤列布山，过着幸福欢畅的日子。"

拉仁布定睛瞧着吉门索动人的侧脸，再听她仿如山泉般清脆悦耳的声音，整个人完全沉醉了，半天没回过神来。金凤凰美丽的传说其实彩虹村的人多少都听过，只是，此刻经由吉门索的口说出来，仿佛带上了一层梦幻般玄妙的感觉，像是雨后的赤列布山，隐隐中透着超脱尘世的圣洁。这时，塔塔突然朝着山下猛烈地叫唤起来，紧接着一个女子的声音"来势汹汹"地传了上来。

"喂！放羊的拉仁布！"

一听到这声音，拉仁布眉头一皱，他身旁的吉门索忙系上紫巾，轻轻拍拍塔塔的头，塔塔停止了叫唤，喉咙里却时不时发出警告的呼呼声。半刻工夫，土司小姐达兰已经站在二人面前，一双大眼睛扑闪扑闪看看拉仁布，看看吉门索，"你们两个做啥呢？干坐着晒太阳啊？"

拉仁布与吉门索对视了一眼，笑着不说话。达兰急了，脚一跺手叉腰瞪着两人，"不许不理我！我顶着个大太阳赶上山来，容易嘛！"

这个时候仆人祥木才追了上来，站到达兰三四步开外，见二人还是不说话，他先抢道："哎！我说你们两个放羊的，对我们大小姐客气点！要不然，我……"

"要不然阿么？打我们马棒？交朋友有你这么交的吗？"

达兰听到拉仁布这么一说，回身一记皮鞭打在仆人祥木手臂上，呵斥道："给我滚一边去！"仆人祥木抚着挨打的手臂，冲拉仁布噘了噘嘴，悻悻地躲到一边去了。

"拉仁布，吉门索一个蓝脸的丑女，你干吗老跟她玩啊？你的眼睛是阿么回事？难道看不清美丑吗？"达兰坐到离他们两三米远的一块石头上，侧头看着吉门索道。

拉仁布笑了，"我看不到人们脸上的美丑，可我看得到她们心里的美丑。在我拉仁布眼里，吉门索就是这世上最俊俏的阿姑。

我喜欢她,这辈子,我拉仁布非吉门索不娶。"

吉门索心里一热,情不自禁看着拉仁布,一双美丽的眼睛里盛满了柔情。拉仁布也看着她,眼里是让吉门索脸红的深情。

达兰听到拉仁布这样说,又看他俩这个样子,气急败坏地跺了跺右脚,有气无处撒,甩开皮鞭重重地打在那块大石头上,一甩头跑下了山。仆人祥木着急忙慌地跟上了。

塔塔追赶着奔下山去的达兰叫唤了一阵,直到她消失在山路的拐弯处不见了,才掉转黑头上了山。

7

朦胧月色下的彩虹滩好美!苍茫雄浑的赤列布山托出一弯银灿灿、湿漉漉的新月,淡淡的银辉在天际流泻。晚风,像梦一样轻柔。黑黝黝的庄稼仿佛在升腾,紫茵茵的油菜地里挥发着略带苦涩的清香。波光粼粼的小溪欢畅地拨动着琴弦,满河滩亭亭玉立的小杨树舒展纤柔的腰肢,每一片绿叶都在沙沙甜笑……

阿姑阿吾

土乡一起长大

阿姑为阿吾

　　绣着太阳花

　　一朵在心上

　　两朵在脸颊

　　这边吉门索的歌声刚歇,巷道口飘来悠扬的笛韵,像天上的星星,忽明忽灭,若远若近。吉门索的心,像网出水面的鱼,活蹦乱跳。血一下子涌到她那娇媚的瓜子模样的脸蛋上,正在刺绣的枕套上的双飞雁展翅欲飞,她的心,也飞到了窗外……

　　这是拉仁布的笛声!她知道!她很清楚地知道!她相信,即使隔着千重山万重水,她也能一下子就听出来自他的声音。

　　吉门索家隔壁的腊月花也听见远处传来的笛声,她当然知道这是拉仁布吹的。自从去年的赛歌节开始,拉仁布和吉门索便相好了,别人不知道,但瞒不过她腊月花的眼睛。她正在马圈里给两匹骡子添草料,听着拉仁布的笛声,她的手慢慢停了下来,靠着木柱,发起了愣。真是不明白呀,以拉仁布那样出色的相貌,居然偏偏看上了长着蓝脸的吉门索。吉门索的命阿么就那么好?有个做土司府收粮人的阿吾不说,现在居然还拥有了拉仁布的真心。拉仁布对她那是真的好啊,下雨了他的褐褂永远披在吉门索身上,挑水时吉门索的水担永远在拉仁布肩上，割草时背篼永远是拉仁布替她背着……拉仁布对她的好，真是数都数不过来。想着想着，腊月花就想到了自己，不由皱紧了眉头。

腊月花容貌出众，是彩虹村数得着的俊俏阿姑。只可惜家境贫寒，从小到大吃尽了苦头。每日里跟着阿爸阿妈和阿吾新阿姐在租种的地里忙活，自家的那点山坡拓荒地全看老天爷的脸面，风吹日晒不说，辛苦了一年交了土司府的田租后，连个温饱都管不了。她实在是受够了这样的苦日子，苦苦寻觅着解脱这种日子的办法。随着她的长大，随着人们对她容貌的关注，随着周围的小伙子们面对她时越来越痴迷的眼神，她知道自己找到了解脱的办法。这办法，就是她自己。

十八岁的时候，她将目标定在了据说是年轻帅气的少土司身上。是啊，他可是这片土地最大的王，没有人比他更合适了！既然腾格里给了她这样一副好容貌，那就理所应当该让她去配最尊贵的少土司。一切再合适不过了，年龄合适，相貌合适，少土司的家境更是没得挑。打定了主意，下一步就看她阿么做了。贸然冲上门去，实在是太愚蠢，愚蠢极了！不光愚蠢，而且毫无效用。想那土司府是什么地方，而她又是什么身份？恐怕连土司府大红门上的铜环都还没摸到，就被土司府门口的土兵给打出来了。

就这样，时光悄然地过去了三年，腊月花却连少土司的影子都没有见到。

后来，她将目光放在了每年一次的土司下乡上。土司原是每三年下乡一次，可彩虹村因为离桑思格不是太远，所以土司每年都会来上一次。来时所有随从所需的食粮、马匹草料，均由当地百姓供应三日。马匹不论多少，供豆料3斗。随从人员及土司的饮食，均须精美。临行时，大家要备办银钱，送给土司，叫做东彩。土司来村里时，大家跪接跪送，总管、乡老等都来伺候，远近来的总管、乡老们的饮食，也由村上备办。

精美？想那少土司什么山珍海味没有吃过，寻常的东西阿么能入得了他的法眼？腊月花思来想去，终于打定了主意，拽上吉门索上赤列布山，走南门峡，只为找到稀罕又美味的山野好菜。

两天后就是少土司来下乡的日子了，这不，这日一早，她又拽上隔壁的吉门索向着彩虹山出发了。黑狗塔塔理所当然地跟着吉门索。

找了一上午，也没啥收获，两位阿姑找了处干净的草坡，吃了点随身携带的馍馍，喝了几口陶罐里的熬茶，疲惫感袭来，两人向后躺去。

原先还晴空万里，这会儿工夫却阴云密布。乌漆漆的云层从山顶上压下来,哪像是才吃晌午不久的时辰啊。腊月花慌慌忙忙地寻找可以躲雨的去处,一直在附近草丛里转来转去的塔塔突地叫了两声,还不时回头看看吉门索。吉门索知道塔塔的意思,再说她已听到那隐隐传来的呻吟了,她一个转身循声跑了过去。

腊月花站了许久也没有过去。她不是不愿意,她是怕管闲事。从哀嚎一般的呻吟听来,那是个男子。这彩虹山远离村庄,防范一点是必要的,心里不由埋怨吉门索太过冲动,居然想也不想就冲了过去。

待腊月花不情不愿地赶到受伤的男子跟前,看到吉门索正在费力地搀扶他的身子。黑狗塔塔在她身边跑来跑去,像是想帮主人的忙。腊月花瞅了那男子一眼,脸都吓白了。这昏迷的男子怕是撞上鬼了,大腿根部裤子撕烂了,血污一片,脸上也是血糊糊的,右侧脸颊有一道很深的血口子,看不清长相。他怕是爬到这里的,满身的血污,脏兮兮的。腊月花移开目光想要离开,却听到吉门索朝她喊了一声:"过来帮一把,腊月花阿姐。"

腊月花只得硬着头皮近上前,伸过手去抓着那男子的手臂,下手重了一些,那男子又哼了一声。到此刻,腊月花可以肯定,这男子不是彩虹村的人。他人生地不熟,跑到这荒山野岭来干啥?莫非也像她和吉门索一样,是上山挖野菜的,或是来偷砍柏木发财?外乡人发财还寻这费劲的事儿干,真是够笨的,不会去北山挖金子吗?

两个人的力气要比一个人大,腊月花一帮手,吉门索一使劲,把那男子拖了起来。

"他阿么了?"腊月花忍不住问。

"让山猪咬了。"吉门索使着大劲,说话气喘吁吁的。

"腾格里啊……"腊月花惊得下半句话在喉咙口卡住了。这么说这男子算是命大的,山猪那尖利的前爪要是抓在他的肚子上,咬破他的肚皮,叼出肠子的话,他这条命就算是完了。

"快使点劲,腊月花阿姐,天要下大雨了。"吉门索匆忙看了眼头顶的天空,急忙催道。她话音未落,雨点就已经砸下来了,打在头皮上像泥巴片片。腊月花知道山里的雨,说来就来,下大了顷刻工夫就能把人泡个透湿,不能大意。她帮着吉门索一块使劲,连拖带拉地往她早先看好的那崖沿下赶去。

今天这野菜是挖不成了。逢上这场大雨不说,还碰上这倒霉的受伤男子,哪还有工夫满山转着挖野菜。早知会这样,真不该来。

腊月花心里正怏怏不乐,没防脚底下的小石头,差点一绊,险些跌倒。她极力稳住自己,也就顾不上去扶受伤的男子。男子痛得颤了颤,一迭声地哀叫起来。腊月花赌气一甩手,不愿搀扶他了。

腊月花这一放手，受伤男子的重量全过到吉门索那边去了。吉门索咬紧牙关，将他连拖带抱地带到崖沿下。那男子离开她俩的搀扶，沉沉地瘫倒在地上，眼睛依旧眯缝着，还未醒转。吉门索也累得一屁股坐在地上，大口喘着气。腊月花靠着崖壁，冷眼看着发出痛苦呻吟的男子。

雨哗然而下，下得山里"唰唰唰"一片声响起来，是那种一时不会停的大雨。幸好这崖沿大，突出来一大块，雨淋不着。歪在石壁上的男子低低地哼了一声。吉门索上前探了探他的气息，越来越弱了，还发起了烧。

"腊月花阿姐，你在这里守着他。"

"你要去哪里？"

"找给他治伤的药。"

吉门索飞快地跑到了大雨中，塔塔一个跳跃也飞奔出去跟上了她。没褡褳没外套，没跑几步满头满脸都被淋湿了。雨点子横扫过来，脸颊被雨点打得生疼。她该去哪里找药呢？到后山去，那是不会错的。阿爸在世的时候，风和日丽的日子，若要挖药，总是爬后山。

可最难的是，到后山得爬降龙岭。天气好的日子里过降龙岭，都要捏把冷汗。今天这样的暴风雨，彩虹镇的人没一个敢往降龙岭去。降龙降龙，连龙都能降住的山岭，更何况是人。

吉门索停下脚步,放眼眺望着周围的山岭。塔塔站在她身旁,抬头看着她,等着她的指令。

另一边,崖洞里男子的痛苦呻吟这时停了,半昏半醒的样子,还挣扎着坐起来,朝前倾着身子,一双手使劲往前伸。看见这双手,腊月花愈加认定,这男子非但不是彩虹村的人,他还必定不是庄稼人,看他手臂上的皮肤,细白嫩滑的,绝不是干粗活的人。他是个富足的人无疑!

"你找什么?"腊月花见他那副模样,不由问道。

男子并不理她,眼神迷迷糊糊地看着前方不远处。腊月花随着他的目光看去,在离男子尺把远的地上有个绣着云纹的小黑布包。他那么急切地要抓住它,里头有啥呢?腊月花走了两步,蹲下身子,把小布包捡了起来。那男子见此情形哼了一声,旋即又昏了过去。

腊月花往崖前走了两步,打开那黑布包,里面是一个绣着红梅的紫色小荷包。哇!绣得真是太精致了!她打开那小荷包,里面又是一个小小荷包,再打开,却是一朵玉花!能装在这么精致的荷包里,一看就知道很名贵。腊月花心里一阵狂喜,看向吉门索跑去的方向。

外面雨一直在下,腾起阵阵雨雾,乳白色的雾缭绕着把高耸入云的彩虹山遮掩得辨不清面目。山坡上自然形成的淌水沟里，山水淌得湍急起来，咕嘟嘟作响。就这么一会儿的工夫，吉门索全身的衣裳已给雨水浸透了，塔塔身上的黑毛也被打得透湿，贴在身上，像是少了一半体重的奇怪模样。

吉门索看着塔塔的怪样笑了，伸手抹了一把脸上的雨水，蓝色的雪里蓝花汁经雨水洗刷，糊了她满手。已经这样了，她索性接了雨水洗干净了脸。这时，腊月花突然在她身后冒了出来，全身上下让雨水淋湿了。她着急忙慌道："妹子！我俩回家，快回家！哦，腾格里！"腊月花紧紧盯着吉门索干净的脸，"好个俊俏的阿姑！你竟把我也骗了！"

吉门索摸摸耳朵笑了，露出小虎牙，"好阿姐，可千万不要告诉别人啊。"

腊月花打趣道："世上哪有你这样的阿姑？想要我不说出去，那就马上回家！"

"回家？那受伤的男子阿么办？人命关天！这样拖下去，他会死的。"

腊月花也知道，山猪咬伤抓破的皮肉，止不住血，拖下去就得死。雨水浸透了二人的衣服，风带着寒意吹到皮肤上很不好受。腊月花噘起嘴巴，"你是把这些人看得太好了。你看看那男人那双白净的手臂，一看就不是寻常百姓，富贵人家的男子不会走岔了，拐到彩虹山来。呸！"腊月花光顾张着嘴讲话，脸颊上的雨水淌进嘴里,她狠狠吐了一口。

"那要依你的话,阿么办?"

"不知是什么人,不能救!咱俩现在就回家!"

"那他总还是个人吧。"

腊月花嘴噘得更高,瞥了眼崖洞的方向,"我们又不是救苦救难的菩萨。"

吉门索一动不动盯着腊月花,沉声道:"照你的意思,我俩这会儿就该见死不救了?"

这时突然"轰隆隆"一声巨响震得地动山摇,没等她俩回过神来,一道闪电如同巨剑劈进峡谷,又是连串的炸响,连塔塔都吓得直往吉门索身后躲。腊月花等电闪雷鸣过去,才接上话头:"救他,只怕把你自个的小命都搭上呢。你听听这雷!"

见吉门索沉默着不说话,腊月花"扑哧"笑了,"嘿嘿嘿,傻阿姑!彩虹山这地方,山高林密,况且又下着这么大的雨,有谁会知道我们见死不救?没人会责怪我们的。至于那男子,等血淌够了,自然会昏死过去。"

"腊月花阿姐!"吉门索猛地一喊:"我去找药了!要回你先回吧!"说完甩开双手,疾疾地往降龙岭那一片陡坡跑去,黑狗塔塔马上飞速跟了上去。

风急雨猛,腊月花嘴巴张了两张,顿时灌满了冷风冷雨。她侧转脸咽了一口唾沫，再一仰脸，吉门索已跑出二三十米。她连忙往前赶了两步，扬起手喊："妹子，妹子！你不要命了！"见吉门索头也不回，腊月花气急败坏地跺了跺脚。和吉门索上山来，原只为找那一味难找的野菜。走得又累又乏，吃过晌午，看到天变了，腊月花心想躲过这阵雨，赶紧回家。哪知道恰在这时，受伤男子出现了。吉门索救起的这个外乡男子，露出了这样一枚值钱的玉花。腊月花早在彩虹镇的珠宝店里见过类似的玉器，可值不少钱呢。一转念，腊月花想到了去找药的吉门索，眉头不由一紧。这独自走进偏僻山岭里来的陌生男子，身上已经带了山猪抓破的伤，即使死在山上，暴尸山野，谁会追究呢？可吉门索偏要冒着生命危险去替他找药来治伤。真心是昏了头了！

吉门索的阿爸在世时曾是彩虹村唯一的大夫，吉门索因为有个举人阿爹而识文断字，平日喜欢看些汉人的医书，再经她阿爸的点拨，要不，年纪轻轻的吉门索怎能识得常人见了都认不出的草药呢？

降龙岭陡峭溜滑不说，因为山上的暴雨，混浊泥黄的水流卷着腐叶枯枝在吉门索的正前方直冲而下，像极了传说的龙王在张嘴吐水，要爬上去，下半身都得浸透在黄泥水中。山岭巅峰，令人震骇的雷声威胁一样地隆隆作响，像是随时都会发出夺命的咆哮一般。

吉门索这会儿心急如焚，顾不得多作思忖。受伤男子快要死了，当务之急是先救人。她记得阿爸教过，遭山猪撕咬抓伤，需要哪几种药。这些药后山周围都有，挖起来并不费劲儿。要紧的是赶紧蹚过横亘于眼前的洪流，越过降龙岭。

吉门索仔细观察了一会儿，那股水流虽湍急，深没过膝，好在还不算宽。现下救人要紧，就算下半身衣裳都浸湿，也顾不得了。因站在风雨中的这一阵，她浑身上下已经湿透了。隆隆的雷声响过一阵后，不像马上要来的样子。拉仁布说过，万一彩虹山遇雷雨，上下降龙岭时，只要避开霹雳一般的落地雷，人畜都不碍事。

她没工夫耽误了，趁这当际，稍微紧一紧裤带，就往水流中钻过去，塔塔紧跟着也下了水，吉门索阿么呵斥让它回去也没有用，也就只得随它了。

原先看着是一小股水，真蹚进来却要把人冲翻一般。幸好吉门索有防备，斜起身子，脚步踏稳，及时地抓住降龙岭旁的岩缝，脚一提起来，就踩准了脚窝，屏住了呼吸，憋足气，跳上了降龙岭。塔塔比她先一步跳上了降龙岭，吉门索一点都不耽误，带着塔塔就往山垭豁跑去。

采药不是难事，但大雨倾盆，顶着比筷子还粗长的雨在山上跑，让她多费了比晴天丽日几倍的劲儿。但她还是很快将要找的药找齐了。对她来说，艰难凶险的，是回去还得过一回降龙岭。

她心里无惧怕,既然上得来,终归下得去。

让她大吃一惊的是,当她抓着一把浸透了雨水的草药,带着塔塔浑身泥浆般跑回那崖沿跟前时,腊月花并没在崖沿下守着那男子,而那自己已挪不动脚步的男子也不见了踪影。

吉门索的筋骨似要散架般靠在崖壁上,茫然地望着织成网的雨帘,心急如焚。塔塔像是能明白主人的心思,朝着空空沉沉的山林猛烈地叫了几声。

这么大的雨,腊月花能带那个人去哪儿呢?

8

快快不乐地退回到崖洞的腊月花,看见那陌生男子已经醒了过来,那双鹰一样的眼睛还时不时虚弱地瞪瞪她,让她的心里直发毛,越想越不是滋味。看来他迷糊中还是知道刚刚发生的事。

而她自己呢,雨浸得一身透湿,守着这么个全然陌生的人,跟着傻乎乎、憨敦敦的吉门索做蠢事。

吉门索不贪财。她有为土司府当收粮人的阿吾,面子和钱都让他挣足了。有在方圆几十里名声响亮的阿吾,有俏丽的脸蛋,她可以嫁个不费心费力勤扒苦挣的好男人。可即便是这样,平日里这吉门索却偏偏要把自己的脸涂成蓝色，让那么多年轻英俊的小伙子望而却步。腊月花是真不明白这小阿姑的想法呀。

哼！腊月花心想，我要是有你那样的家境，我也不贪这点可怜的小玉花。

男子长声哀哀地呻吟起来。

腊月花斜了他一眼。哼，这怂人肯定痛得难忍。假如他不遇见她俩，假如他碰到那只凶狠的山猪，那畜生不依不饶地跟着他撕咬乱抓，他必死无疑。他要一死，他身上的玉花归她捡的，那就问心无愧，安然自在……

这时水冲了上来，腊月花全忘了自己的念头，也不知哪里生出的力气，走过去蹲下身子，架起那男子就往外拖。

"嗯……"男子哼起来，勉强翻起眼皮瞪了她一眼，"干什么？！"

"水冲来了，这里要被淹了。"腊月花道，"得赶紧走。"

腊月花自己都没想到，身上的力气竟有这么大。她迈着大步，几乎是拖着男子出了崖洞。男子经不起她的拖扯狠拽，如挨刀猪一般哼叫起来。腊月花骂道："还哼！不快走，淹死你！"

男子痛得龇牙咧嘴，脸都扭歪了，这一歪，右脸上的那道大伤疤就更显得瘆人了。但他似乎也感觉出了危险，忍着疼痛配合腊月花，他们一拐一癫地走得快起来。

雨点横扫过来，腊月花晃晃脑袋，抖落满头满脑的雨水。山路上溜滑难行，脚踩不稳，腊月花专挑路边的草丛踏。她想，真救了这男子，也许他会心甘情愿拿那玉花答谢她。

她使出浑身力气，把男子往坡上拖去。她身上的汗水雨水淌在一起，她气喘吁吁，脚颤手抖。猛地一片疾雷声从天边响过，如一个悬空砸下的落地雷，腊月花浑身一震，双手一松，肩膀垮下来，架着的男子哀嚎一声，跌倒在地上。

"腊月花阿姐，你干啥？"

腊月花定定神，才听清是吉门索的声音，她抬起手臂来抹额头眼角的雨水道："等不及了。那……那崖洞要被水淹了……"继而抿抿嘴问："你呢，药找到了？"

"嗯。"吉门索把紧抓在手里的一把草药举起来，黑狗塔塔冲腊月花欢快地叫了两声。吉门索忙笑着拍拍它的黑头，"亏得有塔塔，要不然我一时半会儿还找不到这里呢。"

腊月花原地转了个圈，再回头，仔仔细细看着吉门索的脸，心想真是越看越俊。她摇摇头道："那我俩赶紧找个地方吧。"

吉门索手一指，"后面有个洞。"

"好。"腊月花点头，伸出一只手，"把药给我，妹子，我拖了他好长一段路，一点力气都没有了。你，你背他走吧。"

洞子不深，也不潮，山崖上垂荡下来的各种枝叶遮挡了大半光线，洞口突出的岩石拦住了雨水。吉门索把男子放下，靠在洞壁，侧转身子，伸出手道："腊月花阿姐，把药给我。"腊月花这时却突然把药往背后一藏，"慢着，妹子，我有话说。"

"快说吧。"吉门索回身看看那男子，他已虚弱至极，眼睛半睁半闭。

腊月花朝吉门索一笑："不是对你说，是跟他说。"她郑重其事地把手指向男子。

吉门索愕然，她到彩虹山附近采药，有多少时间给腊月花和男子说话，她都不说。反要在这会儿……

"背篼不好背在后头，话不好我先说在前头。"腊月花对那男子说，出奇地严肃认真，"你是个男人，把头抬起来。"

男子大腿根处痛得恼火，不时地撇嘴龇牙，但神智还是清醒的。听了腊月花的话，他把一张结满了血痂的脸仰了起来，雨水似是避他而过，竟没有打湿他的脸。他微微皱眉，双眉有微微的耸立趋势，自左右两侧向眉心呈下滑线。布满血丝的眼睛阴森森地盯着她，表示他在听着。

腊月花晃晃头，避开他那张吓人的脸，"今天你假如遇不着我们两姐妹，让山猪咬成这副惨相，不是在山上痛死，就是拖死，是不？"

男子的两片薄薄的嘴唇扭了扭，似要舔啥食物般地"嗯"

出了一声。腊月花边说边举起手里一把湿漉漉的草药,炫耀地晃了几晃,药草上的水珠溅到了男子的脸上。男子恼火地瞪着腊月花半刻,他把脸朝吉门索转过来,显出的却是另一副神情。

吉门索不解地瞥一眼腊月花,猜不透此时此刻她啰唆这么多是啥意思。药草可是早一刻敷在这人身上,早一阵见效啊!

腊月花依旧不急不慢地说:"现在就看你是要命,还是要这黑布包。你要我俩替你敷药,布包归我俩。你假如要这包,我俩就不管你死活。"

腊月花说话间,把那个黑布包摸出来。

吉门索急道,"腊月花阿姐,你,你……这是……"

"不要插嘴,尕妹子,不要打岔!"腊月花瞪了吉门索一眼,又转向男子,"男子汉,就听你一句话。"

腊月花把布包揣进衣兜,把药草又背到身后去。

"上……上药……"男子急得嘴巴扯歪了,眉头锁成一堆,"少废话!"

"尕妹子,你听明白了!"腊月花欢喜地一声叫,把草药递给吉门索,"话说清楚了。他拿布包换他命。"

吉门索接过自己冒生命危险采回来的草药,默默地在手掌心揉搓着,心里却不由恼起腊月花来,原想说她两句,可如果激怒了腊月花,她一甩手走了,自己一个姑娘家,即便给男子敷了药，但还是拖不动他呢。况且，给这个受伤男子敷药，也需要腊月花的帮助。要不，要她一个人去撕开那个男子大腿根部的衣裤，她又阿么下得了手。

"药搓融了，还得要你搭个帮儿。"

"好。"腊月花爽快地答应着，"你让阿姐干啥，阿姐替你干啥，一点不含糊！"

看着额头一脸汗滴给自己上药的吉门索，那男子似乎忘记了疼痛，痴呆呆地、一动不动地、一声不响地看着她。在旁帮忙摁着他腿的腊月花却在观察着他，虽然脸上脏兮兮，除了先前的血渍，还掺上了泥渍，尤其是那道有一指长的伤口，说不出的狼狈，可他那双布满血丝的眼睛……腊月花看到了他眼中不一样的情愫。哈！腊月花心里不禁笑了。

吉门索替那男子的腿部敷上了药，用自己的紫头巾绑住了。再仔细察看他脸上的伤口，拿出坎肩兜里的白帕，来到洞口接了会儿雨水，弄湿了帕子，折回身替男子擦拭脸上的伤口，一边柔声道："忍着点儿啊，这伤口附近得擦干净，要不然脏东西进到伤口里面就麻烦了。"

男子乖乖地不动，一双眼直勾勾盯着吉门索。吉门索擦干净伤口，又到洞口接雨水将帕子洗净了，在帕子上抹上先前搓成泥的草药，按到男子脸上的伤口上，再解下绿色腰带，从腰带上扯下一条一掌宽的布，绕着男子的头缠了一两圈，算是把抹了药的帕子固定在他脸上了。

敷上药，约莫有半个时辰，药力开始发作。男子的神情缓和多了，眼睛里慢慢有了光亮。洞外，雨愈发下得起劲了。崖沿上垂荡下来的枝条上，雨珠儿连成线一般排着淌下来。山巅上，浓云雨雾压得紧紧的，一点没有放晴的迹象。

腊月花看着雨帘，心想彩虹山离彩虹村二十多里路，没这个男子，她俩空甩着手走，都得一个多时辰才能到。这会儿假如还不走，天黑之前是回不了村子的。"妹子，走吧！"腊月花忍不住催促道，"这会儿再不走，就得赶夜路了。"

"就好了。"吉门索转脸瞅了一眼男子，"药刚见效。我想让伤口收一收，他会好得快一点。"

"可这天色不等人啊，又下着雨。"腊月花乜斜了吉门索一眼，一点儿也不理解，这阿姑的一颗心阿么全放在眼前的陌生人身上。

"走吧。"那男子也提议，"天黑尽了还在这山里，怕又窜出山猪来。"

于是，两个阿姑一左一右架着受伤的男子，身后跟着黑狗塔塔，出了崖洞，冒着山风山雨，跟跟跄跄踏上回彩虹村的路。

彩虹山的路，本是放牛放羊砍柴挖药的人踩出来的，没那么好走。遇上雨天，溜滑溜滑的，难走得很。还要架一个男人，腊月花和吉门索走不多远，就累得喘气。勉强搀扶着走了二里路，腊月花只想瘫坐在地上歇气。塔塔似乎也急了，跑出去老远，又飞奔着回来，在他们三个身边焦急地走来走去。偏在此时，男子哼哼地喊起痛来。吉门索让他用手捂住伤口的草药，虽然有头巾绑着，但还是要防着因身子移动，药汁水淌到别处去。男子照做了，却还是一声高一声低地呻吟着。

腊月花早听得不耐烦了，气冲冲地瞪着缠着一头绿布条，一脸滑稽的男子，没好气地说："你一个大男人，一点点痛都忍不住。再哼，把你留在这山上，让你自己爬回家。"

腊月花的威胁果然有用，男子不再出声了。只是不停地扯歪一张脸，牙齿缝里吐出咝咝的声音。

分辨不清是暮霭还是浓云，总而言之，天已黑下来，黑得比她们俩预料的要早。前面是三岔口，是彩虹河淌出来流向村子里的拐弯处，是彩虹镇的人爬彩虹山的必经之路。还是一个娃娃时，吉门索就听阿爸说过，三岔口离彩虹村有两条扁担路，也就十一里。而在这里拐向村子里去的彩虹河，是村里三百多口人的生命之河，是滋润田土管保五谷丰登、六畜兴旺的神来之水。每回随阿爸上彩虹山回来，吉门索都要在三岔口浅浅的河水中，洗净双手，在出太阳的晴天，还要把一双脚放肆地伸进温热清澈的河水中，踢腾起一阵白亮白亮的水花。一看见三岔口，一站在彩虹河畔，吉门索心里就会涌起一股亲近感，仿佛到了河边，到了三岔口，也就到了家一样。

半天的暴雨，彩虹河涨高了一大截，往日清澈得可以掏片油菜籽叶捧来喝的河水，这会儿翻滚着泥色的浊浪，发出骇人的呼声。

腊月花的脸先垮了下来，瞪直了一双惊骇的眼睛，发出哭丧般的嘶叫："腾格里呀！这叫我们阿么过河？"

一路架着男人走来，累得精疲力竭的吉门索瘫坐在路边，只顾大口喘气，一句话都说不出来。塔塔在汹涌混浊的河水边跑来跑去，也全无办法。

雨还在下。

天色已渐渐暗了下来。

腊月花看那男子歪躺在湿漉漉的地上，双手捂着大腿的伤口，一边哼一边仰起被雨水冲刷后惨白的半边脸，眼睛里却没有绝望，好似眼前的困境与他无关，倒不是个会操心的人。

吉门索看看腊月花，望望男子，再瞅瞅自己，三个人哪里还有点人模样。伸手摸一摸，浑身上下全是泥和污水。原先矗立在彩虹河中的大岩石，高出水面一大截。这会儿，大岩石也仅仅只在混浊奔泻的河流中冒出点尖尖。

腊月花踢踢踏踏拖着湿透了的鞋走过来，蹲下身子对着吉门索喊："妹子，趁这会儿天还没黑尽，我们赶紧走……"

"阿么走？"吉门索撑着双手站起来，她以为腊月花找到了过河的办法，结果腊月花只是心急时的话语。吉门索仔细看了看河面，"那几个大石头，离得都不是太远，这样吧，我想办法过河去村子里喊人，你留下来照顾他。"

也只能这样了，两个阿姑是无论如何没法把这个男人架着跳过河的。

吉门索朝着奔涌的河水走去，原先一直在河边徘徊的塔塔几乎与她同时下了水。

轰隆隆的雷声跟在吉门索身后，雨下得更大了……

男了得救了。实事求是地说，这得感激吉门索的勇敢。赶在天黑透之前，借助大岩石不时地在奔腾咆哮的彩虹河水中露个脸，吉门索冒着跌到河里的危险，奋身跳过了河。塔塔也真是聪明，全照着吉门索的路数，只踩激流中的大石，几个飞跃，先她一步到了河对岸。吉门索拖着累得僵直的双腿一路跑回村子，一头冲进家门，给阿吾讲了腊月花阿姐和一个男子被河水隔在三岔口那边的情况。说完，吉门索累昏在炕头。阿吾看她只是昏睡，便抱她到炕上，旋即在村子上一声吆喝，汇集了十几个精壮小伙子，带上绳子、梯子、火把等，急忙赶到三岔口，砍来粗长的杨木，设法将腊月花和男子救过了河。

刚捱上河对岸，男子似是猛然恢复了不少体力，大声道："放我下来！"小伙子们依言放下他，收粮人吉然斯让却突然惊呼出声，"少土司！"紧接着是弯腰一揖，小伙子们见状忙都低下了头。

少土司晃了晃，吉然斯让忙去搀他，被他甩开了手，他夺过身旁一个小伙手中的火把，高高举起，看向眼前的人们，似在找寻什么。吉然斯让默立一旁，也不敢问。

找了一圈，少土司刚要开口，却一个趔趄向后一倒，昏了过去。吉然斯让领着四个小伙子，连夜将少土司送回了土司府。

腊月花呆站在夜色中的彩虹河边，心里也如此刻的河水般，翻江倒海，一个踉跄跌坐在了泥地上，看着离去的那一众男子的背影发愣。

9

自打受了重伤的少土司被彩虹村的几个老百姓抬进土司府后，这些日子的土司府上下一直被阴霾笼罩着。土司楼二楼少土司的房间里，大夫正在给少土司的伤口换药，而昏迷了三天

腊月花站在人群中，心里却翻江倒海

三夜的少土司总算是醒了。

"儿子呀！你可算是醒了！"土司太太丢掉怀里的虎斑猫，扑上前握住儿子的手，颤抖着声音哭了。她的身后站着少土司的姨表妹白尼尕，见姨母哭了，她也落了泪，睁着泪眼看着大炕上虚弱的少土司。

原本坐在窗前太师椅上的老土司也忙走近，他终日酗酒，难得清醒，看看儿子，又看着大夫，尖声道："怎么样？没什么大碍吧？"

大夫笑着点点头，"少土司真是大福之人，都伤到大脉了，亏得这个懂行的人替他上了药止住了血，要不然……起死回生，简直是起死回生啊！"

听了大夫的话，众人悬着的心才算放下了。少土司挣扎着要坐起，被土司太太劝住了，"你可别再折腾了！你是非得要把阿妈吓死才成吗？儿子啊，你不再是以前那个可以到处乱闯的少年了，自打你接过你阿爸手中的官印，你就已经是一个真正的土司了，你不能再由着性子胡来！三天前，你居然甩下一切一个人上彩虹山，还不许管家跟着，你为了打个猎，竟将自己置于那样的险地，丢了马弃了弓，甚至差点……"说着土司太太又哭了一鼻子，擦起了眼泪。少土司虚弱地笑笑，看着阿妈道："儿子答应阿妈，以后再也不以身犯险了。"

"哎,这就对了!"土司太太终于露出了笑脸,擦擦眼里的泪,回身向白尼尕伸出手。白尼尕忙将手放到姨母手里,土司太太将她带到自己身旁,笑看着儿子道:"知道吗儿子,你昏迷了三天三夜,尼尕也寸步不离地守了你三天三夜,给你擦汗、喂药,那份真心,连阿妈我都感动了。你瞧瞧她这眼睛,这几天为你哭了多少次,都快肿成核桃了。"

白尼尕低下头去,羞涩地揉搓着手中的玫红色帕子。

少土司看了眼表妹,似是累了,静静闭上了眼睛。土司太太见状,便招呼了众人,退了出去。半刻后,管家仁欠端了药,轻手轻脚地进了门,来到少土司跟前,小声道:"少土司,该吃药了。"看少土司没反应,管家仁欠清了清嗓子,又小声道:"少土司……"

少土司突然张开了眼睛,倒把管家仁欠吓了一跳。他忙赔上满脸的笑意,弯腰道:"少土司,您该吃药了。"他将药放到一旁的八仙炕桌上,"少土司,让老奴扶您坐起来吧?"说着搀少土司坐起来,忙将枕头垫到少土司身后,让他靠住。

管家仁欠回身将盛着药的龙碗双手捧到少土司面前,少土司摆摆手,管家仁欠只得再次将龙碗搁到炕桌上,静侍一旁。

少土司伸手摸了摸脸上的纱布,"我昏迷这三天,可有什么人来找过我?"

管家仁欠一愣,"也没什么特别的人来过,无非是本镇的几个地主,听说您受了伤,都上府里来探望,被我们给挡了回去。"

"没有阿姑来找过我吗?"

"阿姑?没有!"管家仁欠很笃定地说道,静静地观察着少土司的表情。他清楚地看到少土司的眉头锁起,他的心里马上七上八下的,不由自主弯下腰去,不敢再看少土司的脸了。

"去彩虹村查查看,三天前我在山上受伤时,被一个阿姑救了,你务必找到那阿姑,那阿姑……"少土司突然恍然大悟般,眼睛立时涌出千万束光亮,"没错!就是那天来过府里的阿姑!真是无巧不成书啊!竟然让我再次遇上了她!"

管家仁欠一头雾水,看着激动不已的少土司,软着声道:"少土司,不知道那位救您的阿姑叫什么名字?"

"名字?呀!"他猛地一拍大腿,却忘了那里受了重伤,这一拍,痛得他龇牙咧嘴,脸上的伤口也跟着疼了,他不由得倒吸了一口凉气。管家仁欠再次端起药碗递给他,"少土司快把药喝了吧,可以止疼。"

少土司瞪了管家仁欠一眼,无奈地接过碗,皱着眉一口气喝光了。

"那天光顾着……对了,她那同伴的名字叫腊月花,你通过这个找,务必给我找到!彩虹村那个收粮人,叫什么来着?"

"吉然斯让。"

"对！吉然斯让！你也可以找他，他肯定知道那阿姑是谁。那天，就是她找来了吉然斯让。记着！我给你三天时间，你必须在三天之内把她带到我的面前！"

管家仁欠弯腰回道："呀！"

"你回来！"

走到门口的管家仁欠忙又折了回来，垂首而立。

少土司揭开被子看着大腿伤口处重新包扎上的白色纱布，又摸了摸脸上的伤口，"原先包我伤口的头巾和手帕呢？"

"回少土司，都扔了。"

"什么！"少土司嘶声一吼，把管家仁欠吓得扑通跪倒在炕前，忙不迭地连声道："少土司息怒！少土司息怒啊！是太太的意思，说那些东西都沾了血，不吉利了。"

"扔哪儿去了？"

"回主子，扔到后院烧了。"

少土司静默着。这静默却让管家仁欠的心都快要炸了，他太明白这静默背后的可怕了。果不然，少土司伸出双手，几乎把双手能触及的所有东西都砸向木制的墙面，叮叮咣当的声响充斥着整个土司楼。

管家仁欠颤巍巍跪在地上，几乎要把头塞进软绵绵的羊毛地毯里了。

10

旦见索斜斜地倚在暖洋洋的风中,听翠绿的杨树叶"哗啦啦"地响。夕阳挂在西方的天边,温柔地抚摸着地上的庄稼:绿是青稞叶的嫩绿,黄是油菜花的金黄,紫是洋芋花的淡紫,舒展地平铺开来,是丹青妙手的一幅大写意。手挽着粗粗的辫儿,绾一个结,放开,再绾一个结,再放开,水样清澈的眼睛有些迷离:这心底里的结儿,阿么就放不开了呢?

自打阿妈离世,她是上炕剪子下炕镰,样样拿得起放得下。庄稼是庄稼人的脸面,自家的庄稼怎么能落到别人后头?杂草是不能有的,不怕你能长,架不住一遍遍地锄;水分是不能缺的,不怕你天旱,扛不住一遍遍地浇。早晨披着星星出去,晚上戴着月亮回来,却并不觉得累,洗洗涮涮睡一觉,早晨起来仍然有使不完的劲儿。收获的时候,自家的青稞穗头比别人家的重,油菜籽也比邻家的多打百儿八十斤。

虽然有没日没夜干不完的活儿,但旦见索也爱美爱俏。穷苦百姓没有条件,可是不管一朵什么样的野花儿,往头上一插,临河一照,羞得小鱼儿忙躲到一边去了。一头长发,黑亮蓬松,梳成两条马尾辫,走一步,摇三摇。

旦见索聪明,随便将一块什么布料拿在手里,比画比画,三剪两剪，裁出的衣服有棱有角、有模有样。农闲之余，穿针引线，绣个鸳鸯戏水，绣个龙凤呈祥，针角疏密有致，构图别开生面，画面栩栩如生。拿到镇上，每次都能卖个好价钱。快过年了，去镇上买些红纸，给阿爸剪个福如东海，给吉门索剪个梅开五福，给腊月花的阿妈剪个寿比南山，阿吾的窗上就剪个吉庆有余。夜深人静，自个儿剪一个大大的红双喜，左比量右比量，这里贴那里粘，最后还是红着脸儿压了箱底。

手将粗粗的辫儿绾一个结，渐渐地放开。缠绕在心底的结儿，也渐渐松散开了。那个遥远而清晰的身影，甜蜜地涌上心头。

放羊回来的吉门索远远地看见了倚着地垄边杨树的旦见索，穿着惯常的青色坎肩。看她一脸甜蜜地笑着，吉门索不由也温柔地笑了，"旦见索！"

旦见索猛地一惊，见是吉门索，忙笑着跑向她，"你可算回来了！我都等你半天了！"

吉门索伸手擦擦额上的汗，"等我？"

"是啊！"旦见索心情很好的样子，那抹甜蜜的笑意始终不曾从她眉间褪去。她一把抱住吉门索的胳膊，将头靠到她的肩上，"我的好吉门索！我要再不跟你说，我肯定要疯了！"

"阿么了？发生什么事了吗？"

"要阿么说呢?"旦见索未语先笑,一脸羞涩低下了头。

吉门索见状,心里已猜到一大半,便笑道:"哦——我知道了!有些人要当新阿姑[①]了!"

旦见索一听这话,羞得脸红到脖子根儿,一把推开她,憋了半天说不出话,索性伸出双手咯吱她。吉门索最怕这个,忙连连求饶。

"还胡说不?"

"不说了不说了!打死也不说了!"吉门索好不容易才收住笑容。

"刚才我去挑水,又遇上他了。他正放牛下山回来,给了我一陶罐牛奶。你知道他跟我说什么吗?"

"说什么?"

"他说让我自己喝,别给我新阿姐了。你说,他这是什么意思啊?"

没等吉门索说什么,她又抢道:"我想他心里也是有我的,对不对?不然干嘛要送我那么贵重的牛奶呢?那奶牛可是土司家的呀,那牛奶只有土司家的老爷、太太、小姐们才有资格喝的呀!吉门索,我真的太高兴了!只要他心里有我,让我做什么都行!"

---

① 新阿姑:土族语,新娘。

吉门索愣了愣，看着好友眼中那份浓得化不开的甜蜜，正思忖间，且见索已迈开步子，"吉门索，我先回去了！牛奶我藏在房顶上了，万一被我阿爸去佛堂时发现可就糟了！快到他煨晚桑的时辰了！"说着已跑远了。

吉门索看着她雀跃的背影，心里乱乱的，说不清是高兴，还是担忧，默默地赶着羊群。原本在羊群后面的塔塔跑到她身旁，用头蹭蹭她的腿，抬头看着她。吉门索冲它笑了，弯下腰温柔地拍了拍它的黑头。塔塔似是心满意足了，掉转头欢快地奔跑着又去督促后面的羊了。

转眼已到了三岔河，这时阿吾吉然斯让气喘吁吁地跑来了。

"吉门索，四天前那个晚上，你叫我去三岔河边救的人，你还记得吗？"

"记得啊，阿么了？"

"我以为你们只是偶遇，第二天你又发了一天的热，我也就没多问。这么跟你说吧，那个人，是少土司！就是你叫我去河边救的那个人。"

吉门索眨巴着眼睛，"原来是他呀！怪不得那天在山上总觉得眼熟。"她噘噘嘴道："他可是用一碗奶茶毁了我一条腰带呢，那条腰带可是我花了整整三个月的工夫绣的呢。"

吉然斯让摆摆手，喘了两口大气，"这些不重要，我问你，你们是阿么遇上的？腊月花阿么会和他一起？"

吉门索便将那日救少土司的前前后后都告诉了阿吾吉然斯让。吉然斯让越听越窃喜，听那管家仁欠的话，少土司对妹子多半是动了心。这可是天降大喜呀！想到这儿，他不动声色，笑看着自己的妹子，她的脸上还是涂着雪里蓝的花汁，"吉门索，过不了多久，你再不用涂这瘆人的花汁，你尽可以打扮得漂漂亮亮地出门了。哈哈哈！"抛下这样一句话，吉然斯让转头又跑回村了，留下吉门索一头雾水。看着阿吾飞快离去的背影，她低头笑笑，披着一身霞光，赶着羊群继续向彩虹村走去。

刚进村口，吉然斯让碰上了腊月花。她似是刻意在等他，一脸妩媚的笑，慢悠悠走向他，"哟，这不是吉然斯让阿吾嘛！这么着急忙慌的，是去哪儿了呀，瞧你这一头的汗。"说着掏出胸口绣花口袋里的粉色手帕，近前给吉然斯让擦起了汗。

吉然斯让僵直了身子，双手握紧，整个人像根木棍似的呆站着，感觉到腊月花头发上传来的浓浓的清油香气，感觉自己连喘气都有些困难。

腊月花一脸甜到骨子里的笑看着发愣的吉然斯让，拿着粉帕轻轻拍拍他的肩膀，温柔地说道："听说少土司在找彩虹山上救过他的阿姑？"

"啊。"吉然斯让木木地点了点头。

"你知道那阿姑是谁吗？"

"知道，是……"

"是我！"

腊月花笑着抢道，"那天下着暴雨，少土司多半时候是昏迷着，恐怕也记不太清楚那天的详细情形了。吉然斯让阿吾，告诉土司府的管家，救少土司的，是我腊月花，你，肯帮我吗？"说着身子慢慢贴近吉然斯让。

吉然斯让看似被她迷得神魂颠倒，脑子却清楚得很。到这会儿，他挑眉一笑，定睛看着眼前这个漂亮的阿姑，她的一双媚眼还在他身上打转。

"少土司找的是拼着性命为他寻来草药，给他敷药，为他止血，救了他性命的阿姑，腊月花，你肯定这些都是你做的吗？"

腊月花一怔，旋即绽开那一脸迷死人的微笑，"没错！是我和吉门索一起做的。吉然斯让，你可想清楚，你以为你把吉门索交出去，少土司就会娶她做土司夫人吗？你别做梦了！土司府是什么地方，会让一个平头百姓做他们的女主人吗？吉门索最好的结果，就是做少土司的暖房小妾，你觉得以吉门索那刚烈的性子，会愿意吗？你和我是最了解吉门索的，她可是跟我说过，这辈子就是嫁个穷放羊的，也绝不给富人家做小妾！"

吉然斯让难住了。这个小伙子，是个精明的收粮人，算盘珠子打得精，性子里却是耿直多于谋算。腊月花一席话，把他下山时的那一腔热情浇了个透凉。

"这次若是遂了我的愿，我腊月花一辈子记着你的好！"说着，腊月花偷瞄了四周一眼，见没人，踮起脚亲了正发呆的吉然斯让一下，媚笑了两声，粉帕捂着红嘴，扭着细腰走远了。

11

"少土司，人已经找到了！是收粮人吉然斯让领我们找到的。"

少土司猛地坐起身，双眼炯炯有神地盯着门口，"人呢？"

"就在楼下。"

"还不快请！"

"呀！"

今天的腊月花是精心打扮过的。家里穷，没有像样的好衣服，昨晚一夜没睡，就只是为了穿上一件令她满意的衣裳，结果却是越试越伤心，越穿心里越没底。最后，她不得已去隔壁，借了吉门索的衣服来穿，才勉强出了门。令她高兴的是，吉门索比她瘦，她穿着吉门索的花袖衫和紫色坎肩，倒把她丰满的身材凸显了出来，这样总算是让她找回了点自信。

土司府的雕梁画栋，土司府的富丽堂皇，都让第一次进府的腊月花看傻了眼，同时又暗自窃喜。腾格里啊腾格里，保佑我！你既然给了我这样一副好相貌，那就请你赐给我足堪匹配的富贵和荣华，这样，我这辈子也就没什么可求的了。

少土司下了那张大炕，在管家仁欠的搀扶下，瘸着右腿，缓缓走向腊月花。他绣着金丝线云纹的腰靴踩在软绵绵的羊毛地毯上，没发出一点声响，腊月花低头静静看着那双金色的靴子，近了，近了，近到快要和她的粉色条纹布鞋的鞋尖挨到一起了。她感觉到自己的一颗心快要跳出嗓子眼了。

"抬起头来！"

声音真好听！腊月花带着狂喜的心情，勇敢地抬起头，将自己那张令她引以为傲的美丽容颜毫无保留地展现在了少土司的面前。除了美貌，她还将一腔的柔情都汇聚到那双毛墩墩的不大不小的眼睛里，含情脉脉地看着少土司。

腊月花是第一次见少土司。那日在山中，因为下暴雨，他的脸上半是血半是泥，脏兮兮的，她根本懒得看。再加上是那样的境况，她也没有心思看。此刻再见他，却是令她六神无主的出众相貌。天哪！她以为放羊的穷小子拉仁布已经算是人堆里的尖子了，星星堆里的月亮了，没想到啊没想到，少土司的长相丝毫不输给那拉仁布。虽然脸上的伤口还粘着一条两指宽的白纱布,但这身富贵派头,却是拉仁布修上几辈子也学不来的。只一眼,腊月花便知道自己已经无药可救了。

可是……可是腊月花看到少土司原本充满喜悦、充满期待的眼睛,渐渐失望、愤怒,最后被凌厉取代。少土司一个巴掌打在搀着他的管家仁欠脸上,怒道:"往后你要还是这么给我办差,我砸烂你的脑袋,再扔到后山喂野狼!"

管家仁欠慌忙跪下,磕头如捣蒜,"少土司饶命!老奴知错了!少土司饶命!"

"滚!"少土司转身一瘸一拐向大炕走去。

"呀呀呀!"

管家仁欠六神无主地冲向门口,突又想起呆站在那儿的腊月花,忙回身拽了她的胳膊刚待走开,又听少土司一声厉喝:"慢着!"

管家仁欠飞转回身,"呀!"

少土司背对着身,"让她把荷包留下!"

"啊?"管家仁欠一头雾水,看着面如死灰的腊月花,猛拽拽她的衣袖,"快拿出来呀!你不想活了?"

腊月花呆愣愣地从胸口的坎肩兜里掏出装着那朵玉花的红梅荷包,递给了管家仁欠。管家仁欠忙双手捧到少土司面前。少土司看了一眼管家手里的荷包,"下去给我洗干净,用桑烟熏上三四个时辰了再给我拿来!"

"呀！"

管家仁欠再不敢耽搁，急忙拽着腊月花跑下了楼，一直冲到土司府门口。管家仁欠一双眼里依旧是惊魂未定，看看呆若木鸡的腊月花，沉声道："我说腊月花呀腊月花，你可害死我了呀！你跟我说句实话，你到底有没有救过少土司？"

腊月花呆呆地看着高耸入云的土司府大门，心里凉透了，颓声道："到现在，救没救过已经不重要了。"说完带着无限的惆怅离开了。管家仁欠也懒得理会她了，其实也不用多此一问，刚刚少土司的反应已经给了他答案。阿么办？到底是阿么回事？少土司不是说吉然斯让可以领他找到那位救了少土司的阿姑吗？再说这腊月花就是吉然斯让领他找到的呀！到底是哪里出了问题呢？管家仁欠百思不得其解，只得再叫上府里的土兵，跑到各村各寨，硬着头皮大海捞针了。

腊月花解下粉头巾，有气无力地走在回村的小土路上。土路两旁，油菜花绽开一片片金黄色的花海，绚烂得直晃人的眼睛。腊月花却没有心思看这美丽的花海，她觉得自己的心已经到了冬天，满山遍野的，只有白晃晃的寒冰。整个世界，已经结了冰。

悔啊！恨啊！那天在彩虹山上，救了少土司的，为什么不是自己？那天的自己为什么不忍一忍，非要贪那小小一枚玉花！当时若是不贪，如今，整个土司府的财富都会是她的。

腊月花越想越恨,越想越气。都怪吉门索!如果当初她不坚持救少土司,那么自己和少土司还有机会,还有可能结缘。就是因为吉门索救了少土司,他才会拿自己和吉门索对比,这一对比,少土司才会看上吉门索,然后把自己看得如驴粪一般,看都不愿多看一眼。自己真是傻呀!费了半天劲,又是拽他出崖洞,又是帮着吉门索上药,临了,功劳全是吉门索的,而她腊月花,倒弄得里外不是人了!

腊月花呀腊月花,这辈子你是跟尊贵的土司府无缘了。可你得记住,这一切是谁造成的!

满腔悲愤地埋头往前走,不闷声撞上了人。正待抬起头要骂人,无巧不巧,迎面撞上的,竟是吉然斯让。腊月花的心一时间又上刀山又下油锅的,直愣愣瞪着他好半天。

"快准备彩礼吧!我要嫁给你!"

一开口便甩出这一句,吉然斯让整个人懵了,不敢相信自己的耳朵,"你……说真的?"

腊月花旋即绽开一脸甜到骨子里的笑,"怎么?不想要我吗?"

"要要要!做梦都想要!"

"那就好!"腊月花突然又变得一脸凝肃,"彩礼和日子什么的随你,我只一个要求,你必须答应我!否则,一切不作数!"

"你说你说,霎说一件,十件一百件,全答应你!"

"这可是你自己说的！"腊月花将脸凑到他眼前，对他耳语道："吉门索救少土司的事，你得烂到肚子里。"说完又突地退回原地，一脸温柔地看着他，"说吧，做得到做不到？"

吉然斯让看着腊月花美丽的容颜，心里前前后后想了一遍，终于点了点头。

12

且见索兴奋得一夜没睡安稳，傍晚在村道上遇上了赶牛回土司府的达杰。达杰快速地窜到她身旁，在她耳边说了句"明天一早我在娘娘泉等你"就匆匆走开了。明天阿么还不到来呀？她伸手掏出枕下的荷包，就在吹灯前，她决定在明天这个有纪念意义的日子里把绣着并蒂莲花的荷包，当做定情的信物送给她的心上人。达杰阿吾该是多么高兴呀……好不容易盼到东方发白，她麻利地穿好昨晚就放在炕头上的洗得干干净净的五彩花袖衫，轻手轻脚地拿上担子去泉边担水。路旁小草上闪动着晶莹的露珠，似乎在向她致意。她把两只木桶舀满放在树下，坐在大石上舒心畅意地解开长长的辫子，满头青丝像飞瀑一样披在肩头。秀发是少女的骄傲，她用木梳蘸上清凉的泉水仔细梳妆。蓦地，水面动荡摇曳的瓜子脸变幻成方方的熟悉而又陌生的面庞，两道浓浓的长眉在跳动，炯炯有神的眼睛在忽闪，阔阔的嘴唇在翕张……"啪"的一声，一块飞来的石子荡起涟漪，水面的脸拉长了，不见了。她转身，捣蛋的吉门索笑弯了腰，上气不接下气地笑道："快，贼娃子把担子偷走了。"

旦见索抬起头，达杰不知啥时候来了，将装着刚割的带着露珠的青草的背篓靠在树上。他看了眼吉门索，走向旦见索，"这么早啊吉门索阿姑？"

"你不是更早吗，都割了一背篓草了。看来，白崖的草都让你割完了，才跑到我们彩虹村的吧？"吉门索笑笑，挑起水走了。

旦见索见达杰帮她把水挑了起来，她感到脸在发烫，看都不敢看达杰的脸，默默地走到树旁，背起了他的草背篓，离他有五六步远地跟着，也不敢并排。

达杰等了她两步，笑道："阿么了？你不愿意和我一起走吗？"

"哦，不不，不是的……"旦见索感觉自己的脸更烫了，头垂得更低了，勇敢地快走了两步，跟上了达杰。

一路无语，达杰似乎也有心事。旦见索犹豫了半天，眼见已经见着自家的房顶了，忙鼓起勇气掏出绣着并蒂莲花的荷包，羞涩地低着头，双手递给了达杰。

达杰放下水担，看着旦见索羞怯的模样，不由笑了，接过那荷包道："这荷包，算是你送我的定情信物吗？"

旦见索唰地红了脸，飞快地放下背篼，要去挑水担，达杰却突然叫住她，"你等等！"只见他从草背篼里拨开最上面的一层草，掏出了熟悉的陶罐，放在了旦见索的手里，"给，这是牦牛奶。土司府一百头牛里，只有十头牦牛，母的也只有三头。味道和以前的不一样，你尝尝。"

旦见索呆呆地接过，依旧不敢抬头看他。听到身后有人打开木板大门的声音，忙用左手抱住陶罐，右手拿起担子挑起水，纠缠着双脚奔家而去，有两次双脚绞在一起差点摔倒，惹来身后达杰的笑声。旦见索窘迫得只恨不得一步飞回家里。

挑水回到家的吉门索匆匆忙忙将水倒进缸里，便加快脚步向着村东头的舍房而去。今天是少土司来彩虹村下乡的日子，阿吾说原该在一个月前，因为少土司受伤，所以才推迟至今。这是少土司受伤后的第一次下乡，彩虹村是第一站，少不得要仔细准备。而这接待的地点定在了村里的舍房李外家里，为了阿吾，吉门索每次都去帮忙。

每年招待土司下乡都是村里的大事，得杀猪、羊各一头，祁、林、吉、白四姓大户供应活鸡4只，以及油馍饮食，供给土司及随从人员吃用，并对本村随来的族房分给猪、羊肉一份，土司马匹每日供给豆子、燕麦五合，其余人员的马、骡等每日供给三合。一般待三日，就住在村里的舍房，平时舍房专门空着北房最好的屋子，以待土司下乡时入住。

早三天前就开始准备一应事宜，一切就绪，只等少土司进村了。

这几天来，腊月花的心承受着前所未有的煎熬。在不为人知的心底深处还存着一丝希望，是啊，也许那天是因为少土司伤还未愈，再加上自己穿的是吉门索的衣服，肯定不合身，所以少土司才没有将她放在眼里。谁说不是呢？那天，少土司可是连正眼都没有瞧她呢！没错，一定是这样！

想到这儿，她不由认真梳起了妆。偌大的土墙院里就她一人，她不由边打扮边唱起了歌。

相思病里头扶墙走

愁上愁——

终日里像喝了丢魂酒

晚夕里想得睡不着

门槛上坐

天上的星星儿数过

挑花做鞋怕想起

针扎手

把牡丹绣成了蒺藜

端起饭碗莫想起

手发颤

面叶儿捞不到嘴里

我本是彩虹村里一朵花

偏生在

这老鼠不打洞的穷人家

二十几年的苦情自己懂

到现在

把一个道理悟通

再不做穷酸的小阿妮

靠自己

鱼死网破也闯个好运

  彩虹村的乡亲们一早就到村口恭迎少土司，直到日上三竿，少土司的人马才缓缓进入了大家的视线，随从有十五六人。乡亲们知道规矩，分立到土路两旁，在一片跪倒声中，少土司骑在高头白马上，慢悠悠进了村子，眼睛都没有瞥一眼路两旁跪着的黑压压的百姓。

腊月花跪在路右边的最前一排,等着少土司的白马蹄子由远及近,慢慢过来了。她的一颗心跳得飞快,不由勇敢地抬起了头。是啊,她必须抬起头,让少土司看到她的美貌,看到她的与众不同。

　　　　　　人群中盯着少土司头上瞧

　　　　　　我为何不是一顶毡帽?

　　　　　　毡帽天天挨着他

　　　　　　我无缘

　　　　　　贴近他干散的脸脑

　　　　　　盯着少土司上身看

　　　　　　我愿是阿吾的长袍

　　　　　　长袍时时贴他身

　　　　　　我不能

　　　　　　变襟袖给他挡冷揩汗

　　　　　　看过了上身看下摆

　　　　　　真嫉妒少土司的腰带

　　　　　　腰带也能缠住他

我不如

　　红腰带的命好哩

　　……

　　恍惚间,少土司的白马已经从眼前过去了。腊月花心一沉,急忙看了过去,却只看到了白马肥大的屁股,正一左一右扭着,带着少土司走进了村子。众星捧月般被舍房和乡老们簇拥着的少土司,并没有回头看她一眼。任她今天天没亮就精心拾掇自己,将自己打扮成人群里最亮丽的人儿,也没能让他看上一眼,哪怕只是瞥一眼。

　　一颗热腾腾的心立时被泼了一盆冰凉的水,那股强烈的失落慢慢涌上心头,长长的红指甲深深地掐进了手掌里,直等到掐出四个深深的红印,她也没感觉到一丝疼痛。

　　这一头,吉门索和十几个被舍房请来帮忙的阿姑们在厨房里忙得没有一刻的停歇。切羊肉又揉精面,厨房里做起了四道茶。头一道奶茶、油馍馍,黄皮酥脆的大焜锅。第二道茶是肉包子,第三道茶是"手抓肉",银盘里一块块摆好。第四道茶是长饭,精白面使劲地揉来薄薄地擀。四道茶饭中间还要加上各类时令小菜。刚用笨重的老菜刀削了一大木盆洋芋的皮,这会儿又紧着洗地里刚摘来的绿豆荚,两头的尖尖都用指甲掐掉,等着半盆豆荚掐完，右手的拇指和食指生疼生疼的。

起身刚喘一口气，身后传来了舍房李外的媳妇华索急切的声音，"哎哟吉门索呀，快快！往这铜壶里添上大锅里的奶茶，快去上房给少土司添个茶去。"

吉门索赶忙接过华索手里的铜壶，揭开足有一寸厚的笨重木锅盖，从锅里用木马勺舀奶茶，一边看着正在厨房门口冲着隔壁厨房炒菜的人交代着什么的华索，"新阿姐，添茶的事……还是让别人去吧？"

华索还说着什么，等说完那头，才快速转过头来看着吉门索，"啥？哎呀吉门索阿姑呀，这会儿忙得我晕头转向的，你就别挑活了好不好？大家安安稳稳地招待好少土司，让他满意才是最最要紧的呀！不就是添个茶嘛，你快点啊，那边少土司龙碗里的茶快喝到一半了。"说罢一扭大屁股进了隔壁厨房，没再给吉门索说话的机会。

吉门索手提着一铜壶的奶茶，左手抚抚自己的脸庞，罩着紫巾，额头也涂了雪里蓝，这才整整衣襟，走进了上房。

上房里一面东西打通的大炕，炕上并着放了四张八仙桌，拼成了一张方方正正的大餐桌。餐桌上两大木盘的羊肋条正冒着热气，南北两桌两大木盘的卤猪排，都是整条切好放着。四大木盘中间放着十几盘各类时令小菜，有田间的绿菜，也有山上的珍贵野菜，中间另夹杂着彩虹镇出了名的猪系列、羊系列。少土司的面前是一盘刚出锅的锦鸡肉，那还是吉然斯让昨天一早去彩虹山里打的。

少土司的兴致不错，有吃有喝，有说有笑，站在炕桌前的吉然斯让又端上了野兔肉，低头一揖，恭敬道："请少土司尝尝，今儿一早刚打的野兔。"

刚喝下一口酒的少土司一见眼前热腾腾的野兔肉，食指大动，展颜笑看着吉然斯让道："不错不错！很花了点心思嘛！你是收粮人吉然斯让吧？"

吉然斯让的激动之情溢于言表，站在炕前忙弯腰深深一揖，"谢少土司！少土司真是好记性！"

吉门索一进门瞥见了面柜上十几个撤下来的小盘，那是昨天从镇上干货铺里买来的各类干果。

少土司浅浅笑笑，拿起红筷刚要夹一块野兔肉，突然眼睛一亮，放下了筷子，"吉然斯让！彩虹村的吉然斯让！有件事我一直要问你，今儿个算是逮着机会了。"

这时，吉门索将头微低，走到大炕前。阿吾吉然斯让往旁边让了让地儿，看着少土司道："少土司尽管问，吉然斯让知无不言，言无不尽！"

"一个月前我受伤被困彩虹河畔，那个找你来的阿姑呢？她

少土司下乡

是谁？她在哪儿？为什么我再没有见到她？"

少土司一迭连声地问着，身子已坐直，微微前倾着。一旁众人见状也都看向了炕前静立的吉然斯让。

吉门索心里一个愣怔，镇定心神，抬高了铜茶壶准备给少土司倒茶。拼成的八仙桌太大，吉门索就是伸长了胳膊，也够不到坐在最里面的少土司的茶碗，正窘迫间，少土司却自己将茶碗递到了她面前。吉门索忙双手提住铜茶壶，身子往前一倾，给他倒满了。少土司端着茶碗却没有收回手去，看着低头默立的吉门索。他身旁的一众舍房和乡老也不由静了声，看着发愣的少土司。

吉然斯让肚子里早转了好几个弯，当初答应腊月花时也早料到要面对今天这样的境况。他瞥了眼身旁正倒茶的妹子，又是弯腰一揖，"回少土司的话，那天我见到的阿姑就只有彩虹村的腊月花，没有别人哪！而叫我过来的，是那只黑狗，您当时也见了，是黑狗领着我到了彩虹河边。"

突然少土司手中的茶碗"哐啷"掉在了一大盘卤猪排上，奶茶整个泼在了那猪排上。众人"哎哟"一声，见少土司不出声，就又忙收了声。少土司朗声笑了笑，将身子靠向锦被，"这茶够烫的！行了，你下去吧，李外，你来倒茶！"

李外应声上前，接过吉门索手里的铜壶，将脸笑成了花，重新拿了一个龙碗给少土司倒上了。乘这工夫，吉门索悄无声息地退了出来，长吐了口气。

屋里的少土司却半天没有言语，静静地看着吉然斯让，眼里的失望是显而易见的。一旁的李外见气氛有点闷，忙笑道："少土司您快尝尝这野兔肉吧？彩虹山上的野兔肉可是出了名的。"

少土司闻言也只得先放下心里的种种疑虑，转眼和众人有说有笑，不亦乐乎。

另一头，腊月花一个人静静地站在赤列布山的一处崖边，心底似一锅烧开的油，翻滚不止。此刻，她的眼里是无尽的黄沙，看不出一丝暖意。

檀香当成柴火了

黄金不如铜值钱

腊月花呀腊月花

就连野草

也要笑你被弹嫌[①]得可怜

头上飞过长高鸟，声声叫着——完了，完了。腊月花越思谋越悲愤，再没脸在人世上活了！倒不如闭闭眼狠狠心，跳下

---

① 弹嫌：青海方言，嫌弃。

高崖了了此生。想到这儿她果真将粉色条纹布鞋面裹着的脚往前迈了两步，突又停住。

她呆呆地望着脚下的悬崖，为什么死的得是我？孤魂野鬼即使我做了，恐怕还得不上个好名声。好！既然腊月花我爱不成，恨总成吧！

13

宁静无月的夜晚，吉门索的木格窗上亮着微光，她正在油灯下飞针走线，绣着一个钱达。三日后，就是阿吾和腊月花阿姐的大喜之日了，她得加紧做完这绣活儿，多赚点钱，好把阿吾的婚礼办得热热闹闹的。腊月花阿姐是彩虹村最漂亮的阿姑，有多少人排着队等着她垂青，谁曾想她竟瞧上了自己耿直实在的阿吾吉然斯让。她知道自己的阿吾早就对腊月花属意，如今腊月花既然点了头，那真是天作之合了。每每思及此，吉门索就对腊月花充满了感激。她是怀着感恩的心在等待这个美丽的阿姑走进这个家门，走到阿吾的身边，从此与她成为一家人。是啊，那么美丽的腊月花，村里人眼中孔雀一样高傲的人儿，居然就要落户这个平凡的小院了。

吉然斯让和腊月花成亲的日子里，祁家的小院热闹非凡。

彩虹村的男女老少都来贺喜了，吉门索忙进忙出，脸上一直挂着喜悦的笑，忙得不亦乐乎。好些阿姑们还笑她，阿么阿吾成个亲比她自己成亲还高兴呢！

院子里安召已转起，歌声荡漾在生活的各种滋味中。土族人啊，他们是这样地热爱着生活，热爱着歌舞。无论世道如何艰难，这份热爱却丝毫不曾减退。

清泉流下高山顶

把一串银铃儿摇响

阿姑们挥舞五彩袖

甘露甜雨洒遍土乡

花袖上第一道是黄色

赛金黄

是什么想心的花朵

黄色是一片庄稼

安昭嗦罗罗

盼年年有好的收成

花袖上第二道是绿色

绿葱葱

是什么想心的花朵

绿色是一片水草

安昭嗦罗罗

水草旺来年羊满坡

花袖上第三道是黑色

黑油油

是什么想心的花朵

黑色是一片土地

安昭嗦罗罗

土穷的山川最肥沃

花袖上第四道是红色

红如火

是什么想心的花朵

红色是一轮太阳

安昭嗦罗罗

多谢它的温暖照耀

花袖上第五道是紫色

紫微微

是什么想心的花朵

紫色是一树甜果

安昭嚓罗罗

花香果甜日子如乐

……

　　拉仁布一早将吉门索和他的羊赶到一处，来到了赤列布山半腰。远远地看着彩虹村炊烟袅袅，心头不由生起一股暖意。今天吉门索的阿吾成亲了，彩虹村的人们都去了她家，包括他的阿妈，昨天就去帮忙了。日子虽然不好过，但土族人家成亲规程多，要准备的还是不少。

　　吉门索，不知何时，这个阿姑已经将他的心填得满满的，已经成为他所有幸福的来源。再努把力吧，等攒下钱，就去提亲。吉门索，等着吧，我拉仁布一定要让你做一个幸福的新阿姑。

　　放羊人的日子难熬啊，尤其是吉门索不在的时候，蓝天上的太阳好像是被钉在那儿了，一动不动，晒得人眼晕，昏昏欲睡。拉仁布正迷糊间,香豆锅盔的香味突然扑进他的鼻子，他扬起嘴角轻轻地咂巴着嘴,舍不得睁开眼睛。这梦做得真美啊!

一阵温柔的轻笑声,他轻轻地睁开眼睛,看到了一脸笑容的吉门索,没有涂雪里蓝,没有戴紫巾,双手托着半块锅盔馍馍,笑盈盈地看着他。见他醒了,柔声道:"想着你肯定饿了,来,快起来吃点吧,大太阳底下晒着,也不怕晒坏了,就不会找处阴凉地儿吗?"

听着她温柔的责备,拉仁布觉得自己全身软绵绵的,又要昏昏欲睡了。

"婚礼结束了吗?"用力坐起身,跟着她到了树底下的阴凉地。吉门索将香豆锅盔递给他,从随身的布包里掏出一个木罐,里面是她来之前熬的奶茶,拿出木碗,给他倒上了。

"还没有,不过只有一点零活儿,有党家的婶子们帮着呢。"

"还是奶茶呢!哪儿来的牛奶啊?"拉仁布大口嚼着锅盔馍,一口气喝光了木碗里的奶茶。吉门索马上又给他续上了,笑道:"慢点吃,别噎着。是旦见索昨晚送来的,说是达杰送给她的。"

拉仁布一挑眉,"白崖的达杰?他什么时候对旦见索这么好了?哦对了,你这么一说我倒想起来了,听说达杰阿爸前些日子已经到旦见索家提亲了,旦见索的阿爸答应了没?"

"答应了。达杰人勤快,家里境况是越来越好了,旦见索嫁给他，松布阿嘎想必也是放心了。同样是给土司家放牛，你再看看五十六，一年到头放牛却连肚子都吃不饱，都瘦得不成样子了，刚还在上山路上碰上他了，病恹恹的，好像一阵风就能吹倒似的。可怜的五十六！"

拉仁布看着手中的锅盔，突然吃不下去了，觉得心里沉沉的。吉门索见他这样，知道他是为五十六，轻轻拍拍他的手背，柔声道："会好起来的，五十六不是土司府的家生奴吗，阿么着也有一碗饭吃，只要别断了顿儿，就总会好起来的。我刚给了他半块锅盔，能挨到太阳下山的。"

拉仁布情不自禁握住吉门索的双手，定睛看着她，"吉门索，我……有时候我真恨自己无能。你这么好，我……我真是……"

"说什么傻话呢？你阿么就无能了？你是我见过最好最有本事的阿吾。你谦和有礼，胸怀宽广，为人处事都受乡亲们称道。"见他笑了，吉门索起了身，站到两步开外，摘了朵脚下的格桑花，一脸热忱地说："你乍一看或许很普通，并没有多么吸引人目光的穿戴，相反的，你一直穿得很破旧，可你的气质却一直让人侧目。你的温润中隐藏着一丝锋芒，但又给人踏实可靠的感觉，最重要的，是你的目光。"说到这儿，她静静地看着他，他也安静地看着她，她的脸微微红了红，轻声道："你的目光温暖真诚，清澈明亮，又深不见底，我想，这世上大概没有几个阿姑能无视你的目光吧？"

拉仁布猛地起身来到她身旁，一脸热烈地看着她，眼光死死地缠在她的脸上。有两簇火焰，在他的眸子里燃烧，使他那对深邃漆黑的眼睛，带着烧灼般的热力，一直洞穿了她的身子，洞穿了她的思想，洞穿了她的心，也洞穿了她的灵魂……这两簇火焰，如此这般地洞穿了她，在她身体里任意地穿梭，把她整个人都燃烧起来了。她不能移动，也不能转开视线，只能被动地站着，一任他的眼光，将她烧成灰烬。他们就这样对视着，好久好久。

　　　　两朵马莲一个根
　　　　要开在石缝和山沟
　　　　两个人儿一条心
　　　　相爱的路
　　　　刀背上也要踏着走哩

拉仁布高亢洪亮的歌声刚停，半天不见的塔塔这时嘴里叼着一只野兔来到了二人面前，蹲下后腿，丢下野兔，等着主人赞赏似地抬头看着两人。那野兔已经被它咬死了，吉门索无奈地冲拉仁布笑笑，"看来你今天又可以一饱口福了！"

执手相看两不厌

14

土司楼前,小姐的招亲仪式正在热闹地进行中。彩虹镇的未婚男子都挤在了土司楼前,等着那支幸运之箭能射到自己身上。

众多百姓冲开众人,兴冲冲地往前奔跑,七嘴八舌地喊:"快去啊!快去啊!晚了,就占不到位子了。"

拉仁布在人群中看到了白崖的达杰,一把拉住了他,问:"发生什么事情了?为什么这么闹哄哄的?"

达杰一看是拉仁布,撇嘴指了指土司府的方向,"土司小姐招亲呢!你一天到晚地在山里放羊,也难怪不知道。土司府的千金,娶到了那就是半个土司了!那么个大美人,就算不是土司小姐,娶回家也美死了!现在,全镇的人都去凑热闹了!"

拉仁布面色一正道:"你不是都已经和吉家的旦见索定亲了吗?阿么,这才没几天就换了心思?"

达杰捶了下拉仁布的胸口,"嗨!谁不想飞黄腾达?那可是土司府啊!咱们这儿的王!再说了,这次是射箭选亲,那土司小姐整日待在土司府里,箭还能射得有个准头?说不定啊,偏偏就射到我达杰呢!"

"好好好!"拉仁布拍拍达杰的肩膀,"祝你好运!"说着转身要上山,被达杰拽住,"哎!一起去呀!今天是什么日子?

恐怕这辈子也不会有第二次！就算你心里有吉门索，就当是去看个热闹不好吗？走走走！就当是为我打气了！"

拉仁布被达杰生拉硬拽进了威严的土司府，到了高高的土司楼前。

土司楼前，早已万头攒动，热闹非凡。达杰带着拉仁布，也挤进了人群中。达杰埋着头，一直往前挤。好不容易，占了一个很好的位置，可以把土司楼看得清清楚楚。

达杰对着拉仁布嘻嘻一笑，说："土司小姐是个大美人，你反正也没这心思，待会儿帮我啊！我可不要错过机会，等会儿那个小姐射箭的时候，你托着我的腰，我只要跳起来这么一接，我想，是很容易的事。如果我接不住，你再帮我啊！"

拉仁布正要说他，人群一阵骚动，大家又叫又吼，原来土司小姐出来了。大家喊着："看呀！看呀！土司小姐出来啦！"

"真俊啊！不知道今天谁有这个福气，被土司小姐的箭射中！"

"听说土司府已经把礼堂都布置好了，只要有人被箭射中，马上就拜堂成亲！"

拉仁布不由一惊，"那要是射中的是个不成才的呢？这不是太不可靠了吗？"

达杰撇嘴一笑，"土司小姐今年都十九了，就因为眼光高，这个求亲也不愿意，那个说媒也不点头，土司老爷知道不能再耽搁了,这才用了这个法子,把这头亲事,交给腾格里去决定了!"

在议论纷纷中,土司小姐达兰已经盈盈然走到楼台上,手拿一副长弓,英气逼人,穿着崭新的嫁衣,站在木色的楼台上非常抢眼。观众欢呼之声雷动,纷纷跳起身子大喊,要引起土司小姐的注意。

"大小姐!大小姐!土司小姐……把箭射到这边来呀!"

管家仁欠拿了一支头上缠着红布的箭出来,朗声对众人说:"各位乡亲,各位近邻,各位朋友!今天,我们土司府的大小姐达兰,定了射箭招亲!只要是没有成婚的单身男子,年龄在二十五岁以下,十八岁以上,无论是谁,只要被红箭射中,立刻成婚!如果被箭射中的人,家里已有妻室,或者年龄不对,我们大小姐就要再射一次!请已有妻室的人,年龄不合的人,不要冒昧站队!现在,我们就开始了!"

老百姓立刻骚动起来,有意中箭的男子,全都跳起身子,大吼大叫:"射我!射我!这边!这边!大小姐……请看这边……请看这边……"

大家都往前挤,群情激动。土司小姐笑着竖起了长弓,接过管家仁欠手中的红箭,搭箭在弦,楼前的人群更是尖叫不止,个个跳起身子,跃跃欲试。土司小姐几番迟疑,终于把眼睛一闭,将红箭射了出去。

红箭直愣愣飞过来，飞向达杰附近。一群男子，急忙伸手去抢。达杰按捺不住心里的激动，使了全身力气跳起身子，那红箭却擦着他的耳垂飞了过去。

达杰身后的拉仁布愕然间，右手本能地捉住了那支射向他胸口的红箭。人群围了过来，惊愕地看着拉仁布，拉仁布自己也惊得目瞪口呆，看着一脸错愕的达杰。

早有人认出是他，对着土司楼高声喊道："红箭射中的是拉仁布！彩虹村的拉仁布啊！"

"新郎是拉仁布！"

"拉仁布！"

……

人群已散去，拉仁布被带进了土司府里。老土司和土司太太在正位坐定，仔仔细细从头到脚审视着拉仁布，少土司坐在左边的第一位，高昂着头用眼角盯着他。拉仁布的目光不由投在土司太太怀里的那虎斑猫身上，那猫的眼睛，此刻正阴沉沉地盯着他。而太太身旁的老土司正连连打着哈欠，看似酒醉尚未醒透，两眼醉意朦胧，土司太太忙用胳膊推了推他。

拉仁布捶胸一揖，朗声道："土司老爷，少土司原谅，拉仁布早有心上人，实在不能答应这门亲事。"

一石激起千层浪，在堂众人都傻了眼。少土司冷笑一声，起身来到拉仁布面前，"不识抬举的东西！天大的福气落到了你身上，还在这儿卖什么乖？假惺惺！"

拉仁布迎上少土司傲慢的逼视，坦然道："拉仁布说的都是实话，请少土司恕罪。"

一直在隔壁偏厅偷听的土司小姐达兰忍不住冲了出来，逼到拉仁布面前，一双凤眼直愣愣瞪着他，"你！拉仁布！本小姐哪里配不上你了？你居然要拒婚！你这是要存心羞辱我吗？"

看拉仁布默默看着自己不说话，土司小姐不由软了声道："拉仁布，今天看到你也在人群中，你知道当时的我有多高兴吗？你再好好想想好不好？我是真心实意要嫁给你呀！"

面对一脸急切的土司小姐，拉仁布低下了头，带着满满的歉意道："对不起大小姐，拉仁布不想伤害你。还请大小姐再找别人吧，我实在不能娶你。"

"你！"土司小姐眉头锁紧，抽出腰间的皮鞭，手一扬抽了拉仁布一鞭，拉仁布裸露的麦色胳膊上立时多了一条红印。他一动不动，没出声。土司小姐见状更是生气，"拉仁布！今天我射箭就是冲着你射的，而万能的腾格里也为我选中了你。你难道真的要逆天而行吗？当土司府的姑爷有什么不好？你再也不用风里雨里地去放羊，过那有一顿没一顿的苦日子了，拉仁布，只要做了土司府的姑爷,你这一世便有了享不尽的荣华富贵,受不完的顶礼膜拜,你再好好想想好吗?我不逼你,我愿意等,等到你点头的那一天。"

拉仁布再一揖首,"对不起大小姐,没有那一天的。"

"你!"达兰又要挥马鞭,少土司突然抢上前横到两人中间,冷笑道:"哈!有点意思!你口口声声说已有心上人,那你倒说说是什么样的绝色阿姑,能让你甘愿拒绝土司府的亲事。你最好说出来,不然你就是欺骗土司老爷,这是什么样的罪,你心里可要掂量掂量。"

拉仁布没有回避少土司的目光,"回少土司,我的心上人,是祁家的吉门索。"

又是一记响雷,震惊了全场的人。少土司突然哈哈大笑,半天停不下来,好似听了一个天大的笑话。达兰实在难以置信,抓住拉仁布的双臂,看着他,"你……你说笑的对不对?当初在赤列布山上,我只当你是说笑。祁家的吉门索,那可是彩虹镇第一丑女,你应该知道的呀,人家都叫她'蓝鬼',叫'蓝鬼'呀!难道你要娶一个鬼媳妇回家吗?拉仁布,你是鬼迷心窍了吗?"

拉仁布低头一笑,朗声道:"大小姐就当我是鬼迷心窍了吧,吉门索在别人眼里是个丑女,可在我拉仁布眼里,却是天下间最美的阿姑，我拉仁布的心里，早就认定了吉门索是我的媳妇。再说了，她本来就是天底下最美丽的阿姑，只是你们不知道而已。"

老土司又打了两个哈欠，迷蒙着眼睛，和土司太太对视了一眼，眼里都写满了疑问。少土司仔仔细细地盯着拉仁布，眼里也满是疑问。他转头看了看堂上的父母和妹子，厉声道："来啊！把这不识抬举的拉仁布关到马圈去！什么时候他点了头，什么时候放他出来。"

"是！"立时有两个土兵上来押了拉仁布，向后院的马圈去了。

少土司坐回椅子，若有所思。达兰奔到他身旁，摇了摇他的手臂，急道："阿吾！你可得为我做主！他拉仁布这样羞辱我，拿那个蓝脸丑女来羞辱我，我……我真是被他气死了！"

少土司陷在沉思里，冲她摆摆手，"放心吧，我会让他点头的。"达兰见状，跺了跺脚，看了看主座的父母，两个老人都摊开了手冲她做了个无奈状，她一噘嘴，赌气上了楼。

15

拉仁布进土司府已经三天了，吉门索也在赤列布山上等了他三天。这三天对吉门索而言，仿如三年。什么叫度日如年，她算是领教了。那天土司小姐招亲的事，她从达杰口中听了个大概。外头的人不知道拉仁布为什么被土司府扣着不放，也不知道为什么迟迟不见土司府办喜事，只有吉门索清楚是为什么。拉仁布的心，她是清楚的。也正是因为这份清楚，才让她不由得为拉仁布捏着一把冷汗。土司府，那是什么地方，拉仁布如果拒绝土司府的亲事，后果是什么，吉门索想想都不寒而栗。可拉仁布要是答应了，她又该阿么办……她猛地摇摇头，不会的，拉仁布不会答应的，她相信拉仁布。一转头，远远看到威严屹立在彩虹镇东边桑思格的土司府高楼，她的心又是一阵翻江倒海。就这样胡思乱想着，度过了艰难的三天。

土司府门口，吉门索徘徊着，犹豫着。就这么进去恐怕……她思来想去，最后还是离开了。慢悠悠走在桑思格的南街上，肚子饿得咕咕叫，摸摸身上，分文没有，出门的时候太急了。阿么办？

"嘭"的一声闷响，吉门索直觉头昏眼花，满天是金星。还没回过神来，被人拽着胳膊拉起，厉声喊道："找死啊！大白天的没长眼睛啊！知道这是谁家的马车吗？连白家的马车你都敢挡？"

吉门索晃晃头，这才看清楚，原来是从她身后出现的一辆马车。她弄不清楚马车是阿么撞上自己的，此刻，她正窝在墙角，被一脸凶神恶煞的矮胖马车夫拽着。她不由来了气,挣来挣去挣不脱马车夫的胖手,一急,对准他的胳膊使劲咬了下去。随着一声惨叫,接着一个闷巴掌,吉门索挣脱了,可脸颊却火辣辣的疼。

这时,车里的正主下来了,打扮很漂亮,竟然是白家的尼尕小姐。她摆动长长的秀苏前摆,美丽的玫红色高腰绣鞋径直向她而来。绣鞋全是五彩花线盘绣而成,鞋尖还扎着半寸长的玫红穗子,吉门索认出这绣鞋正是出自自己的手。白尼尕款款来到吉门索和车夫跟前,用眼角瞥了眼吉门索,"这不是蓝脸的吉门索吗?"转头怒瞪着车夫,"老刘,你阿么回事?这么点小事都处理不好。"

胖车夫一脸委屈,抚着被吉门索咬过的胳膊,"不是,大小姐,这蓝脸的丑女她咬人!"

"行了!还不嫌丢人哪!反正土司府就在前面,你带上吉门索,我们让少土司来定夺。"

吉门索跪在土司衙门的大堂上,看着正说个不停的尼尕小姐,忍不住"扑哧"笑了。

"少土司阿吾,你瞧瞧,都这会儿了,她还……求少土司为我做主。"

少土司看向眼前这个被白尼尕叫做蓝脸丑女的吉门索,这已经是他第二次和她遇上了,哦,不对,应该是第三次,还有府里看绣活那次。想到这儿,少土司不由起了好奇心,仔仔细细向堂下看去,猛一看,虽然脸上罩着紫巾,露出的蓝色额头就已经很瘆人。高挑纤细的身材,眉目倒是分明,特别是那双眼睛,这双眼睛!少土司不由心里一动,她应是被圣水点亮过双眸,清澈如瑶池深潭,明亮如清夜寒星,实在令人不可思议。人人口中的彩虹镇第一丑女,不该有这么……美的眼睛啊。这拉仁布,其实也并非瞎了眼。

他猛地一拍惊堂木,所有人都跟着一震。

"吉门索听着!白小姐和白家车夫告你拦截白家的马车,事后不知悔过,还咬伤白家车夫老刘,你可认罪?"

吉门索摇摇头,"不认。"

"你!真是个无赖呢!少土司阿吾,您可要为我做主啊,少土司阿吾……"

"好了!"少土司加重语气制止了白小姐,他看向吉门索,"不认?那你可有辩解?"

"少土司,所谓大路朝天,各走一边。我好好地走在路上,是他们突然驾车从后面冲上来,撞伤了我不说,这位车夫,还出手伤人。少土司,你要不信,可以找人来验伤的,我的膝盖到现在还疼着呢。"

"车夫老刘，吉门索说的可是实情？"

胖车夫看看白小姐，被白小姐瞪了一眼，"你快告诉少土司实情啊。"

"是是是，我……我是驾着车在后面走着没错，可我已经提前大声警告过了呀，路上其他人都避开了，就只有这个蓝脸丑女还在那儿直愣愣地走着，所以就……"

"混账！"少土司猛地再拍惊堂木，所有人又惊了一跳，瞪大眼看向他，不知道他到底在骂谁混账。"好你个车夫老刘！我早就明令禁止在土司府的南北两街骑马或驾车飞奔，你是拿本土司的禁令当废纸吗？"

胖车夫吓得"扑通"一跪，忙磕头，"少土司息怒，少土司息怒啊！是我们家小姐有急事才驾快的呀！我们赶着去……"

"老刘！你！你胡说什么呀……"

"白小姐！"少土司喝止了表妹，他再次看向吉门索，"吉门索，白家马车在大街上狂奔，料想你也是躲闪不及，我判你无罪。"

吉门索忙磕下头去，"多谢少土司！"

"老刘！你公然驾车在南街狂奔，撞伤了人不说，还要倒打一耙，反告吉门索拦你马车。似你这等刁民，如果不小惩大戒，今后怕还要再犯。来人哪，打他二十马棒！"

"是！"说话间，衙役们已左右开弓，忙活开了。

"白小姐。"

"啊？"白尼尕正被老刘的惨叫声吓住，少土司一叫，一脸的慌乱。

"你家车夫驱车撞伤了吉门索，按理，这治伤的诊金和药钱，就得由你来出了。"

"啊？"

看着白家主仆灰头土脸地离去，吉门索嘴角扬起淡淡的笑意。

"吉门索！"

吉门索一抬头，见少土司带着一脸灿烂的笑来到她面前，"你的伤怎么样？能走路吗？"

吉门索忙垂下头，"不碍事。多谢少土司关心。"

"你是在土司府门前被撞的，是不是打算进土司府？"

吉门索心里一惊，思前想后，索性心里一横，"是！我是想进土司府求少土司一件事。"

"让我猜猜看。"少土司突然蹲下了身子，定睛看着吉门索。吉门索被他这样盯着，不由慌了慌神，低下头，不敢说话。少土司看到，吉门索蓝色的脸变得紫红，她灵巧的耳根却是粉红粉红的，他的心里有一种痒痒的感觉，很想去摸摸那粉红粉红的耳根。

"少土司！"

身旁的管家仁欠叫醒了少土司,他忙晃晃头,甩掉脑子里奇怪的想法,起身慢慢踱起了步,"你是为了拉仁布来的吧?"

"是!求少土司放了拉仁布吧,他进土司府已经三天了,再不回去,他的阿妈会急疯的。"

"放了他?阿么放?他可是腾格里为我妹子选的姑爷,我可不能拂了腾格里的意思。再说,我妹子挺中意那个穷小子的。这阿么算都是一桩皆大欢喜的好事,我干吗要放了他?你告诉我个理由。"

吉门索一脸坦荡看着少土司,"皆大欢喜?恐怕只有你们皆大欢喜吧,拉仁布呢?他不愿意对不对?要不然,不会过了三天了还不见你们办喜事。"

少土司嘴角一扬,定睛瞧仵了吉门索,"能当上土司府的姑爷,是彩虹镇多少男子梦寐以求的事。不然,你以为拉仁布不去放羊却来到土司楼前参加招亲是为了什么?"

吉门索心里一个激灵,被他问住了。少土司抓住了她脸上微妙的表情变化,蹲下身看着她,"那么你来告诉我,他是为了什么?是我们绑他进的土司府吗?你可以去问问那天在招亲大会上的人,听听看拉仁布是阿么进的土司府。"

吉门索没有再说什么,满腹心事出了土司府的大门。

少土司背抄手看着吉门索落寞的背影,嘴角荡漾起一抹笑意。身旁的管家仁欠最善察言观色,近前轻声道:"少土司,就这样放她回去了?拉仁布还是没死心呀,接下来可阿么办呢?"

少土司突然大笑了两声,"你有见过抓到老鼠后马上吃进嘴里的猫吗?"

管家仁欠的腰更弯了,"是啊,猫抓到老鼠,从来都是玩够了,玩死了,才吃进嘴里。"

少土司伸手敲了敲管家仁欠的脑袋,"总算开窍了!"

16

昏黄的灯光下,吉门索枯坐在炕沿,手中的针悄悄滑落也未察觉,看着嗞嗞作响的烛芯发呆。这时,窗外传来阿吾吉然斯让的声音,"很晚了,快睡吧,灯下做绣活伤眼睛。"

"好,就睡了。"吉门索冲着窗外应了一声,身子却没有动弹。她看了眼身后八仙桌上自制的水漏[1],已是子时。阿吾每夜这个时候都要起夜,即使成了亲,这习惯还是没改。

---

[1] 水漏:盛水于铜壶,壶内置一刻有度数之箭,壶底有小孔,水下漏,视度数变化以计时。《诗·齐风·东方未明序》"挈壶氏"。唐孔颖达疏:"壶,盛水器也。世主挈壶水以为漏……刻,谓置箭壶内,刻以为节而浮之水上,令水漏而刻下,以记昼夜昏明之度数也。"《新唐书·历志三上》:"观晷景之进退,知轨道之升降。轨与晷名舛而义合,其差则水漏之所从出也。总名曰轨漏。"

"这都是阿么了？都成了夜猫子了。到这会儿，还不回来，一回个娘家就没个点儿了……"阿吾嘴里嘟嘟囔囔着，吉门索也没听清，自顾自想着心事。

拉仁布进土司府已经五天了，再这么耗下去，玲花婶的眼睛非得哭瞎了不可。想到这儿，吉门索坐不住了，穿上紫条纹羊羔毛的坎肩，吹灭了"气死猫"油灯，在门后等了一会儿，等他的阿吾回屋熄了灯，才轻手轻脚地出了门。

刚要开大门，塔塔突然叫了两声冲了过来，朝着她猛摇尾巴。吉门索忙蹲下身子，冲它"嘘"了两声，拍拍它的头，"今晚可不能带你去。乖啊！等我回来。"塔塔果然乖乖地趴在那儿，不跟了。

拉仁布啊拉仁布，你到底为什么去凑上司小姐招亲的热闹呢？莫非你的心里真的另有想法？吉门索猛地摇摇头，心道不会的，绝对不会的！她不应该这样怀疑拉仁布。一路走一路想，一抬头，看见了穹顶的那轮明月。

今晚的月亮大得出奇，亮得过分，这倒帮了赶夜路的吉门索。她匆匆忙忙向着东边的桑思格走去，路过村口的那一大片油菜花地时，突然听到地里有奇怪的声响。吉门索心里一惊，忙弯下腰去，躲到路旁的一棵杨树后，伸出头去悄悄看向声源处。

"瞧你这是属狗的呀！阿么没个够啊……"

新阿姐的声音！吉门索脑子里"嗡"的一声，看着那片激烈晃动的油菜花，不敢相信，以为自己听错了。再听，却是让她脸发烫的呢喃声。她站直身子想快点跑开，那呢喃声突又停了下来，"够了啊！我这是谢你带拉仁布去参加土司府的招亲，还没完了！行了，我也该回去了，吉然斯让可不是省油的灯，要让他看见你，非扒了你的皮不可……"接着是窸窸窣窣穿衣服的声音。

"哎！我说我的尕牡丹，你还没回我的话呢，你为啥让我带拉仁布去参加土司小姐的招亲？你阿么知道拉仁布一定会被达兰小姐的红箭射中？难道你还会算命不成？"

花丛中传来腊月花妩媚而得意的笑声，"没错！我是会算命。我算不了自己的命，但有些人的命，我要好好算算！"

两个人已经离开了。吉门索瘫坐在树后，脑子越发乱了。新阿姐为什么要让达杰带拉仁布去参加土司府的招亲？为什么？

想不明白，吉门索百思不得其解。她的心底生起一股强烈的不安，却不明白这不安究竟为何。新阿姐过门才不到一个月，却已经对阿吾不忠。腊月花，她究竟是个什么样的人呢？她突然觉得自己根本就不认识腊月花了。

回身一抬头，望着西山顶上那一轮孤寒的明月，心道：黑的白的，美好的，纯洁的，肮脏的，丑陋的，富的穷的，正派的，高尚的，下作的，卑鄙的，你全看在眼里了，直到现在，你还是这么冷冷地看着，你真的没有心吗？

土司府大门外两个大红灯笼高高挂着，映得几十步以内的街道都红亮亮一片。吉门索站在两扇又高又大的红漆木门前，透过门缝往里看去，土司衙门里居然亮着灯。早过了办差的时辰呀，阿么回事？她不由凑近，仔细瞧着。

堂上官案前端坐着少土司，正定睛看着堂下跪着的人。堂下是个小伙子，穿着……腾格里！居然是拉仁布！吉门索倒吸了一口气，脸几乎要贴到门上了。

"拉仁布，别给脸不要脸啊！我再问你最后一次，我妹子你娶是不娶？这土司府的姑爷你当是不当？"

"我还是那句话，拉仁布早有心上人。请少土司高抬贵手，想做土司府姑爷的后生有的是，您又何苦为难我一个放羊的长工？"

"拉仁布！"少土司猛地一拍惊堂木，怒瞪着拉仁布，厉声道："好个不识抬举的放羊娃！行啊，阳光大道你不走，偏要选死路是吧？我成全你！不过，有件事可得跟你说清楚，违抗土司府的旨意是大罪，除了你自己要被砍掉一只脚，你的房子也得收回来，至于这放羊的长工，你也当不成了。我会把你赶出互助地界，从此不得再踏进这里半步！"

拉仁布一听，呆住了。门外的吉门索惊出了一身冷汗，她怕门里的拉仁布真的心一横拒绝到底，忙不迭地冲开土司府的大门，奔上前跪到拉仁布身旁，先磕了一个头，抬眼看定少土司，"求少土司开恩！饶了拉仁布吧。如果您实在气不过，吉门索甘愿替他受罚！只求少土司放拉仁布毫发无损地离开。"

早有差役要押她离开，少土司抬抬手，差役退立一旁。少土司看着吉门索，大笑了两声，"替他受罚？我倒要听听看，你怎么个替他受罚法。"

吉门索又磕了一个头，"卖身为奴，做土司府一年的下人。"

拉仁布一把拽住吉门索的胳膊，"不行！我宁愿砍脚！吉门索，你别说傻话，没有房子不要紧，我可以再夯，不过是个土房子，咱们土乡还能缺得了土吗？少了一只脚，我一样能干活。"

吉门索冲他一笑，轻轻握住他的手，"没事，我无非是换了个干活的地方，再说一年很快的，你别担心。玲花婶这几天着急坏了，咱们都得为她想想。"她飞快地凑近他耳旁："你别担心，我有雪里蓝！"

"我……"

"行了！"

拉仁布再待开口，被少土司厉声喝住。少土司定睛看着吉门索笑了,"这是你自己说的,我可没有逼你。成交!不过,这时限得改成三年。没得商量!拉仁布,本少爷放过你了。"

吉门索终于笑了,激动地握住拉仁布的手,"别担心,快回家去,我没事。替我跟我阿吾说一声。"

"不行吉门索!我不能让你替我受苦……"

两人正说话间,少土司突又高声道:"不过,拉仁布扰乱土司府招亲,这么大的罪,可不能什么惩罚都没有。来啊!给我打他三十马棒!"

"少土司!我的条件,是拉仁布毫发无损地离开土司府,你不能出尔反尔!"

"是吗?我阿么不记得我答应过这个啊?还愣着干什么!"

半个时辰后,昏迷的拉仁布被抬出了土司府。

17

送走了重伤的拉仁布,吉门索心里一沉,坐到了西屋的石阶上。她的对面是一排丫鬟房,管家仁欠已经给她安排了房间。不愧是土司府,连丫鬟房都是两人一间,好不阔绰。

院子里四面都挂满了大红灯笼,灯火通明,恍如白昼,照得人心里的苦楚无处可逃。三年的为奴生活,要阿么安度?吉门索将脸埋进臂弯，一片芳心千万绪，人间没个安排处。

突然想到，出不了土司府，上不了赤列布山，雪里蓝的花瓣阿么办？往常没有花瓣的日子，她起得更早，回来得更晚，基本不见人，不得不见人的时候，就在额头涂上点墙上的土，再罩上一个紫巾。人们已经习惯了不正眼瞧她，倒也相安无事。

第二日清晨，吉门索忍着脸部的不适没有洗脸，早早起来到厨房烧水，等到其他的丫鬟们起来时，她已经帮她们打好了洗脸水，还是掺了热水的。早有好事者将昨晚大堂上的事告诉了下人们，阿姑们一见蓝脸的吉门索，原本没啥好感，可这清早的一盆温热的洗脸水却暖了她们的心。她们若无其事地洗了脸，时不时瞅一眼吉门索蓝色的脸庞，有几个心善的还投来了同情的目光。

"你这是天生的吗？阿么会长成个蓝人呢？"一个穿绿坎肩戴绿头巾的阿姑边擦脸，边走近吉门索道。她很瘦，加上个子高，像个行走的棍子。

吉门索摇摇头，"几年前我生了一场病，病好以后就变成这样了。对不住各位阿姐，我这面色实在碍阿姐们的眼了。我想了想，从明天开始，我还是像在家一样罩块布吧。再一个还求阿姐们帮个忙，让我到厨房或者可以不用去见主子的地方干活吧？什么脏活累活都可以的。"

阿姑们一听这话，面面相觑。一个年纪大点的放下手中的布巾上前道："你可想好了啊，能到主子跟前伺候，可是大家伙都争着抢着的，别到时候管家真分派下来了，你又抢着上。但看你这相貌……"她从上到下看了看，摇摇头，"主子跟前的活儿，恐怕也轮不到你头上。"

吉门索低头一揖，"那就谢谢阿姐了。"

先前那个绿坎肩阿姑已收拾好，她上前拽着吉门索走进她的房间。"我叫妲兰索，是阍门峡的，十岁就被卖到这里了。管家刚才跟我说了，让你和我住一屋。不过，你也太实诚了，别看大家都是下人，可下人活儿也有轻有重啊，也分三六九等，你刚才那么一说，她们肯定会告诉管家，这样一来，管家一定会给你安排最苦最累的活儿的！"

吉门索心里一暖，不由得上前握住了眼前这位热心肠阿姑的手，"谢谢你！说实话，苦点累点我都不怕，只要做够这三年的活儿，到了时限能顺顺当当地出得府去，都没关系的。"

妲兰索闪动着长长的睫毛，疑惑地看着吉门索，没了话。

"妲兰索，你在哪儿做活？"

"我主要负责挑水烧水，像是熬茶的水呀，主子们洗澡用的水，都是我负责。其他倒还好点，就是熬茶的水，我得去赤列布山半山腰的神泉挑，每天早上一担，天不亮就出门，来回得两个时辰，一趟回来，能把我累个半死。"

"没事！以后我帮你！"

"真的？不过不行啊，你没有出府令牌。不过，我还是很高兴听到你这么说，我交你这个朋友！"

这日傍晚，在外忙了一天的少土司回到府里，管家仁欠早叫人备好了晚饭，直接端到了少土司在二楼的卧房。刚端起茶饭，门外下人来报，"主子，彩虹村收粮的吉然斯让求见！"

"吉然斯让？"少土司举着的筷子愣在半空，"这吉然斯让要不来我倒忘了，他那妹子进府有些日子了吧？阿么从来没有见过她？"

"回少土司，她不是长得……所以老奴就安排她去马场了。您还别说，她把那些马伺候得真好，真是个干活的好料！您真是有眼光！"

少土司坐在炕上吃着一碗面条，伸手用筷子敲了站在跟前伺候的管家仁欠一记脑门，"你个蠢物！人家一双做最好的绣活的手，倒让你安排去给掏马粪了！"

管家仁欠"扑通"一跪，带着一脸委屈道："主子您也没说阿么处置她呀，老奴我就只好擅自做主了。"

少土司继续吃着碗中的面，若有所思。管家仁欠见状，闭了嘴悄悄起了身，倒了碗奶茶轻手轻脚放到少土司炕上的八仙桌上，静立一旁，恭恭敬敬地看着少土司。

"少土司，自打拉仁布离开府里以后，大小姐见天地去找他，这不，今天吃过晌午饭又出去了，我派人跟着，还是去赤列布山找拉仁布了。瞧大小姐这个样子，是真的喜欢上拉仁布那个穷放羊的了。"

少土司放下面碗，端起桌上的奶茶，吹吹飘在上面的茯茶叶，喝了两口，放下了，靠向身后的黑胡桃色炕柜，闭上了眼睛，似在养神。管家仁欠只好又闭了嘴，静侍一旁。

屋子里静极了。管家仁欠感觉都能听到自己的呼吸声了，忙收了收突起的肚子，尽量不让自己发出任何一丝声响来。

"从家丁里挑个俊气点的，就算强不过拉仁布，也全少不要太差。"

管家仁欠"啊"了一声，认认真真看着少土司。他依旧闭着眼睛，就像刚才并不曾开口一般。虽然伺候眼前的这位少土司已经十几年了，可管家仁欠还是摸不准他的脾气。就像此刻，他实在看不出少土司的心情好坏，也不明白他的话。他也不敢问，只好待在那儿。

"还愣着十什么？抓点紧！我可不想再听我那刁妹子的唠叨了。"

管家仁欠连声说着"呀呀呀",慢慢退向门口。只听少土司又道:"叫吉然斯让在前厅等着,我就来!"

"呀!"

桑杰是土司府的家生奴,自打懂事起便跟着在土司府为奴的阿爸阿妈干活。阿爸阿妈是沉默寡言的人,专门负责府里马匹的草料,每天起早贪黑的,一年到头地跟镰刀打交道,日子长得像树叶,却都是沾了苦水的树叶。一家三口的汗水换不到一顿温饱,桑杰是在饥饿中长大的孩子。不过,大自然的雨露却让他长成了一个壮实的小伙子,十八岁了,当他的身子像白杨树一样舒展开的时候,府里的那些丫鬟们的眼神在他身上转得越来越多了。起初他弄不明白,渐渐地,经了些事,便懂了,慢慢便暗自窃喜。为奴的日子太单调凄苦了,除了流不尽的汗水,尝不完的饥饿滋味,就剩不下什么了。因此,当他明白这些阿姑们的眼神时,他内心的喜悦几乎是排山倒海般袭来,敲打着他年轻的心。当然,他见到她们的机会是少之又少,因为他的活儿基本都在府外或是后院马场,每天割草背草,背回马圈又要铡草。也因为这样,他更加珍惜能见到她们的时机,比如这会儿,管家居然差人来叫他。他忙穿上汗褂,戴上白毡帽。其实那白色汗褂满是补丁,也早洗成了黄色,而那白毡帽也早都布满了破洞。边走边拍拍裤腿上的草渣，取下白毡帽夹在腋间，伸出两只长长的手臂把头发往脑门后面捋了捋，因为是满额满手的汗水，他那原本在早晨拿地头的小溪水洗过的头发都听话地向后躺下了，没一会儿，又直直地站在了他的头顶上，他忙戴上了腋间的白毡帽。

管家上上下下、左左右右、仔仔细细地打量了桑杰一番，摸着半寸长的黑须，一会儿摇摇头，一会儿又点点头，弄得桑杰手足无措，眼睛都不知道该往哪儿看。

"行了！就你了！跟我去见少土司。"

"啥？！"桑杰瞪大眼，张大了嘴，待在那儿。管家乜斜了他一眼，喝道："瞧你那点出息！是还没进过土司楼吧？我可告诉你啊，待会儿见了少土司，少说话！最好大气也别出，要惹怒了少土司，咱们两个可都没有好果子吃！"

"呀呀！"

少土司正在木格窗前的太师椅上躺着，倒没睡着，只是看着窗外，不知道在看些什么。桑杰跟在管家仁欠后面，可因为个子太高了，矮个管家仁欠的身子挡不住他。他心里实在惊慌，便把腰垂得更低了，这样一来，走路就更困难了。

"主子，您昨儿个傍晚叫老奴找的人，老奴找来了。您给过过眼,看行不行。"

少土司没有动弹,也没有回声。管家又近前一步,轻声道:"主子?"

少土司像被惊醒了午觉般,猛地转过头来,皱紧眉头看着管家仁欠。管家仁欠急忙跪倒,他身后的桑杰跟着跪倒。白色羊毛地毯软绵绵的,桑杰觉得今天跪着一点也不难受,像跪在一团羊毛上,不像平时在石板上跪着,膝盖都能跪出血来。

"主子,这是马圈里管草料的桑杰。您昨儿个傍晚让老奴物色的人。"

少土司看了眼地上跪着的桑杰,厉声道:"抬起头来!"

桑杰不知道是说自己,趴得更低,脑门已经挨着软绵绵的羊毛地毯了,白毡帽突然从他头上掉落在了地毯上,他也不敢去捡了戴上,只是把头垂得更低,额头抵住了地毯。在他前面跪着的管家忙挪了挪双腿,拽拽他的裤腿,压低声音道:"快抬头呀!"

"哦……"桑杰这才壮着胆子抬起了头。

少土司一见他那因为沾了汗水根根直挺在脑门上的头发,大声笑了。他笑得太突然了,又这么大的声音,把桑杰吓坏了。他挺着个脑袋跪在那儿,呆呆地看着笑得一塌糊涂的少土司。桑杰看到少土司脸上那道长长的伤疤也跟着他的笑声颤抖着。

少土司离开太师椅,仔细打量着桑杰,甚至近前捏了捏他壮实的胳膊,点点头道:"不错!管家,去把吉门索带来!"

"呀呀呀!"管家仁欠忙不迭地跑下楼去,有一碗茶的工夫,已领着吉门索回来了。

少土司正擦着平日随身佩带的宝刀,那是当年先祖李英立下军功得到皇上亲自召见时,御赐的宝刀,以嘉奖李英的赫赫军功。少土司抬头看向进得门来的吉门索,脸上罩着一块紫布,额头脏兮兮的,像是土,又像是汗水。迈着轻巧的步子,在他五六步开外站定,目光盯着纯白羊毛地毯。

少土司收起宝刀走上前,在吉门索面前站定,仔仔细细认认真真地看着她,"你这脸上是什么呀?"

吉门索忙垂下头,"回少土司,吉门索相貌丑陋,不敢劳少土司垂视。"

"把布摘了。"

吉门索猛地抬头,看向少土司,不知道他打的是什么主意,硬着头皮道:"请少土司见谅,最近我这蓝脸上长满了疙瘩,所以才拿布遮着。要摘了这布,怕污了少土司的贵眼。"

少土司饶有兴致看着她,"长着这么美的一双眼睛,我不相信腾格里会给你一张可怖的脸。不就是一张蓝脸嘛。管家!她不愿意摘,你帮她摘了吧!"

见管家仁欠一声"呀",就要上来摘布,吉门索"扑通"一跪,磕下头去,"一个丑奴婢阿么敢劳少土司如此大驾?请少土司别再戏弄我了。就算我吉门索卖身土司府为奴,但我还是一个人。"

少土司蹲下身子,伸手挑着吉门索的下巴,迫使她面对自己。他的一双鹰眼似要看进她的心里去,"你到底在怕什么?"

吉门索眼里没有丝毫的畏惧,是一派凛然之气,迎上少土司的眼神,"我怕少土司看到我可怖的脸。"

李家是土司世家,少土司从小接受武官教育,骑马射箭,刀枪兵法,无一不通。虽然诗书也读了不少,到底年轻,却更加喜欢武术。土司制度教育下的少土司,是率直而带点鲁莽的,骄傲而带点任性的。虽然老百姓还吃不饱穿不暖,挣扎在温饱线上,但对年轻而养尊处优的少土司来说,生命里几乎是完美无缺的。一张年轻帅气的面庞,不过右脸一道一指长的疤,让这张脸平添了几分煞气。看见这道疤,吉门索猛地想起彩虹山上救他时的情景,那时的她又怎能想到,有朝一日会和那个男子朝夕相处在一个院子里?真是造化弄人哪!

身高八尺有余,细腰猿臂,目若朗星,却藏不住周身透出来的傲气。而那股略带邪气的、坏坏的感觉让吉门索心里咯噔一下,忙收回视线,不愿再迎上他的目光。

少土司看着她,挑眉摇摇头,"不是。你怕我看到你的脸,但却不是你可怕的脸。"正说话间，他突然一把扯下吉门索脸上的紫布，紧接着，紫布轻飘飘地掉落在地，他一个晃神向后倒去，跌坐在地毯上，管家仁欠忙上前搀住。

吉门索捡起紫布重新遮了脸，低下头去，沉声道："惊到少土司实非我本意。三年的为奴期限一到，吉门索会自行离开，还望少土司体恤一个贫苦百姓的苦楚，兑现当初的承诺。"轻盈盈转身准备离开，少土司叫住了她。

他在管家仁欠的搀扶下起了身，看着吉门索曼妙的背影，心里又泛起那份疑惑，为什么总觉得熟悉？

"你看看这个人，他叫……"

管家忙道："桑杰！"

"对！桑杰！桑杰你过来！"

吉门索回转身，看着起身站在少土司身旁的少年。刚才一进门，她就看见了他，头挨着地跪着。吉门索认得他，因为她也在马圈干活，时不时会打个照面，不过因为都有忙不完的活儿，倒没聊过。大概是因为她脸上戴着紫巾吧，大多数人都会对她敬而远之，这人也是一样。她看着那后生，黝黑的脸庞，方方正正的脸，一双大眼睛垂视着地毯，弓着腰站在那儿。只一眼，吉门索将目光对准少土司，"我已经看了，请问少土司，我可以回去干活了吗？"

少土司笑着走向她,紧紧盯着她的眼睛,"看得上他吗?"

吉门索心里一个激灵,愣住了。

"他可是我们府里最耐看的一个小伙子了,比起拉仁布可能稍逊点,不过,他是家生奴,一辈子吃穿无忧,这一点,可比拉仁布强多了。"

少土司的一双眼不肯放过吉门索眼里的一丝变化,仔仔细细地看着她。吉门索眼里闪过一丝慌乱,却也只是转瞬即逝。她垂下眼睑,轻声道:"多谢少土司关照。少土司大概是贵人多忘事,我入府签的是卖身为奴,可并不包括这个。"

"既然都已经成为我的奴才了,自然凡事由我说了算。我看了皇历,明天是个好日子,就明天吧!怎么样,我对你们够意思吧!不用感激我,谁让我是你们主子呢?哈哈……"

吉门索静静看着笑得忘乎所以的少土司,也笑了笑,"你真觉得这招管用吗?或者,除了这样下作的招数,你再没有别的办法了?"

少土司的笑声猛地冻住,他定睛看着吉门索,又往前走了一步,他的鼻子几乎要挨到她的鼻子了。吉门索没有退,迎上了他狂妄的注视。

少土司闻到一股幽幽的芳香,这芳香……他努力地回忆着,似曾相识的淡淡幽香,那是杏花的香气,但又好像不是。这当际,吉门索后退了两步，依旧勇敢地直视着他的眼睛，"你贵为一方土司，原来只是虚有其表。有一点你一定要明白，我无法选择怎样活，却总可以选择怎样死吧？到时，不只你的如意算盘落空，你还会落个逼死民女的恶名。"

少土司饶有兴致地思索着吉门索的话，有好半天没说话。半刻后，他突然高声笑了笑，重又看定吉门索，看着她美丽的大眼睛，"有点意思！这一局，算你赢了。"

他回转身走到木格窗前，躺进太师椅，侧头看向吉门索，"不过，还有三年的时光，你最好打起十二分的精神，随时做好准备，因为我还有很多后招。你就等着接我的招吧！"

吉门索心里原是如劫后余生的疲惫，一听少土司的话，刚放下的心又提了起来。她镇定心神低头一揖，转身走向门去。

"你去伺候太太吧，马场不用去了。"

吉门索停脚沉默了一会儿，终于道："呀。"离开了少土司的房间。

少土司看着窗外升起的红色，那是走廊上一排又一排的红灯笼的光亮，他悠悠道："那真的是她的脸吗……"

管家仁欠让桑杰也退了下去，倒了碗炉子上的奶茶递给少土司，少土司摆了摆手。管家仁欠见他这样，轻声道："老奴打听过了，这吉门索本是彩虹村里的农家女，家境原是彩虹村最好的一家，您想必还有些记忆，就是镇里十三家富户联名告发的祁拉仁。"

"祁拉仁？就是那个会看病的富人？"

"没错！就是他！少土司真是好记性！想一想，少土司那会儿还是个十六岁的孩子呢。这吉门索的阿妈我可是见过的，那可是彩虹村公认的最俊的女子，就是放眼整个彩虹镇，我也再没见过像她那么俊俏的女子。这吉门索更是聪明过人，被大家看做'神女'。可能是受她中过举人的阿爹的影响，打小喜欢看书，十二岁就能指物索歌，张口就来。自编自唱，人们说她的歌就像赤列布山上的神泉水，永远没有流完的时候，所以老百姓们都叫她赤列布山下的'歌仙'。听说吉门索长到十二岁，除了能歌善舞，还生了一张让春天的牡丹花都羞死的俊俏相貌。只是不知道为什么，这吉门索在十二岁那年突然变成了一个蓝脸的丑女，人们传言说是小歌仙得了一种怪病，才变成了这副可怕模样。别看人丑，绣活做得倒真是好，连表小姐的嫁衣也是她做的，对了，听说表小姐家还请她绣了腰带呢。"

"得了病才变成蓝脸？世上还有这等咄咄怪事？"少土司百思不得其解，也就懒得多想，慵懒地合上了眼皮。管家仁欠识趣地转身离开，手正扶上门柄，突听少土司道："拉仁布这些日子怎么样？"

"哦，还是放他的羊。不过，每天傍晚赶羊回了山脚下的圈后，都要到咱们府门口转上几圈，直到天黑透了才离开。"

"这拉仁布和吉门索，到底有什么样的渊源？"

"拉仁布打小是给吉门索家放羊的穷小子，是祁家败落以后改投到咱们府里做长工的。要说渊源，大概是从小就相识的缘故。"

见少土司没再说什么，管家仁欠这才打开门下了楼。

回到马圈的桑杰呆坐在青草堆上，冥思苦想着少土司和吉门索的对话，依旧想不出个所以然。少土司问过吉门索看不看得上他，这句他听懂了，是问吉门索喜不喜欢自己。可是，少土司为什么问吉门索这个呢？后来少土司还说明天是个好日子，还说要办事，是什么好日子呢？要办什么事呢？

"喂！割草的桑杰，看见吉门索了没？"

正发愣的桑杰被身后的声音吓了一跳，回头一看，是烧水房的妲兰索。他起身迎上去，笑道："妲兰索阿姑啊！你阿么到这儿来了？"

"我来找吉门索，她不在吗？"

一听到吉门索的名字，桑杰的笑僵在那儿，呆呆地看着妲兰索不回话。妲兰索绕过他找了一圈，"吉门索！吉门索你在不？"听不到回音，妲兰索重又回到桑杰面前站定，斜眼瞥着正发愣怔的他,"喂!我问你,吉门索呢?她去哪儿了?"

"啊?吉……吉门索,她……她刚在少土司那儿,她……"

看桑杰吞吞吐吐的,妲兰索抢道:"少土司?她么会去少土司房里?"她眨巴着一双大眼睛,仔仔细细看着眼前的小伙子,"你紧张什么?哦……这么说来,你刚才也在少土司房里啦?到底阿么回事?你倒是说呀!"

桑杰被她看得发慌,像是偷了东西的小贼被别人给发现了似的,窘迫地站在那儿,使劲挠着被汗水弄得发硬的头发,"我……我也不知道啊,是管家叫我去的,后来管家又叫来了吉门索,我……"

正这时,桑杰的阿爸拉木背着一背篼刚割的青草回来了,见他愣在那儿和妲兰索闲聊似的,忙喝道:"你阿么还有空闲在那儿发愣呢?我和你阿妈割了一下午的草,可都在地垄上堆着呢,快跟我背草去!"

桑杰"哦"了一声,见了救星般奔上前接下阿爸的背篼,将草倒到他刚坐着的草堆上,拿上一边放着的背篼,父子俩一人一个背篼出了门。妲兰索瞪大眼看着离去的父子二人,心里的疑问越来越大。

天色已完全黑了,桑杰父子转眼已到了西边的田野。走在地垄上,阿爸拉木看出儿子有心事,软着声道:"阿么了桑杰?

发生什么事了吗？听说晚饭的时候管家找你了？"

桑杰看了看阿爸，想了想才道："管家领我去见少土司了。"

"什么？！"阿爸拉木一个愣怔，差点摔下地垄，亏得桑杰忙拽住了他。他索性停下脚步，坐在了地垄上，掏出烟锅，装上烟叶。桑杰拿过阿爸手里的火折子，替他点上了。

"说吧，少土司找你什么事？"

桑杰挠挠头，"我也不知道。他只是看了看我，还捏了捏我的胳膊。后来，管家找来了那个蓝脸的吉门索。她脸上还是戴着那块紫巾，少土司要看她的脸，她不肯，少土司就取下了那块布。再后来，少土司问吉门索看不看得上我。"

拉木一愣，放下烟锅，看着夜色中的儿子，"少土司要做什么？"

"不知道。他还说明天是个好日子，要办事什么的。"

"啥？哎呀！少土司不会要你娶那个吉门索吧？"

"什么？不行！"

拉木摇摇头，"傻儿子，真要是那样，哪里由得了我们呀！对了，吉门索阿么说的呀？她喜欢你吗？"

桑杰又使劲挠了挠头，"不知道呀，她没说喜不喜欢我。不过，她还是别喜欢我吧，蓝脸的阿姑，彩虹村的小子们见她都躲着走，我想想都害怕。后来听少土司的意思，好像又不作数了。我听少土司跟吉门索说'你赢了'，我还真是佩服吉门索呢，她一点儿都不怕少土司,还敢跟少土司对着干呢!"

拉木愣了愣神,无法想象那个在马圈掏马粪刷马厩的吉门索,是怎么跟少土司对着干的。不过,听儿子的意思,他预计的那个可怕的事,大概也不会发生了吧。

18

赤列布山上,拉仁布寂寞地牧羊在落凤坡上。雪里蓝已经包了花骨朵,没多少日子便要开了,可吉门索呢?她能按时出土司府吗?那个霸道的少土司肯轻易放了她吗?三年!三年有多长?他想想就急得发狂。

跟在他身旁的塔塔突然猛叫起来,拉仁布跟着头疼。

"喂!放羊的拉仁布!你看我给你带什么来了?"

土司小姐达兰又来了,拉仁布一屁股坐到那丛雪里蓝旁边,别过脸去没有看她。达兰坐到拉仁布身旁,一把扔了个红色绣花包袱给他。拉仁布看着怀里的包袱不说话,也不去打开它。

"我决定了。"达兰忽然说,"我完全决定了,绝对决定了。"

她说话的声音很奇怪。"你决定了什么?"拉仁布不禁问道。

"我决定了要做一件事。"达兰说,"我决定要做一件让你会觉得非常开心,而且会对我非常非常感激的事。"

"什么事？"

达兰用一双满含情感的眼睛看着拉仁布，看了很久，然后又用一种满含情感的声音对他说："我知道你听了我的话之后，一定会非常非常感动的，我只希望你听了之后不要哭，不要感动得连眼泪都掉下来。"

"你放心我不会哭的。"

"你会的。"

达兰真的是一副下定决心的样子，"我决定原谅你了。"

"不管你对我做什么事，我都决定原谅你了，因为我知道你也有你的苦衷，因为你也要活下去。"

她忽然侧身一把搂住了拉仁布的脖子，笑得越来越开心，"所以我一点都不怪你拒婚，因为我完全明白你的意思，你呀你真是个小坏蛋，幸好我也不是什么好东西。"

她笑得开心极了，因为她说的这些话正好是她自己最喜欢听的。

拉仁布被她弄得一头雾水，土司小姐却已起身迈开了步，走了有七八米远，突又回过头来双手放在嘴边冲拉仁布大声道："喂！放羊的拉仁布！那包袱里有吃的喝的，别饿着自己！"说着一甩头走了，没戴纽达，满头的小辫转了个美丽的弧度。

拉仁布笑着摇摇头，轻轻打开那包袱，里面是两个白面的

挂心吉门索的拉仁布心难怅

焜锅馍，还有一皮囊奶茶，另有一包牛皮纸包着的东西，渗出了斑斑点点的油花，打开一看，竟是一个卤得喷香的猪肘子。那扑鼻的香味让拉仁布几乎难以自持，他呆呆地看着那一大块香喷喷的卤肉。塔塔盯着那块肉，冲他使劲地摇着尾巴，哈喇子都快流了一地了。

"呀！肘子！"刚赶着牛上山的五十六几乎是一把扑倒在拉仁布的脚前，瞪着小眼睛看着那卤肘子，使劲地咽了两口唾沫。拉仁布看他那副瘦秆秆的样子，将整个包袱递给了他，"给你吧！"

"啥？给我？"五十六的小眼瞪得老大，快要瞪破眼皮的样子看着拉仁布，又看看他递过来的肘子，实在不敢相信。

拉仁布冲他笑了笑，"对！全都给你！除了这肘子，还有两个馍和奶茶。快拿着吧！"说着往前一送，就送到了五十六犹豫着伸出来的两只手里。拉仁布起身赶了羊群，去往另一处山坡。塔塔蹲在五十六身旁不肯走，口水流成两条线，黑眼睛紧紧盯着五十六手里的肉。

瘦秆秆一样的五十六见拉仁布走远了，才狼吞虎咽地吃起了那块卤肘子，没费多会儿工夫便消灭干净了，大骨上没剩下半块肉渣，顺手丢在了旁边的草丛里，塔塔飞扑上去一叼，向着拉仁布的方向追去了。

19

就这样,吉门索到二楼土司太太身边伺候。晚上给土司太太守夜,白天端茶倒水,饮食起居,样样都亲力亲为,照顾得无微不至,很得土司太太的欢心。土司太太,对聪明伶俐的吉门索也是越来越喜欢,甚至于已经离不开她了。偶尔换成别人,土司太太马上就会不满意。土司太太本是极挑剔的,煮茶,熬汤,还有捶背的力度,甚至于生活中好多好多的细节,吉门索都全力以赴,用了十二分的心思。少土司每天早晚都会来给土司太太请安,吉门索还是免不了会见到他,但自有了上次揭面布一事,少土司再也没有单独见过她。吉门索心里的一块石头总算落了地,转念想到还有漫长的三年要在这里度过,心里又笼上乌云。

寒冷的冬天已铺天盖地的到来,衬得偌大的土司府也跟着阴冷。冬日的午后,听着寒风就觉着冷到骨子里。

不过,屋里屋外却是两个世界,热热的炭火暖得人只想打盹儿。

这会儿,吉门索正在为土司太太轻轻捶着背,外面正飘着鹅毛大雪。吉门索一边捶背,一边忍不住望向窗外。

"雪花很美吧?"土司太太抚摸着怀里的虎斑猫突然问道。

"是的，太太，要不要给您挪个椅子？"

土司太太马上笑了，"就你最懂我的心思。"

她们俩一块看起了雪，吉门索给土司太太倒了一龙碗热乎乎的熬茶。

"嗯！这茶煮得刚刚好，茶味，水量，还有茶叶的分量，都恰到好处。"

"太太过奖了。"

"唉！这么好的材料，在我这里真是可惜了！"

吉门索有些听不懂。

"你看这雪花，飘飘洒洒的，看着好像很自在，其实都逃不过最终的宿命，终究还是要落到地上。这世上啊，天大的事也都得落到地上。可是土司衙门的事就不同了，它永远都是一张悬着的网，罩着你困着你，而你却永远走不出去。"

吉门索静静听着，看茶已喝了一半，轻轻接过，又添满了。

"老土司整日的醉着，一年就没有几天清醒的时候，唉，很多事情就落到了我一个女人的身上，我也是愁啊。"

"太太可得保重身子。"

"吉门索，是不是我要你做什么你都会答应？"

吉门索不明白土司太太为什么会突然这么问，隐约有些不安。

"吉门索进土司府，是卖身为奴。"

"好！有你这句话就行。来，你也坐下。"

吉门索没有多说什么，依言坐到土司太太身边。土司太太握着她的手，一脸的慈祥，让人感觉更像一个母亲，而不是那高高在上的土司太太。她怀中的虎斑猫早已沉沉睡去，正发出均匀的呼声。一切都太安详了。

"我现在就给你一个任务，从明天开始，你就要像照顾我一样去照顾少土司。"

吉门索心里一惊，看着土司太太，没有说话。

"这些还不是重点，最重要的是，你一定要让少土司时时刻刻都在你的目光之内。"

吉门索有些不明白了。

"好吧！有些事应该告诉你。少土司自打今年夏上受过重伤后，就一直在找一个根本找不到的女人，外面甚至传言他是在山上被魔鬼神附了身，因为那个女人只有他一个人见过，这些话听得我都害怕了。看他一天天消瘦，我这做阿妈的真是操碎了心。这些日子我看着你真是乖巧懂事，也很会伺候人，你去他的身边，好好照顾他，让他没有心思再去找那个不存在的女人，你明白了吗？"

吉门索心里一阵凄苦，面露难色。土司太太见状，接着道：

"少土司答应你入府为奴的时限是三年对不对？"

土司太太见吉门索点头，沉声道："我答应你，这件事你办得好了，三年折为一年。"

一听这话，吉门索美丽的眼睛里立时像洒进千万道光束，她一脸感激地看着土司太太。

"记着，无论少土司要你做什么，你都不可以拒绝！总之一句话，你要尽自己最大的努力拴住少土司的心，不要让他再想那个不存在的女人。告诉我，你可以做到吗？"

一听这话，吉门索心里"咯噔"一下，急忙弯腰一揖，"太太见谅，要我做牛做马都可以，可我这副样子，到了少土司面前，怕只会让他心生厌恶，我阿么可能拴得住少土司的心？您真的想清楚了吗？我能胜任这么重要的事吗？"

土司太太很有深意地笑了，冲吉门索伸出了手，吉门索起身接住她的手。土司太太怀抱着虎斑猫慢慢起身，在吉门索的搀扶下来到窗前，透过窗口，看到了东面那一排丫鬟房，此刻正是难得的闲暇时光，少土司又不在，姑娘们正在房门前打雪仗玩，时不时传来阵阵少女的笑声。

"瞧见穿蓝衣的兰索了没？"

吉门索顺着土司太太指的方向看去，穿着蓝坎肩，头上戴着蓝色头巾的兰索正捏着一团雪朝另一个姑娘砸去，笑语盈盈，好不开心。

"在你进府之前,她一直在我跟前伺候,现在,她是少土司的收房丫鬟。"

土司太太见她发愣,拍拍她的手背,笑道:"这种事在地主人家也是常有的事,更何况是咱们土司府。这兰索其实也就是个替代品,少土司之所以愿意要她,无非是她跟那个女人长得有几分相像。这是少土司醉酒后亲口跟我说的,我想这孩子是真的着了魔了。"

吉门索听到这儿,心里也不禁对那个女人生了好奇心。

"说起来也是冤孽啊。行了,你现在就去少土司那儿吧。正好他不在,你去熟悉熟悉环境。"

20

少土司没有看出任何异样,也不知道土司太太是阿么跟他说的。吉门索每天除了端茶倒水、研墨,还要跟着少土司到处转,所有的生活起居都离不开她的手。少土司的事远比土司太太多,一天下来,吉门索常常是筋疲力尽,到半夜才得以休息一时半会儿。

"少土司,刚熬好的热茶。"

少土司伸手接过茶碗，眼睛依旧停留在桌上的文书上。

看少土司喝完茶，吉门索又给他研墨、铺纸，不一会儿，到了午膳时间，少土司习惯这餐在一楼书房用，所以所有的饭菜都得端到这儿。

吉门索每次伺候完少土司用饭，才有空下去自己吃。

到了晚上，先是跟着少土司给土司太太请安，回来同样的伺候用饭，而后又陪着少土司看好一会儿书，通常这时候要给少土司煮上一铜壶浓浓的奶茶。

到了歇息的时候，吉门索又得在外堂守夜。这本来不是跟班的差事，可是土司太太专门交代过的，大概也跟少土司说了吧，所以他也没有说过什么。

冬天已经过去了，可是彩虹镇的天气还是很冷，吉门索半夜被冻醒了。起来一看，原来身边火盆里的火快灭了。惨了！别连里头的也灭了呀！急忙转身却撞上了人，抬头一看，是少土司！不会也是被冻醒的吧？

"少土司对不起！我这就去添火。"

少土司轻拽住她的手臂，"别忙活，来，陪我聊聊天！"

乘少土司坐下的当际，吉门索火速给炉里添了火，外堂慢慢暖和起来。又倒了碗茶炉上铜壶里的奶茶，"少土司，喝茶暖暖身子吧！"

少土司沉默地接过，盯着火盆里渐渐红起来的火，若有所思。

"吉门索，你和拉仁布，到底是怎样的缘分，让你心甘情愿为了他为奴为婢？据我所知，你曾经可是养尊处优的千金小姐。"

吉门索愣了愣，看他竟是一脸的认真，只得低头道："我们从小相识，这些年一起放羊，才相熟起来。"

"哦？那很有意思啊。你们平常都在哪儿放羊？你阿吾不是我们土司府的收粮人吗，你平日还做绣活，阿么还用得着你去放羊？"

吉门索淡淡笑笑，"我阿吾是收粮人没错，可要交的租子一样也少不了的。再说，我阿吾那会儿还没有娶亲呢。"一说起阿吾娶亲，月夜在油菜花海的那一幕突然窜进她的脑子，心里一沉，不由担心起阿吾来，还有那一心一意爱着达杰的旦见索，也不知道现在怎么样了。

少土司喝了口茶，"拉仁布也算是十里八村顶不错的后生了，他为什么偏偏看上了你？我很好奇。"

少土司单刀直入，吉门索早知道这一关一直没过去。她轻抚脸上的紫巾，心里涌上一股难言的温情，"也许这世上就有这么一种人吧，他不在意你的贫苦，不在意你的长相，也不在意你在众人眼里是怎样不堪,只一心一意对你好。在他的眼里,你便是这世上最好的人。在他那里并非没有更好的选择,而是他从来没有想过去选别人。拉仁布与我,是经年累月的放牧岁月里沉淀的感情,这份感情,是经得起一切考验的。"

少土司静静地看着她,"那你呢?你又为什么单单喜欢上了他?在我看来,府里的桑杰都比他强。"

吉门索嘴角慢慢氤氲起一股淡淡的笑意,想了想,才慢慢道:"去年冬天的一天,赤列布山上飘着雪花,我和拉仁布还是按着往常的时辰出门放牧。快到晌午时,天气突变。西北风卷起大雪漫天狂舞,羊群顺着风拼命逃窜,我们俩拦堵不住,只好跟着羊群奔跑,越跑越远。实在是跑得累了,我们就找了处背风的垭豁歇了一会儿,没想到居然在冰天雪地里睡着了。到了半夜,我被冻醒了,身上盖着拉仁布的褐褂。我往身旁一看,羊群和拉仁布都不见了。我害怕极了,爬起来一路走一路喊,走了有四五里,才找到拉仁布和羊群。找到拉仁布的时候,我才发现自己跑丢了一只毡靴,拉仁布想也没想便脱下自己的毡靴给我穿上了。我们护着羊群,同风雪搏斗了一天一夜,到最后才发现我们已经走出了 80 多里。而拉仁布那只光脚却被冻僵了,整整一个冬天都在流脓。没有什么比患难中的真情更可贵的了,在那样的冰天雪地里,拉仁布当我是珍宝似的,褐褂给我穿,毡靴给我穿，而他自己却大病了一场，躺了整整半个月。这样的阿吾，我阿么可能不喜欢他！"

少土司侧头看着吉门索，灯光下，她依旧遮着面布，可美丽的脸型却清晰地映了出来。他依稀有些恍惚，一直以来的疑惑又窜上心头。他忍不住想揭开那面布，伸出手去，却又缩了回来，上次惊见她可怕面容的一幕，还历历在目。

"俗话说得好，'易求无价宝，难得有情郎。'比起我，你真是幸运的。我喜欢的女人，却偏偏如石沉大海，只一面，哦，应该是两面，便再也寻不见了。我一直在寻她，总想着有那么一天，她会突然出现在我面前，就像那天在雨中的惊鸿一瞥。我发誓，只要我能再见她一面，便是拼了我的命，也要留住她！"

原来如此！怪不得土司太太要如此大费周章。看着痴情无处着落的少土司，吉门索心里倒生起一丝同情来，心道这世上果然是"没有不分岔的路，没有无忧愁的人"，便忘了前些日子的不快。她不由放软了声音，"少土司，兴许那位阿姑也在苦苦找您呢。有时候，我们所缺的，不是智慧，不是手段，而只是一点点机缘。您说呢？"

少土司心里一动，不由凝神看向她。吉门索却已起了身，往大火盆里添了点炭，接着给少土司的龙碗里又添了奶茶。看少土司依旧闷着，想起土司太太对她的承诺，不由在心里给自己打了打气，重又坐下，看着少土司道："别想不开心的事了，我给您讲个故事吧，吉门索敢担保您没听过。"

看少土司点了头，吉门索轻声道："古时候，彩虹镇里有李祁两户人家，奇怪的是李家的阿吾是个跛子，而祁家的阿姑没有鼻子。因为这个原因，李家阿吾和祁家阿姑虽然家世显赫，却都迟迟没有成亲，没有人愿意和他们结亲，而家境不好的，他们又看不上。这两家原是不认识的，自然也就不了解彼此的情况。而这个事正好被一个好事的媒人知道了，凭着巧舌如簧，两家的父母竟让她说动了。其实媒人隐瞒了双方的缺陷。于是，媒人安排了一个机会，让李祁两家的年轻人见了面。奇怪的是，他们两个居然都非常满意对方。可是到了洞房花烛夜，一切都露了馅，两个年轻人就吵了起来。但见已经拜了天地，又是大户人家，不能失了脸面，只好将错就错。"

吉门索摸摸耳朵抵着嘴笑了笑，"少土司，您知道媒人是阿么让他俩互相满意的吗？"

少土司摇了摇头，"嗯！猜不到，快说。"

吉门索忍不住又抚着面巾笑了，"其实很简单。见面那天，媒人让祁家阿姑举着一束花在胸前，而花的高度正好挡住鼻子。李家阿吾呢，媒人让他骑着一匹高头大马，这样跛足也就看不出来了。"

还没等吉门索说完,少土司早就忍不住捧腹大笑,"呵呵!好个聪明的媒人!哈哈!"

看着他高兴的样子,吉门索心里也舒畅了不少。看窗外,天色已亮。

21

春天来了。土乡的春天早晚还是透着寒气,吉门索伺候少土司起床洗漱、吃早饭,忙完已是太阳升起的时候。她没有回房,而是一个人来到了后院的花园。

哗!满园子的牡丹正怒放着,香气缠绕在清晨的微风里阵阵袭来。吉门索情不自禁地冲着这一簇又一簇的牡丹张开了双臂,眼睛痴缠在一朵朵惊艳的花瓣上。这艳丽的花魁,是属于富贵的呀!土司府的门框上雕的是牡丹花,墙壁上画的是牡丹花,瓶子里插的是牡丹花,八仙桌子上油漆的也是牡丹花。土族人爱牡丹花,"牡丹花碗压弯茶炊架",俗话说得一点不错。牡丹又给土族人的生活带来了多少诗意,年轻的阿姑和小伙子们,唱起歌儿,开口是牡丹,闭口是牡丹,几声"道拉"也少不了牡丹。

吉门索看着眼前的花儿,心里不由也欢欣,放声唱道:

> 彩虹岭上牡丹香,
>
> 蜂蝶逗春嘤嚷嚷;
>
> 思念的风儿吹心房,
>
> 阿姑的心花怒放。

前院里,挑水归来的妲兰索直奔她和吉门索的房间,却赴了个空。她敲敲自己的脑袋,"真笨!这个时候,她早去伺候少土司了。"心里急,仰首看着北面的土司楼,二楼少土司的卧房木格窗紧闭,也不知道吉门索什么时候才能忙完。

"哟!这不是烧水房的妲兰索嘛!"隔壁屋刚洗漱完的兰索高声道,说着使劲将手里的木盆水泼到了妲兰索这边,有几滴和着地上的灰尘溅到了妲兰索的有半寸宽白边的绿色褶裙上。

"哎哟,对不住啊!这水也真是不长眼哪!不过妲兰索,这个时辰,大家伙儿都忙着,你倒是挺闲哪!"

妲兰索抖抖绿色褶裙上的泥,撇撇嘴道:"我说爱睡懒觉的兰索,等你真的当了主子,再来管我吧!我看你还没阿么着呢,尾巴就翘上天了!"

"你!"

妲兰索说完转身往后院走去,留下气急败坏的兰索直跺脚,扔下木盆回屋，重重地甩上了门。

后院的马场里，桑杰刚背回来一捆带着露珠的青草，正往草堆上面堆放，妲兰索走上前去帮他。桑杰一见是妲兰索，笑上眉头，忙拦住她的手，"别别！草还湿着呢，别脏了你的手。这点活儿，不用帮忙的。"

妲兰索不管，一把抱起桑杰面前的草往上堆放。桑杰拿她没有办法，只好抢着多干点，只让她摸着了两次草。忙完那一大捆青草，妲兰索一屁股坐在了一旁的木墩上，长叹了一口气。桑杰用手背擦擦额头的汗，拿起墙根立着的叉子又开始规整那一堆草料，"妲兰索，你阿么了？"

妲兰索将右脚搭在左腿上抖了抖，"找了一早上吉门索了，现在要见到她，还真是不容易呢！"

"吉门索吗？她在少土司面前伺候，也难怪你见不到她。对了，你俩不是住一屋吗？晚上总能见到的，为这么个事发愁也太不值当了。"

"啥呀！晚上她回来的时候，我早都睡了，早上等我起来，她又走了。唉，少土司面前的红人啊！"妲兰索又叹了一口气。

桑杰看着她不由笑了，"去后院的花园找她吧，我刚刚听到她唱歌了。那么好听的歌声，也只有她了。"

"不早说！"

姐兰索一下子蹦跳起身，跑向了花园。花园不远，穿过马场就是，一进圆形的园门，那万朵牡丹花丛中的紫色身影，可不就是吉门索嘛！姐兰索穿过一丛又一丛的牡丹花，跑过去一把抓住吉门索的双臂，高声道："你阿么回事嘛！我都找你一早上了，结果你却在这儿躲清闲！"

吉门索一脸温柔地笑看着姐兰索，"瞧你这急性子。你快看，这满园子的牡丹，正是开得最好的时候，你可不能错过了。"

"哎呀，我可没工夫看这些花啊草啊的，也就你，一天累死累活的，还有这闲心。"

吉门索朗声笑了笑，"我给你讲个牡丹花的故事，你就会有工夫看看这些美丽的花儿了。"

"故事？这牡丹还有故事？快快！你快跟我讲讲！"姐兰索一脸雀跃看着吉门索。

吉门索伸出手温柔地捧住身旁的一朵浅紫色牡丹，轻轻道："传说这美丽的牡丹花可是月亮的女儿。当我们的祖先赫汗布勒，赶着神牛，驾上金犁，翻完最后一块肥沃的土地时，正是月亮从山后升起的时刻，一位美丽的穿红戴绿的阿姑，紧紧跟随在他的身旁。我们的赫汗布勒，正好是要成家立业的年纪，心想眼前这样好的阿姑，往哪里去找？于是他抛下金犁，骑上飞快的神牛，追啊，追啊，从东山追到西山，从天边追到海角，却阿么也追不着。实在没有办法，心急的他就从腰袋里摸出一个抛儿石，使劲地甩去，只听'扑通'一声，那位美丽的阿姑栽倒了，一条五色的彩带从她身边轻轻落下。等他赶到山脑，却什么也没找见。第二天清早，赫汗布勒在山后发现了一株盛开的牡丹，上面搭着一条金光闪闪的彩带。所以呢，直到现在，我们土族人都喜欢弄条讲究的带子，勒在腰里。"

妲兰索听得痴迷，呆呆地看着眼前的各色牡丹花出了神。

吉门索看她这样，不由抿嘴一笑，伸手在她眼前晃了晃，"看我给你带了什么。"说着笑嘻嘻地从身后的挎包里掏出一个小布包，一层又一层，包裹得好严实。妲兰索一双大眼紧紧盯着吉门索的手，在布层的最中间，竟是十根虫子样的东西。妲兰索皱眉疑惑地看看吉门索，看看那干虫子，"这是什么呀，草棍棍？"

吉门索"扑哧"笑了，"算你说对了一半，这个东西，夏天是草，冬天是虫，藏族人叫它冬虫夏草，咱们北山最珍贵的补身草药。补肺平喘，止血化痰，汉人的药书上可说了，它'秘精益气，专补命门。'拿回去给你阿爸，要是能找上几只鸡，一块儿炖汤喝了更好，他的咳嗽就不会那么厉害了。一次别多放，一两根就成。"

妲兰索像被钉住了，盯着那十根土色的冬虫夏草，"就这么几根什么草，真能治好我阿爸的病？"

"光靠这十根当然不行,以后我再想办法。等我重获自由出了土司府,我去北山挖,你放心,你阿爸就是我阿爸,我一定治好他的肺病!"

妲兰索突然一把抱住吉门索,大声哭嚷着:"你干什么嘛!一大早非要弄哭我,你真是太可恶了!可恶的吉门索!"

吉门索轻轻拍打着她的背,柔声道:"好好,我可恶,我可恶至极。可爱又淘气的妲兰索,现在可以告诉我你为什么找我一早上了吧?"

妲兰索突地放开她,用手背一把擦掉眼角的泪,"对哦!我差点都忘了。今早我挑水经过你们村子,正巧碰上了一队送亲的,你猜猜是谁出嫁?"

吉门索看着妲兰索那双大眼睛,那双大眼睛里满是雀跃,"旦见索?"

妲兰索噘嘴猛地拍了吉门索肩膀一下,"真没意思!一下就猜着了。"转而又兴高采烈,"哇!你都不知道那送亲的场面有多热闹!光送亲姑姑就有六个。对了对了!陪嫁木箱也有六个,真是不简单哪!你这朋友家,是不是很有钱哪?"

吉门索若有所思,"算是吧!对了,你打听到嫁的是谁吗?"

"啊?嫁的是谁?看她们去的方向是往北,哦对了!白崖!是白崖没错!"

吉门索心里"咯噔"一下，沉沉地坠了下去。

姐兰索小心翼翼地收了那十根虫草，冲吉门索笑笑，"谢了！我得好好收起来！可千万不敢弄丢了！"

吉门索心事重重地回了中院，刚回到自己的房间，身子还没碰到炕沿，管家仁欠的声音从门外传了进来，"吉门索呀！快快！少土司要去东边，找不着他的马鞭了！哎哟，你可快着点呀！少土司要是发了怒，咱们可都跟着吃苦呀！"

吉门索收拾起纷乱的心情，忙出了门去。

22

忙忙碌碌，日子倒也过得快。在少土司困了乏了累了闷了的时候，吉门索总有办法让他开心起来。为他唱歌，给他讲故事。

这天，少土司出门巡视深夜才回府，吉门索忙端来吃食，"少土司，这是厨房刚揪的羊肉面片。"

少土司接过碗，一口气吃了个精光。

"少土司喝茶吗？"

"不用了，歇了吧！"

吉门索服侍他更衣，睡到炕上，将被子盖得严严实实，这才坐到炕边守夜。

妲兰索挑水路上遇送亲安昭

"吉门索，你也上来睡吧！"

吉门索惊起，"不用！我不困。少土司，您快睡吧，都已经二更了。"

"还骗人，我都见你打了好几个哈欠了。快上来吧！"

吉门索还是推辞，急忙以倒茶掩饰。

"我命令你上来睡！"

没有办法，吉门索慢吞吞地上了炕，轻轻躺到他的身边。炕上只有一床被子，吉门索身上没有。少土司揭开自己身上的，分了过来，吉门索立即推让，"少土司！您快盖好，千万别着凉了。"

他还是固执地把被子盖到她身上，看中间有距离，他又往吉门索这边靠了靠。

这么近的距离，而且少土司只穿着一层绸衣，他身上的那种属于男子的味道让吉门索的心怦怦直跳。他面朝着她而睡，鼻息扑在她的脸上，更让她紧张不已。

"吉门索，我睡不着，你给我唱首歌吧？有没有能哄人睡着的歌？"

"啊？"吉门索愣了愣，莞尔一笑，轻声道："那我唱首儿歌吧，想必少土司也是听过的，《羊粪蛋身材的蜜蜂》。"

我和老虎不是一家的

可我长着老虎的脑袋

我和蜘蛛不是一家的

可我长着蜘蛛的腿脚

我和蚂蚁不是一家的

可我拥有蚂蚁的身子

我和凤凰不是一家的

可我长着凤凰的抵角

我和花蛇不是一家的

可我长着花蛇的眼睛

我和小牛不是一家的

可我长着小牛的鼻子

我和老鼠不是一家的

可我长着老鼠的嘴巴

我和郎中不是一家的

可我拥有郎中的妙药

我和武士不是一家的

可我拿着武士的长矛

……

屋子里好静，静得都能听见自己的心跳声。吉门索心想这少土司是不是已经睡着了？正要转头看他，突然，少土司的手放到了她的腰上，把她着实吓了一大跳。

"你到底是谁？"

但见他半天没有动，而且闭着眼，吉门索想着会不会是说梦话？

"为什么这么熟悉？"

不一会儿，他的手便又动了！一点一点往上，吉门索的心提到了嗓子眼，阿么办？这会儿，少土司的手已经在她胸口。再一会儿，他已经摸索到她紫色坎肩扣子的位置，开始解。

阿么办？吉门索感觉自己的心快要跳出腔子了。他已经解了两个扣子，虽然很慢。

鼓足勇气，吉门索猛地坐起，"不行！"

他有些意外的样子，"为什么？"

吉门索不知阿么回答，快速下炕穿好鞋子，又见自己的内衣已露了出来，赶忙系好衣扣。再看少土司，他正直愣愣盯着她。吉门索跪倒在地，"吉门索只是一介女仆，而且面目可怖，不敢受您的垂青！"

好一阵的沉默，他俩谁都没有说话。吉门索一直跪着，不敢抬头看他。就这样一直僵持到天亮，少土司自己出门去了。

因为没有得到命令,吉门索不敢起来。

直到少土司早巡回来,吉门索还跪着。少土司自进门到现在,都没有看她,仿如吉门索不存在。直到管家仁欠小声提醒道:"少土司,吉门索犯了什么错吗?她都跪了好半天了。"

他没有回答,也没有抬头看她,依旧忙他的。

过了一会儿,管家仁欠又壮着胆子提醒他。这次他开口了:"起来吧!"

吉门索费劲地起身,差点又要倒下去,幸好管家仁欠扶住了她。见少土司严厉的眼神扫过来,吉门索赶忙脱离管家仁欠的搀扶。

习惯性的,她给少土司倒了一碗奶茶,接着给他研墨。

少土司抿了一口茶,马上又喷了出来,"你想烫死我吗?"

吉门索马上又跪下,这一急,膝盖重重磕了一下,疼得她皱紧了眉头,来不及说什么,少土司又开口:"阿么?说两句就不高兴了?"

吉门索赶忙要去换茶,他在身后喝道:"出去!"

她的心一下子凉到底。来到门外,也不敢走远。是个雨天,高原的深春依旧透着冷气,和着雨丝,就有些见冷。吉门索使劲哈手,又不敢跺脚防冻,怕惊扰了少土司。

眼见到了午饭时间,吉门索照旧来到厨房。不一会儿,饭菜已经全数端到了书房，只是吉门索不能进去服侍，也不敢离开去吃饭，少土司没有下令。

一直在冷风中站到傍晚时分，土司太太突然召见。

"说说吧，昨晚你都干了些什么？"

吉门索听得出来，土司太太在生她的气。她心里千头万绪，纷乱极了，默默跪着，没有作声，也不知道该说些什么。

"阿么？你连个解释都没有吗？"

吉门索沉默着。

"你说吧，以后要阿么办？"

阿么办？她能阿么办呢？漫长的三年，她该阿么过？

"但凭太太做主。"

"我说有什么用？你又不听。我看我这个太太啊，在你吉门索眼里也不过是个摆设。"

"吉门索不敢。"

土司太太的手温柔地抚摸着怀里的猫，一点看不出生气的模样。她悠悠然抿了口茶，深深看住吉门索，好半天过去，这才缓缓开口，"记住，我只给一次机会，这次饶你已经是个例外，不会再有例外。如果这次你还是让我失望，三年期限转为六年！"

吉门索一个激灵，抬头看着高高在上的土司太太冷峻的眼神，不敢相信地摇摇头，"三年是当初签的契约，太太阿么能说改就改？难道这契约在太太眼里当真是儿戏，可以朝令夕改？"

"哼！算你说对了，在太太我的眼里，想让那契约是儿戏就儿戏，是铁书就铁书，全看我高兴！你一个卖身为奴的小丫鬟，最好掂量掂量，自己够不够分量跟我讨价还价。"

吉门索一双眼紧紧盯着土司太太，慢慢起了身，拍拍膝上的地毯毛渣，"卖身为奴的小丫鬟吉门索多谢太太抬爱，只是，您得给我一个明确的说法，怎样做，我才算不让您失望。"

土司太太鼻子里冷哼了一声，手里不由用了力道，怀中的猫不满地"喵"了一声，她厉声道："你也是个聪明人，当然明白我要的是什么样的结果。这么说吧，只要少土司不再总往彩虹山跑，乖乖跟尼尕定亲，你的任务就算是完成了。这件任务什么时候完成，你什么时候离开土司府。吉门索，其实你应该感谢我呀，那么多的下人，我独独选中了你，别人可是求都求不来的。"

吉门索带着倦容笑了，"您可真是高看我呀！您自己都做不到的事情，却要我一个卖身为奴的小丫鬟来完成。"

"既然话都说到这个份儿上了，我也不怕实话告诉你，就是因为你长着这样一张蓝脸，要不然，我是绝不会选你去办这件事的，以你的聪明和胆大心细，我还真是为尼尕担心。行了，快忙你的去吧，我对你，有信心！别人我或许拿不准，但你……

为了拉仁布，我断定你会全力以赴的。"

吉门索觉得心上像被压了好大一个石块，重得说不出话来。她没再逗留，拖着疲惫的身体，吉门索坚持回到书房外，站回原处，等着少土司的吩咐。

雨还在下，似在考验吉门索的毅力。天色渐渐黑了下来，天气越发冷了。已经不知道自己打了多少个喷嚏，头越来越痛。可是吉门索不能倒下，在没有听到少土司的指令前。连她自己都惊讶这份坚持，也怪不得太太会说那样的话。为了拉仁布，她真的愿意坚持。

终于，少土司出来了，"想冻死吗？"回头喊过管家仁欠，"为什么都不通报？"

"没关系，我挺得住，我……"还没说完，人就倒了下去，少土司接住了她。

23

等吉门索醒来，身边就只有妲兰索。

"少土司呢？"

"你可不可以有那么一会儿不管他？你已经昏睡了三天好不好！"

吉门索虚弱地笑了笑,"这不已经没事了吗?"

"你先别想这些,好好休息,少土司身边有管家呢,这会儿在太太那儿!"

看她依旧呆呆的,妲兰索笑道:"吉门索,别再惦记少土司了,今天早上,少土司已经当着所有下人的面,封兰索做了二太太了,还让她住进了土司楼呢。"

吉门索不由抬头看着妲兰索,"我没有。"

妲兰索笑得更起劲了,"少装了!府里谁不知道你对少土司的那点心思,你这么尽心尽力地服侍他,可不就是巴望着有一天能飞上枝头变凤凰嘛!我们都是做丫鬟的,我懂的。"

吉门索全身没有力气,也不想再说什么。挣扎着起身梳洗了一下,不一会儿妲兰索给她端来了饭菜。勉强喝了一点面汤,头还是痛,就早早地休息了。

第二天一大早,吉门索还是照旧起来服侍少土司,只是都不说话。这天夜里,少土司叫管家仁欠传来了兰索,吉门索随侍。本来一直都在外堂守夜的,可是今夜,少土司下令要她守在内堂,跟大炕只隔着一道纱帘。

听着里头的动静,吉门索说不出的尴尬,可是又不能离去,真是煎熬。

熬过了漫长的一夜,终于等到天大亮。少土司起来准备出门早巡，兰索夺过吉门索手里的锦袍，亲自服侍少土司更衣。吉门索只得去端木盆，正准备给少土司，手巾又被兰索轻巧地夺了过去。吉门索默默地退到了一旁。

这会儿已经洗漱完毕，兰索背对着吉门索道："吉门索，实在不好意思，我屋里今天人手不够，可不可以麻烦你去帮帮忙？"

"二太太言重了。"

这一天，可真累坏了吉门索。说什么帮帮忙，其实整个都是她一个人在做。一会儿擦桌子擦地，一会儿又洗了一大堆衣服、炕罩巾，甚至于拆洗被子。真奇怪了，平时这些事都有专门的人来做，而且吉门索也看出这些衣物根本就不脏。洗着洗着，吉门索终于明白，兰索是故意为难她。

到傍晚时分，吉门索终于做完了，准备回房，谁曾想兰索又有话了。

"吉门索，我想洗洗身子，这些丫头们又个个笨手笨脚的，你说我可阿么办呢？"

她的意思吉门索岂会不知，"我来吧！"

"哟！那可真是不好意思了。巧得很，今儿个连妲兰索也不在，这准备水的差事看来也得你来了。"

好不容易水已经装了满满一浴盆，兰索一碰水，嫌热。再提来一桶凉水，又嫌凉。就这样来来回回折腾了十几趟，终于让兰索勉勉强强进了浴盆。

沐浴的时候,兰索又有意无意地将水泼到身后的吉门索身上,有好几次还泼到她脸上。这一场沐浴下来,吉门索全身竟已湿透。兰索却咯咯笑个不停,"好像真正洗澡的是你噢!活像个落汤鸡似的。"

终于可以回房了,这会儿已是深夜时分,想必少土司也已安歇。炕上姐兰索睡得正沉,出着粗重的气,吉门索躺到她身边,感觉全身快散架了。

这样的情形在以后的日子经常发生,兰索好像是故意在为难她,可是吉门索又不能不从命。心中苦思着土司太太交给她的那件秘密任务,渐渐地,土司府的生活让她感到难熬,度日如年,但又苦于无法挣脱。

24

夏天来了。高原的夏天是短暂的,因此显得格外珍贵。土司府的院子里种满了各色时令鲜花,好像把整个彩虹镇的夏天都搬到了这里。可吉门索更清楚,彩虹镇最美丽的夏天全在外面,在广阔的田野里,在高高的赤列布山上。

这天一早,吉门索刚漱洗完罩好紫巾,姐兰索风风火火地冲进她的房间，人未到声已到，"吉门索！出大事了！"

吉门索忙迎上去，"出什么事了？"

"那个放牛的五十六你还记得不？"妲兰索大喘了一口气，瞪着眼道。

"记得啊，他阿么了？"

"他可能是太饿了，昨儿个在山上宰了一头牛吃了，这傻小子也不知道跑，吃到一半时被管家带人抓回来了，听桑杰说昨天夜里一直从前头大牢那儿传来他鬼哭狼嚎的声音，我早上一打听，是少土司用荆条打他了。过了这一晚上，这会儿不知道是死是活呢！对了，少土司还下令不准任何人去看他，否则和五十六一样关起来！"

吉门索血直往头顶窜，眉头锁紧，"万恶的……走吧，我们去看看。"

"你疯了？"妲兰索一脸震惊看着吉门索，"我不是跟你说了吗，少土司严令不准任何人去看五十六！"

"可如果我们不去看他，他会死的！我们又不是没去大牢看过，阴暗潮湿不说，还有老鼠。五十六身子本来就瘦弱，被荆条打了肯定受不住。快走吧！迟了真怕……对了，你还没去挑水是不是？这样，你到神泉水挑水时，到落凤坡找拉仁布，让他到彩虹山找这样一味药，叫三七，来，我把样子给你画下来。"

千万记住，我要的是根，不是叶。"

送走了妲兰索，吉门索急忙跑到仆佣厨房，好说歹说才从胖婶手里要了半块青稞面的锅盔馍，再偷摸来到主子的茶房，正是早饭时辰，幸好没人，往准备好的皮袋里倒了土炉上滚着的奶茶，直奔大牢而去。

大牢守门的是旦见索的阿吾才让，见是吉门索才将冲到嘴边的呵斥咽了下去，"吉门索？你阿么来了？"

"才让阿吾，我来看看五十六，送点吃的。"

"不行！少土司这会儿正在气头上，你这不是往刀口上撞吗？听阿吾一句劝，行好也得看个时候，快回去吧，少土司早巡快回来了，要是碰上了，你我都得倒霉！"说着往外推吉门索，吉门索一个欠身避开了，"我就送个吃的，耽误不了多少工夫，放下就出来好不好？再说哪里就有那么巧，少土司回来的时辰我知道，还得一会儿呢！才让阿吾，好心的阿吾，我和五十六都是土司府的奴才，要不是饿极了，他也不会犯下这样的事。都是苦命百姓，就是闭只眼的工夫，让我进去吧！"

才让的脸抽搐了两下，看了吉门索半天，终于侧过头，闭上了眼睛，这边的手解下腰间的钥匙，"哐啷"一声，掉在了地上。吉门索冲他笑笑，急忙捡起石阶上的钥匙，打开了牢门，跑了进去。

大牢里总共六间牢房，都用胳膊粗的木头围着。五十六被关在最里面的单间，里面堆着薄薄一层麦草，满身是血的五十六就趴在屋当中的麦草上。吉门索唤了五六声，他也没应个声。她仔细察看了他背部的伤势，腾格里啊！他赤裸着的背部竟有几十道伤口，而且道道伤口都见了血，有的甚至向外翻出了肉。荆条，那是带着刺的棍，镶着刀的棒啊。

"五十六，你快醒醒！快醒醒啊！你不能睡的，这里又湿又冷。"吉门索轻轻摇摇五十六的胳膊，他发出了一声痛苦的呢喃，也只是清醒了那一下，又昏了过去。吉门索摸摸他的额头，滚烫滚烫的。看大牢门口，妲兰索还没回来，才想起她说过的，来回得两个时辰。远水已经救不了近渴了，阿么办？

吉门索出了小间门，在大牢里找来找去，一转头看见了大牢门口台阶下的土炉，炉里还架着火。她看了眼地上的麦草，笑上眉头，抓起一大把在土炉上引燃了，拿了麦草灰，用手掌揉碎成泥，跑回到五十六身旁，在他背部的伤口轻轻敷上了。伤口实在太多了，吉门索又点了一回麦草，正要给五十六敷时，才让冲了进来，"快走！少土司回来了！"

"再等一下，我马上就敷好了。"吉门索手下加快，敷好草灰后，解下身上的紫色坎肩盖在了五十六身上。拿起旁边的皮袋和馍馍放到了五十六手边，便在才让的一再催促下匆忙离开了大牢。

吉门索前脚刚走,少土司便踏进了大牢的石阶。大牢里烧麦草的烟还没有散尽,少土司捂着鼻子道:"阿么回事?这么多烟?"

才让忙回道:"是属下架炉子弄的,昨天柴火刚好用完了,我就用地上的麦草胡乱架了火,请少土司恕罪。"

少土司不满地瞥了他一眼,退到了大牢门外,"他怎么样?还没死吧?"

"是,还没死,不过也就剩一口气了。"

"看好了!要是让他逃了,你就等着给他抵命吧!"

"呀!"才让抚着胸口,看着少土司向内院走去的背影,长叹了一口气。

夜已深,吉门索躺在炕上却毫无睡意。看身旁的妲兰索,早已呼呼入睡。她索性起了身,轻手轻脚下了炕,拿起柜子里藏好的包袱,那里面是早上妲兰索带回来的三七,治外伤最好的草药。拉仁布不愧是拉仁布,她匆忙之下画的图,他还是看懂了。

大牢门口的才让早回去休息了,牢门紧闭,上着锁,吉门索进不去。她只好隔着大牢门轻声叫五十六,里面却毫无动静。

大牢门的钥匙，除了才让阿吾有，还有谁有吗？她仔细想着。少土司手里会有吗？转念一想，这比出府去找才让阿吾还难，不由敲敲脑门，默默坐在了大牢门口的石阶上。

"就知道你会来。"

"谁？"

吉门索猛地惊起，土司府灯火通明，来人在她五六步开外站定，正是她盼星星盼月亮盼着能出现的才让阿吾。她差点都要惊呼出声，忙捂住嘴，冲才让笑着。

才让走近大牢门，打开了锁，二人放轻脚步进了大牢。

一见到依旧昏迷的五十六，吉门索的心沉到了谷底，眼泪一瞬间都涌到了眼眶里。来的时候原指望着那些草灰能起点作用，甚至想着一见面，五十六已经能坐在单间的土凳上，笑盈盈看着她的到来。

她用袖口一把擦掉眼里的泪，取出帕子，跟才让要了清水，将五十六伤口上的草灰都一点一点擦干净了，然后取出包袱里的三七，早就用石杵捣好的三七，轻轻地小心翼翼地为他敷上了。

"他的身体还是很烫，这样下去，他会烧死的。"

吉门索一脸忧愁看着五十六道，身旁的才让看着她，"这会儿上哪儿找大夫去啊，药铺都关门了。"

吉门索略一思忖，看着才让道："才让阿吾，我去厨房煮姜糖水，需要费会儿工夫，你在这边找盆温水，拿手巾浸泡温水，帮五十六擦身体，特别是额头、腋下、手心脚心，记得避开他的伤口。"

"好，你放心去吧。"

等到两个人忙活完，天已擦亮。吉门索探了探五十六的额头，已经没那么烫了。

实在是累极了，两个人都瘫坐在地上，靠着牢柱。

"才让阿吾，这两天光顾着五十六，一直想问问你，旦见索过得好吗？婆家人待她怎么样？那个达杰……"看吉门索欲言又止，才让忙道："好着好着，遇上了个好婆婆，真当自己亲阿姑一样疼着。可就是……"

"阿么了？"

"我托白崖的朋友打听过，达杰这个浑小子！成天夜里不回家，也不知道去哪儿鬼混。唉，别看我这妹子平时性子软，可真要倔起来，谁也拿她没辙。我和阿爸问过她多少次，她是一丝口风也不露，还尽说那混蛋的好话。问得急了，她就跑回婆家去了。哦对了，忘了告诉你了，旦见索她已经有三个月的身孕了！"

"真的？！"吉门索一脸激动抓住了才让的胳膊，"真没想到，倒是让旦见索先当了阿妈！真好啊！真好！"

才让也感染了她的喜悦，笑道："你也会的。"

吉门索一愣，笑容里透出了一丝无奈，"我哪有那个福气，都不知道能不能出得了土司府这个高墙大院呢。"

才让不由叹了口气，"我在土司府里也是不短的日子了，看过了太多的事，也不得不为你捏一把汗。吉门索，我看少土司是不会轻易放手的，就算是为了大小姐，也不可能放你回去。"

"我知道他的打算，他是想把我困死在这大院里，好让拉仁布彻底死心。我这个大小姐眼里的钉子，肉里的刺，阿么可能让我好过。只是，即便是这样，总还有个天理在！土司太太已经当面允诺，改三年为奴期为一年。我想只要我尽心服侍少土司，不让他们挑出任何毛病，偌大一个土司府的太太，总不能说话不算数吧。"

才让看着憔悴的吉门索，实在不忍心再说什么，心道：但愿，但愿那个土司太太能信守承诺。

拖着疲惫的身体回到屋里，妲兰索已经出门挑水了。吉门索头一挨着炕头，就沉沉地睡了过去。

吉门索是被妲兰索的大嗓门惊醒的。

"吉门索！不好了不好了！"

吉门索翻身坐起，迎出门，妲兰索速度太快，两人在门口撞在了一起。妲兰索捉住她的两只胳膊，急慌慌道："不好了吉门索！五十六被少土司吊在了前面大堂门口，让府里的所有下人都到前厅，少土司要训话！"

吉门索来不及思索，就被妲兰索拽着跑向了前厅。

五十六还昏迷着，脸色惨白，双手被缚，吊在土司大堂的门梁上，脑袋耷拉着，赤着上身，光着双脚。太阳热辣辣地照着他，他瘦骨嶙峋的上身却没淌出一滴汗。只一眼，吉门索心里一沉，一晚上的工夫，算白费了！

身穿蓝底绣金长袍的少土司从后院走进了大堂，前摆边沿的金色云纹随着他的脚步一闪一晃，直晃得吉门索眼晕。那金色云纹还是她前些日子绣上去的，土司太太知道她的绣活好，主子们衣裳上想添点什么花纹，都会派给她绣。吉门索突然讨厌起自己来，伸出双手定睛看着，左手掐了掐右手掌，右手又掐了左手掌，直掐得双掌都红了。一旁的妲兰索奇怪地看着她，小声在她耳边道："你干什么呀？疯了！"

吉门索不说话，收了手站在丫鬟堆里，看向了大堂。

"都看清楚了！都知道被吊着的这个家伙是谁吧？"少土司手拿皮鞭步上前来，目光扫了眼大厅里站着的一众下人，目光在罩着紫巾的吉门索身上停了会儿。是她的目光，让他不由地停留视线。这小阿姑！好大的胆子！居然敢用这样的眼光看着他。少土司笑着摇摇头，高声道："五十六！放牛的五十六！居然敢偷宰府里的牛，还在山上烤了吃，真是好大的狗胆！我是没想到啊，居然还有五十六这样狗胆包天的奴才！居然惦记上我的牛了！啊！"话音未落，他手中的皮鞭猛抽了已经昏迷的五十六两下。五十六毫无反应，依旧耷拉着脑袋。

吉门索眉头一紧，双手捏紧了坎肩的衣角，努力忍着那股想冲上去的冲动。身旁的姐兰索轻声道："你可别犯傻啊！这会儿不是犯傻的时候！"

"今天叫你们来，是要给你们个警告！主子的东西，再好也不能惦记，主子的东西，再烂也不能惦记！这是土司府的死规矩，谁要是敢犯，五十六就是他的下场。这次念他是初犯，我只打了他一百沙棘条，往后若有人再犯，直接打死勿论！都听清楚了没有？"

"听清楚了。"下人们都被震慑住了，小声地回道。

"大点声！"

"听清楚了！"

"散了吧！"

吉门索等着大家都散了，走上前去抱住昏迷的五十六的双脚。可他被吊得太高了，她踮了脚尖也只能抬上去一点点。她艰难地抬头看了眼他的双臂，好在起了点作用，他的胳膊弯了弯，不再是先前那般僵直的了。

额头的汗一滴两滴，全都涌进眼睛里，酸涩得难受，她努力侧下头，用肩膀蹭了蹭。脚尖踮得久了，脚掌都麻了，肿了，失去感觉了。可她不敢放平脚，身子便慢慢摇晃起来，头皮也开始发麻了。

少土司大号的脸突然在她眼前闪了出来，吉门索晃晃头，再看去，还是他。他正笑看着她，"就知道是你做的好事！阿么，想救他？你拿什么救他？就只是这样吗？他可只剩半条命了，你这样举着他，又能举多久？"

吉门索身子晃了晃，额头上的汗又滴进了眼睛里，难受得很。

"能举一会儿是一会儿。他……他有什么错？如果不是饿极了，也不会发生这事。说……到底，还不是你对下人太严苛了？连顿饱饭都吃不上。"

"哈！好好好！你倒挺会说，说来说去，总能绕回到我身上来。吉门索啊吉门索，腾格里没给你一张好脸，却给了一张利嘴呀！要照你这么说，五十六偷吃我的牛倒是对的？"

少土司看她发愣不说话，接着道："你这样说不公平，同样都是府里放牛的，你看达杰，他就身强力壮的，还能主动向我报告五十六偷牛吃的事。照这个看，还是五十六天生贼胚！"

吉门索感觉脑袋发昏，头晕目眩，太阳光实在太强了。少土司带疤的脸开始在她面前变成了两个，四个，十个……

"你放了五十六吧……我相信他不是有意的，没有人是天生的贼胚子，他……只是……太饿了……"

吉门索醒过来时，房间里没有人，看窗外，天已黑了，院子里掌了灯。她起了身，觉得全身无力，挣扎着下了炕，这时妲兰索推门进来了，端着一碗姜糖水。

"哎，你快回去躺着！都昏倒了还逞什么强啊！"说话间已放下姜糖水，搀吉门索回到炕边。吉门索握住她的胳膊，带着一脸的憔悴道："五十六怎么样了？放下来了吗？"

妲兰索面有难色，欲言又止看着吉门索。吉门索急道："你快说，到底怎么样了？"

"他殁了！"

吉门索忘了呼出嘴里的那团热气，一股邪火直往头顶窜，急怒攻心，再次昏了过去。妲兰索一下子慌了，冲到院子里大声喊着："吉门索又昏了！来人呀！"

丫鬟房门口正巧路过出门刚归来的土司太太，在丫鬟银花的搀扶下进了吉门索的房间。妲兰索忙弯腰行礼，土司太太摆摆手道："阿么了？吉门索阿么会昏倒？"近到炕沿，看着脸色苍白的吉门索，摸了摸她的额头，"腾格里！这孩子这么烫？"

妲兰索是真吓着了，带着哭腔道："本来今天晌午在前厅就已经中了暑，昏睡了一个下午，刚才好容易醒过来，一听五十六殁了，又昏了。"

"没想到这孩子是个这么热心肠的阿姑。那五十六跟她是非亲非故，竟能劳她这么挂心。银花，去把解郎中请来，好好给她看看。"土司太太握了握吉门索发烫的手，"这双手，可是能绣出这世上最好的盘绣的手，珍贵着呢！咱们可不能让这双手的主人有什么闪失。"

"呀！"

土司太太在银花的搀扶下离开了丫鬟房。妲兰索端着桌上的姜糖水，一手搂住吉门索的头，一手拿着碗，往她嘴里灌姜糖水，折腾了半天，一碗倒有半碗都洒在了吉门索的脖子里。

"吉门索呀吉门索，你快喝呀！看到菩萨心肠的太太的面儿上，你就快点好起来吧！"

25

转眼过了年，又是一个春天。土司府的日子长得看不到头，吉门索知道自己必须行动了。等待是无休无止的，也是徒劳无功的。她不能再坐等了。

"表小姐，这一摞是少土司最爱看的书。"

刚吃过晌午，表小姐白尼尕来了。在土司太太的安排下，吉门索引着她来到了少土司的卧房。自打一进屋，白尼尕一双眼东瞅西瞧，一刻不曾闲。

"表小姐，少土司喝的奶茶喜欢稍咸一点，至于吃的，他最爱吃面片，尤其是羊肉面片。没事的时候最喜欢擦这柄宝刀，有时候还喜欢到院子里耍两下。更多的时候，他喜欢待在后院的马场里驯马，他尤其喜欢驯服刚来的烈马。"

白尼尕侧目瞧了吉门索一眼，看到她脸上的紫巾，笑道："我姨娘说得真是一点儿没错！亏得你长成这样，要不然……"

吉门索不理会她的话，接着道："表小姐，少土司喜欢的颜色是黑色，喜欢下雪的天气，喜欢雪天去骑马，喜欢睡觉前喝一碗咸咸的奶茶，喜欢一醒来大叫一声，喜欢……"

"够了！你一次说这么多，我阿么记得住？你干脆都写下来吧，我回去慢慢记。不过，这些重要吗？这些不都是下人奴才们需要知道的事嘛，我干嘛要知道？我要做的，是土司府的正夫人，可不是你这样的丫鬟。"

吉门索并不生气，轻声道："太太既然把这个任务交给了我，就请表小姐耐心听我这个奴才细细说来。您要得到少土司的心，首先得了解他的喜好和习惯不是吗？"

"可是少土司阿吾他不怎么理我，虽然每次见我都很客气，可我看得出来，他的眼睛里没有我。就像那次在土司大堂上，他宁可看着你一个蓝脸的丑女，也不愿将目光多停留在我脸上一刻。为什么呀？我真的不明白是为什么呀？"

吉门索看着这样的白尼尕，叹了口气道："表小姐别急，慢慢来，您只要肯为他用心，他总会有被感动的那一天的。"

白尼尕使劲摇摇头，"不行！我可等不了，慢慢来慢慢来，到底要我等到什么时候？你跟我去见我姨娘！我要听听她的主意。"

吉门索只得随白尼尕来到了土司太太的房里，令她意外的是，土司太太听完白尼尕前言不搭后语的陈述，一句话也不说，放下怀中的虎斑猫，默默地从身后的炕柜里拿出一个绣着石榴的黑布包。

"把这包药放一半在少土司的饭里。"

吉门索接过土司太太递给她的药包，凑近闻了闻，惊讶地看向土司太太，"这……少土司知道了，怕会……"

"这些就不用你操心了，你只管负责让少土司把药吃下去就成！"

吉门索按着土司太太的吩咐，将那包药撒了一半在少土司的面片里。在外头奔波了一天的少土司瞧着很疲惫，接过吉门索递来的面片，几下便吃完了。紧接着，躺到了炕上，没一会儿便沉沉睡去了。

过了有半盏茶的工夫，少土司卧房的木门"吱呀"一声开了，进来的正是表小姐白尼尕。白尼尕红着脸瞥了一眼正看着自己的吉门索，小声嗔道："还不快出去？难道还要我请你不成？"

吉门索忐忑不安地退出了房间。

这是吉门索在土司府的最后一晚。收拾了少土司的晚饭桌，替他铺好了炕，吉门索来到土司太太房里请安。

"还算你有心，临走前知道来看看我。"

"太太的恩德，吉门索不敢忘。"

土司太太坐在炕上靠着绿绸缎面的被子，怀抱着那只虎斑猫，悠然道："哦？我可没指望这个。说白了，这次尼尕能顺利和阿须厚订了婚，算你一份功劳。要不是看在这个份上，我可懒得为了你跟我自己的儿子对着来。他当初定的，可是三年的期限，如今这才一年多。我还真有点担心，他那头，不会不放你走吧？"

吉门索怕事情再生变，忙低头一揖，"太太言重了，这是表小姐和少土司前世有缘，拆都拆不散的，哪有我什么功劳？话又说回来，府里做活的阿姐们一个赛一个能干，吉门索笨手笨脚不说，还长着这样一副模样，少土司怕是早就不想见我了，或许只是碍于当初的为奴契约，不好赶我出府罢了。如今太太您放我出府，不仅保全了少土司的面子，还省了府里的一份粮食，少土司感激您都还来不及呢。"

土司太太抚摸着怀中的虎斑猫，怔怔看着吉门索，嘴角的笑意慢慢荡漾开来，"你倒真是会说。行吧，既然答应了你，我自然不会失信。你去收拾了东西，明天一早就回去吧。"

"谢谢太太！"

"等等。"

吉门索刚要转身，土司太太突然叫住了她。她踌躇着转回身来，一脸担忧看着大炕上穿着一身藏蓝色长袍外罩枣红色坎肩的土司太太。

土司太太依旧怀抱着猫，看着吉门索慢条斯理道："三年折为一年，对你而言，已是大大的便宜，虽然已经过了这几个月，对我而言，可是一个很大的损失。所以……"她故意顿了顿，满意地看着吉门索眼中的担忧越来越深，这才慢慢开口道："我要你为我做三年的绣活，无论我要你绣什么，你都不能拒绝。怎么样？不为难你吧？"

吉门索悬着的心终于放下了，她嘴角不自觉地带上了喜悦之情，颔首道："好，就做三年的绣活。无论太太让我绣什么，我都按时交工。"

回到了屋里，想收拾东西，谁曾想竟没有一件东西是真正属于自己的。也好，这土司府的东西，她宁愿一件不要。

虽已是春天，但高原的天气还是见着寒气。雨点夹着雪花还在下，天色已暗了下来。明天的这会儿，她已经在家里了吧？拉仁布可还好？阿吾怎么样了呢？腊月花和达杰的事，他可曾察觉？旦见索呢，她又是否知道？一年零九个月的时光，说长不长，说短也不短。

塔塔！还有可爱的塔塔，它还好吗？

看着雨滴串成的水帘，说不出的美丽，吉门索看得入了迷，浑然不觉少土司已经进了门。

"终于舍得收回眼睛了？你这爱看花爱看雪，又爱看雨的性子，真是有点意思。"

"少土司！"吉门索低头一揖，想起入府后的种种，心里不由堵上了一块，转身倒了碗炉上的熬茶递给了他，默立一旁。

少土司喝着茶，一侧头看见了她炕上的包袱，"阿么？你要出门？"

吉门索低头回道："太太准我出府回家，明天我就回去了。

谢谢少土司这一年多来的关照，吉门索感激不尽。"

少土司愣住了，定睛看着吉门索。她依旧遮着那块紫色面巾，他看不到那块面巾后面的她的表情，究竟是喜还是忧。只是，他却清楚地知道自己的感觉，那股似有还无的不舍，那股莫可名状的失落，此刻正一下又一下，软绵绵地捶打着他的心。

"你就这么着急离开土司府吗？你待在这儿，难道不开心吗？"

"少土司见谅，没有人愿意当奴才的，也没有人生来就是奴才。我原来的家即便是一贫如洗，那也是我的香仙巴郎①。"

少土司目不转睛地盯着她，"好个有志气的奴才！行！要我放你走也可以，只一件，我要看你的真面目。不然，休想让我放你走。说好的三年就是三年，一天也不能少！"

"你！"吉门索心里慌了，眼前的人，是她朝夕相处了整整一年又九个月的人，她当然清楚他的脾气。只是，如果真按他说的，那后面……

"阿么？不敢以真面目示人？那就踏实留下，反正我也习惯了你整日戴着面巾。还有，我和尼尕表妹这次订婚的事，怕是跟你脱不了干系吧？阿么，把我的生活搅得一塌糊涂就想拍拍屁股走人？想得挺美！"

---

① 香仙巴郎：土族语，天国，天堂。

吉门索心里一惊，看着他志在必得的模样，眉头锁紧。真要以真面目示他吗？如果他看到以后不放人阿么办？不行！再阿么想都不行，这招太冒险。想到这儿，她缓缓取下面巾，露出了满是疙瘩的蓝脸。少土司这次没有吃惊，毫不回避地看着她。

"少土司也见了我的真面目了，还请您兑现承诺。吉门索刚来时，您曾逼我取下过紫巾，今天是我在土司府的最后一天，您逼我再次取下面巾。对于一个……丑女来说，最残忍的事，莫过于强迫她将可怖的面貌示于人前，而且还是两次。如果说拉仁布欠土司府什么，欠少土司什么，我这两次受辱，一年多来的尽心侍奉也算还清了吧？您是高高在上的土司老爷，我们只是任人践踏的平头百姓，可古话说得好，人无信不立，还望少土司说到做到。"

吉门索的话让少土司震撼极了，愣了半天神后，他整整衣装，清清嗓子，柔声道："不急，不是明天吗？明天再说。行了，你先歇着吧，天大的事，等明天再说。"

说完倒回身要离开，吉门索忙叫住了他。

"少土司！"

"阿么的？"

"这样吧，我出三个谜语，只要您能猜出来，我依原来的契约做够三年。若是您猜不出来，还请兑现太太的承诺，明日放我出府。"

少土司好整以暇看着她,眼里有疑惑,却更多的是好奇。这样的女子,倒真是少见。他不由挑眉笑了,"好啊,你倒说说看。"说着坐到了椅子上。

吉门索款款而立,轻声道:"少土司请听好,第一个:前'吧嗒'后'吧嗒',前后门上都'吧嗒'。第二个:阿妈比跳蚤小,儿子比榔头大。第三个:一只青山羊,满山满川草吃光。"

少土仔细琢磨着,好半天的沉默,却是一个都猜不出来。看窗外雨还下着,迷迷离离的,少土司突然失了耐性,起身说了句"我回去想想!"一甩手出了门。

回到卧房的少土司心情很不好,骂了管家仁欠一顿后,又迎来了妹子达兰的无理取闹。"阿吾!你答应过我的,你说会让拉仁布点头,可现在都快两年了,不光没见到拉仁布点头,连吉门索也要回去了。她这一回去,我可是一点指望都没有了。你说话不算数!"

少土司一屁股躺进太师椅,闭上了眼睛不理妹子。达兰又追到他身旁,蹲下身子大声道:"你不管了是不是?阿吾!你还是我的阿吾吗?这一年多来,你对那个蓝脸丑女花了那么多心思,可她还是一心要走,阿吾,你可真没用!你……"

少土司猛地睁大眼睛,眼里的阴冷让妹子达兰也不由打了一个冷战，住了嘴。

"吉门索不是还没走吗，急什么？一切看明天！"

26

拉仁布收到了吉门索托妲兰索带出来的口信，一大早等在土司府门口。一并赶来的，还有吉门索的阿吾新阿姐。当太阳照在土司府大门的铜制门环上，大红门打开了，走出来的正是脸罩紫巾的吉门索。一见拉仁布，吉门索几乎是跑了过去，两个年轻人的手刚握到一起，他们的身后传来了少土司的声音："吉然斯让！你这妹子不简单啊，别看长得不怎么样，嘴巴可是厉害得很呢！三个谜语把我给难住了，看来我只能提前放她出府了。"

吉然斯让上前一揖，"对不住少土司，我这妹子从小脾气犟，这一年多里肯定没让您省心，回家后，我一定好好管教。"他身旁的腊月花一双眼却紧紧盯着对周围的一切浑然不觉的拉仁布和吉门索。老早以前她就知道，吉门索和拉仁布好上了，今天再看吉门索眼中的痴迷，拉仁布眼中的热情，她可以断定，吉门索此生怕是非拉仁布不嫁了！

少土司已近上前来，看着拉仁布和吉门索握在一起的手，有那么一刻的失神，随即朗声笑了，"拉仁布，算你有眼光！吉门索是个好阿姑，回去后好好过日子。"他的身后，是依旧一身红装的土司小姐，失魂地看着拉仁布握着吉门索的手，使劲折磨着手中的皮鞭。

"不过吉门索，你还没有告诉我，你那三个谜语的谜底到底是什么呀？"

吉门索自打出了土司府的大门，心里像脱了缰的马，欢快得想唱歌。但她心底还存在一丝隐忧，所以没敢将笑容绽放在脸上，低头一揖轻声道："不怪少土司猜不出来，都是贫苦老百姓家才会有的物件。前'吧嗒'后'吧嗒'，前后门上都'吧嗒'，说的是风箱。'阿妈比跳蚤小，儿子比榔头大'说的是萝卜。'一只青山羊，满山满川草吃光'说的是镰刀……"

"嘭"的一声，吉门索被人当头泼了一桶水，所有人都惊呆了。吉门索被泼懵了，伸手抹了眼上的水珠，一侧头惊见是新阿姐腊月花，她站在刚刚挑了泉水回来的妲兰索的身旁。妲兰索也是瞪大了眼睛看看腊月花，看看吉门索脚下不断滴淌下来的泉水，口中念念有词，"可惜了我的水哟！"

只见腊月花急忙赴上前来，掏出绣花口袋里的粉帕，"哎哟！对不住对不住啊妹子，我寻思着尝尝这阿姑桶里的泉水，早听说是山上的好水了，谁想手一滑脚一滑，竟把木桶扔了出去，又偏偏都泼你身上了,你说这可阿么好?"她嘴里不停地说着话,手却一刻不曾闲,先一把扯掉吉门索的紫巾,紧接着手上使力用粉帕擦拭吉门索湿了的脸。一旁的拉仁布待上前去阻拦,却已是来不及。

等吉门索回过神来,忙要推开新阿姐忙碌的手,却见少土司默默走上前来。他拨开她的新阿姐,推开她面前的拉仁布,呆呆地伸出手,要去抚摸她那张无瑕的面容,脑子里突然窜进一句想不起是谁说过的话来:"她本来就是天底下最美丽的阿姑,只是你们不知道而已。"是啊,只是他不知道而已。

"呀!你……"

土司小姐惊叫了一声,走近吉门索,仔仔细细地看着她。她掩饰不住心里的惊讶,继而满是酸楚地看了看吉门索身后的拉仁布,噘起了嘴,喃喃道:"怪不得……"

少土司仿如灵魂出窍般,一动也不动地看着吉门索,眼里是令吉门索陌生的痴狂。她本能地躲开他放肆的注视,却听他如呓语般说道:"众里寻她千百度,蓦然回首,那人却在灯火阑珊处……这古人,竟是把什么话都说尽了,把什么情都道尽了……"

吉门索心里一惊,看着他越来越近的手,强烈的不安瞬间抓住了她的心。她慌乱中一把拨开了那手,躲开他站到了拉仁布身旁,"少土司,时辰不早了,我们要回家了。阿吾,我们快回吧。"

"哦,好。"

吉然斯让侬言走近妹子和拉仁布。拉仁布向着少土司抱拳一揖,"多谢少土司成全!"转身要走,少土司突然大笑了两声,高声道:"拉仁布!'马滩上骑着好,话当众说了好'!你不会真以为这一年多的日子里我们什么都没有发生吧?"

少土司的话如针如箭,直刺拉仁布和吉门索的心窝窝。他身旁的土司小姐疑惑地看着自己的阿吾,越来越糊涂了。再看拉仁布,眼里没有怀疑,没有动摇,却是一如既往的深情。

吉门索冲拉仁布直摇头,而拉仁布坚定的眼神也同样投给吉门索。

"少土司,还请你信守承诺。"

少土司笑着摆摆手,来到吉门索身旁,从怀里掏出一张纸,看着她道:"你错了,我当初说好的期限是三年,可现在才只有一年多不是吗?你们是要考验我的记性吗?吉门索,你可别忘了,你当初的契约如今还在我手里,这上面清清楚楚写着:吉门索甘愿入土司府为奴,期限三年。"

吉门索伸手去拿那卖身契,少土司似早料她会有此招,轻易地闪过了,重新放入怀中,得意的笑挂上眉间眼里,定睛看着她,"想撕了它?你也不想想,我现在唯一能抓住你的,就只有这个了。"他转头看向吉门索身旁的拉仁布,"行了,回去放你的羊吧!土司府的长工,我让你生生世世都当下去了,这是我给你的恩赐,工钱我也可以每年都涨一点,保管你饿不着。怎么样吉门索?我这样也够仁至义尽了吧?"

"不!我宁愿不当你这长工!少土司,你堂堂一个世袭世家的少土司,阿么能出尔反尔?吉门索又不欠你什么,你凭什么扣着她不放?土司府那么多下人,难道就缺她这一个不成?"

"嗨!真就让你说着了,我还就缺她这一个!实话告诉你吧,少土司我看上吉门索了!我看上她了!我要娶她做妾,听清楚了没有,是做我的小妾,吃香的喝辣的,享不完的福呢。再说明白点吧,等明年的这会儿你再来,恐怕她都替我生了儿子了。到时候,如果你还愿意要她,我们再商量!"

身旁的吉门索突然一个巴掌打在少土司脸上,在场的人全都震惊了。这是破天荒的头一次,从来没有人敢打少土司的耳光,更何况是在这众目睽睽之下。

令所有人更加震惊的是,少土司抚着挨了打的脸颊,居然笑了,笑看着吉门索,"舒坦!"

他涎着笑的面容直让吉门索头皮发麻,她转头看向身旁的拉仁布,有千言万语,却无从说起。阿么办?要阿么办?

多情人难成俦

"愣着干什么？不相干的人赶走！是嫌今儿个不够热闹吗？"

早有土兵驾着拉仁布往西走，拉仁布拳打脚踢，用尽全力，也挣脱不开孔武有力的四个土兵，双拳难敌四手。吉门索待要冲上前去，少土司一把捉住她的两只胳膊，根本动弹不得。少土司凑到她耳旁道："你再不听话，我就让他们打死拉仁布！"吉门索心里一惊，全身没了力气。

绝望中，拉仁布冲着吉门索高声喊道："吉门索别怕！赤列布山上的暴雨再猛，冲不散羊群。土司府的势力再大，分不开我俩。我信你！你要好好的，等着我！"

吉门索的泪涌上眼眶，也含着泪冲他使劲点头。一转眼，拉仁布已拐过街角不见了身影。她一回头，看见了不远处的腊月花。腾格里啊，她那是什么样的眼神？得意，冷笑，嘲讽，还夹杂着不甘和愤恨，吉门索感觉自己像是大冬天地被人从头浇下一盆冰水，全身凉透了。

人群已经散去，土司小姐还呆呆地站在府门口，痴痴地看着拉仁布消失的街角，心里乱极了，好像想了很多东西，把这十几年来没想通的很多事情都想了一遍。她的脑子从来没有这么乱过，像一团乱麻，又像麦场上那一摞一摞纠葛在一起的青稞麦草。

27

　　被少土司拽回土司府的院里,吉门索也没心顾及身上湿漉漉的衣裳,瘫坐在石阶上,心里无限愁苦。少土司带着笑眼看着她,悄悄坐到她的身旁,把脸凑到她面前,"阿么?生气了?"

　　吉门索别过了脸。

　　"管家!"

　　管家没多会儿赶来了,弯腰立到少土司身旁。少土司一双眼如获至宝般看着吉门索,一刻也不肯移开视线,挑起嘴角轻声道:"你给我看好了,吉门索很快就是我的二太太了!回来时要在我的房间见到她。如果出了什么差池,我拿你是问!"

　　"二太太?主子,这……这二太太不是兰索吗?"

　　"啰唆什么!让她马上搬出土司楼!正主找到了,还轮得到她吗?行了!就这么办吧,我还有事出去。"他又凑近吉门索,在她耳旁柔声道:"晚饭时候我就回来了,可不要太想我哦!"说着在她还来不及反应之时在她如玉的脸颊啄了一口,便大笑着走向了前院。

　　吉门索皱眉用袖口揩着被他啄过的地方,抬头看着头顶的艳阳天,心却死沉死沉。这无望的明天,她该阿么办?

　　初春的天气依旧寒冷,到这会儿吉门索才感受到全身冷得发抖,牙齿也开始打架了。

管家早已直起了腰,冷眼看着全身湿透的吉门索不阴不阳地说道:"恭喜啊吉门索阿姑!马上就是高高在上的土司府二太太了,这以后我还得仰仗你呢!走吧,今天还得在少土司的房间好好待着,别给我找事啊!"

吉门索默默起了身。

日落时分匆匆回门的少土司却没有如愿在自己的卧房见到吉门索,急唤管家,管家跌跌绊绊地赶到少土司的房间,人还未站稳,就听少土司吼道:"我让你看好人,人呢?!你想死吗?"

管家急忙扑通一跪,磕头如捣蒜,"少土司容禀啊!不是老奴没有看好人啊,是……是二太太,哦不是,是兰索,她不是刚搬出土司楼吗,也不知道是听谁说了什么,她把一肚子的怨气都撒在了吉门索身上,她……"

"她干了什么?说!"

少土司猛地一喝,管家全身一个哆嗦,忙道:"是是是!她不知道从哪里找了一根粗棍子,从吉门索身后偷袭了她,打了她一个闷棍。可能是打太重了,又正好打的是头,吉门索到这会儿还没醒呢!"

"人呢?"

"哦，在丫鬟房里呢。"

少土司径直下了楼，向丫鬟房而去。管家急忙跟上了。

吉门索静静地躺在土炕上，妲兰索守着她。见少土司着急忙慌地进了门，妲兰索忙低头施礼，退到了一旁。少土司坐到妲兰索坐过的位置，捉住吉门索的手，一脸焦急看着依旧昏迷的她，"大夫瞧过了没？怎么说的？"

管家忙上前道："解郎中瞧过了，说是没什么大事。"

"没什么大事怎么还不醒？"

"这……"管家没了话，战战兢兢地站在那儿。

空气中弥漫着让人窒息的紧张感。少土司的怒意一点点蔓延开来，虽然他什么也没有再说。

天色已彻底暗了下来。妲兰索轻手轻脚地掌了灯，屋里这才有了一点光亮。但那一点油灯的光实在太过渺小，大家看不到少土司脸上的表情，只得屏声息气默立着。

"那个贱人呢？"

管家一愣，旋即明白少土司指的是谁，忙应道："关在她自己的房间了，等您处置。"

少土司突地起身，出了门来到了隔壁房，那是兰索的房间。门上的铁锁被管家打开，紧接着有下人先一步进门掌了灯。少土司背着手大踏步进了门，头趴在炕桌上的兰索似是睡着了，被人猛地惊醒的模样，瞪大了眼睛看着站在自己几步外的少土司。等她看清来人，急忙奔上前去，跪倒在少土司脚前，双手紧紧拽住他的长袍衣角，哭诉道："少土司您可回来了呀！管家仁欠居然将我赶出了土司楼，他还说是您的意思。我不信啊少土司！我怎么能信呢？往日您待兰索那么好，还封我做了二太太，您怎么会……"

少土司一把甩开她，一脚踹在她肩上，冷冷俯视着她，厉声道："要是你没有打伤吉门索，你还可以安安稳稳做土司府的上等下人。只可惜，你这么上不了台面。管家！"

"在！"

"明天一早把她送到北山的军营里，赏给那些个士兵吧。"

兰索一听如五雷轰顶，急慌慌膝行上前，再次抓住少土司的衣角，声嘶力竭地哭求道："少土司饶了我吧！不看僧面看佛面，看在我用心服侍您这么久的份儿上，让我留下来吧！不求别的，只求做个丫鬟就好。求求您，求求您……不要这么狠心啊……求求您……"

房门再次上了锁，却锁不住兰索的求饶声。丫鬟房里的阿姑们在黑暗中不敢掌灯，都静悄悄地颤栗在自己的房间。直到院里掌了灯，兰索凄厉的求饶声还回荡在土司府的院子里，也回响在阿姑们的心上。

这夜注定是个不眠之夜。

一更时分，吉门索醒了过来。油灯的微弱光亮还在，吉门索环视了四周，妲兰索坐在炕沿，趴在炕桌上睡着了。她挣扎着要起身，头却重得像坠着块大石头，她又重重地躺了下去。

门外传来轻之又轻的敲门声，吉门索还以为自己听错了，没有吱声。没有多会儿敲门声又响起，然后是一声轻轻的口哨。吉门索心里一阵狂喜，忍着剧烈的头痛下了炕，轻轻地开了门。真是拉仁布！

当木格门扇关上的时候，吉门索立时落入了一个宽厚结实的怀抱里。那一刹那，她的泪水涌出眼眶，"我真怕自己再也见不到你了。"

拉仁布抬起手轻轻擦去她脸颊上的泪水，温暖的笑容让原本置身黑暗的吉门索如投入春日的阳光中一般，她静静地看着他。高耸的鼻梁，黑白分明的大眼睛，略有些沧桑的鱼尾纹让人感受到眼前这个阿吾的独特和宽厚，散发着一种酩馏酒一样的香气，有一种既让人想亲近又想远距离欣赏的仪式感。既精准又跳脱，既温馨又热烈。如果说温暖的触感让人欲罢不能，那么若有若无的香气则让人如坠深渊，难以自拔。

"他没有为难你吧？这一天，我真是急坏了。"

吉门索轻轻握住他的手，低头笑了，"没有，他一天都在外头忙,还顾不上。只是,我怕明天……"

"不要怕!我现在就带你离开这鬼地方。"

"离开?你要用什么办法?"

"你忘了?我可是彩虹村抛儿石打得最好的一个。刚才来这儿之前,我已经在后院的马圈扔了几个火球,估计这会儿已经烧起来了。等会儿土司府的土兵们忙着救火,顾不上我们的。到时,我们尽可以大摇大摆地出了这土司府。"

吉门索低头想了想,"只是这样一来,我们就只有远走他乡了。你,真的想好了吗?事情真的到这一步了吗?我们这样一走,玲花婶子阿么办?还有我阿吾,少土司为难他阿么办?我……"

正这时,门外院子里已经响起了巡逻土兵的声音,"着火了!快救火!"紧接着是各处房门打开的声音,此起彼伏的呼喊声。屋里的妲兰索也被外面的呼喊声惊醒了,一睁眼看见了拉仁布和吉门索站在门后,"咦!拉仁布?你阿么来了?"

吉门索忙上前捂住了她的嘴,"小点声!"

拉仁布冲妲兰索点点头,沾湿手指捅破了一点门窗纸,看着门外的动静,"可以走了!"

"走?你们要去哪儿?"妲兰索拨开吉门索的手,轻声问道。吉门索小声道:"我们要离开这里。妲兰索,你快去救火吧,要不然会被我们连累的。"

"救火？为什么？"

吉门索正待说话，拉仁布冲上前来握住她的手，"再不走就来不及了！妲兰索，你听我们的，快出门去后院马圈救火！记着，今晚你什么也没看见，什么也不知道！"

妲兰索被拉仁布严肃的神情吓到了，她呆呆地点了点头，听话地开了门出去。

拉仁布将深沉的目光投注在吉门索身上，他握住她瘦弱的双肩，柔声道："不要怕，什么都不要怕，只管跟着我走！这一年多来的无能为力已经让我恨死自己了，我再不会让你一个人面对这一切。吉门索，你，信我吗？"

吉门索心里一热，用力点点头。然后，他俩手牵手走出了那个房间。院子里早就人仰马翻，一片混乱，抬水的抬水，拿扫帚的拿扫帚。吉门索的手被拉仁布紧紧握着，心里感受到从未有过的踏实。

"吉门索逃跑了！少土司快来呀！吉门索跟人逃了！吉门索逃跑了！"

一迭连声的尖叫声从兰索的房间冲出来，这声音压过了原本充斥在土司府大院因救火而起的所有纷乱声音。

吉门索心里猛地一惊，拉仁布已反应过来，带着她跑向后院。

大门是出不去的。后院的火势却没有压住，此刻已是火光冲天。在火光照耀中，少土司的面庞已清晰地出现在人群中。吉门索的心里一凉，突地挣脱拉仁布的手，猛地一推，将他推到了月门后，匆匆道："你快走！我们两个一起的话，谁也走不了。相信我，我有办法逃出去。我会让妲兰索传信给你，你只管等我的信。"

这会儿工夫，少土司已发现吉门索的所在，朝着她走过来了。吉门索看着要上前的拉仁布使劲摇摇头，"快走！"

她就俏生生地站在那儿，眼里有疲惫，更多的是一种迷离的神采，静默地看着他，倚着月门，在艳红的火光映照下，有种莫名的孤独感。夜风轻轻吹着她的衣袂飘飘，少土司不由看呆了。

"你怎么在这儿？"

吉门索看了眼后院的火光，轻声道："这么大的火，你都不担心吗？"

少土司挑眉笑了，"知道我的家大业大了吧，这点小火用不着担心。"他定睛看着她，褪去蓝色伪装的她，美得这么不真实，美得让他害怕，害怕自己抓不住她，害怕她这份美丽不是为他绽放，害怕……

少土司突然上前拦腰抱起吉门索，不顾她的挣扎，"我白天可是打过保票的，明年得生个儿子给你的拉仁布看！要想秋天有收成，春天就得撒种！看来，我得忙活开了！"

吉门索心里一惊，本能地用尽全身力气去挣，去抗，却阿么也挣不脱，还是不甘心地捶打着少土司的胸口，"土匪！枉你是一方土司，处事却是这么下作！我瞧不起你！"

少土司却全不以为意，反而笑了，而且是眉开眼笑，一副很受用的模样，"舒坦！你说这世上有没有人喜欢听人家骂的？哎，我就是！"

"不要脸！"

"不要脸就不要脸吧！反正有你给这个不要脸的做媳妇呢，怕什么！"

"你休想！我死也不会给你做妾的！"

"你不给我做妾给谁做啊？我劝你还是知足吧，有我要你就不错了！就你这么爱骂人的女人，有人要才怪呢！"

"没人要也不要你要！放开我！放开……"

一路上，两个人你一句我一句一直没有停歇，吉门索一边骂一边挣扎，直到回到少土司的卧房里，她也没能挣脱开少土司的怀抱。他终于放下了她。脚一沾地，吉门索一个激灵奔向门口，手还没沾着门，就被少土司拦腰抱了回来，直接扔到了大炕上。她一个翻身，面对着少土司，退到大炕的最里头角落里，瞪大眼戒备地盯着少土司。

少土司看着她紧张的样子，轻扬嘴角，坐到炕前的一张虎皮榻上，看着她。"别紧张！放轻松！哎，你知道有多少女人想上我少土司的这张大炕吗？"

"下流！"

"哈！是！比起那个拉仁布，我是下流！可我敢当着所有人的面承认我喜欢你，他敢吗？就在白天，他不是也不敢和我争吗？"

"我和他的感情，你不会懂的！"

少土司长吁了一口气，"你最好别喜欢他，不然我有的是办法让他吃苦头。"

吉门索一惊，愣住了。

少土司猛地起身，怒瞪着吉门索，"你喜欢他几分，我就折磨他几分，你最好掂掂清楚！"

吉门索被他的话惊着了，低下头沉默着。

少土司看着她这副模样，明白了。他一屁股坐了下去，静默着。吉门索偷偷瞄了他一眼，看他躺下了身子在那张虎皮榻上，闭上了眼睛。她眨了眨眼，壮着胆子，轻轻地，轻轻地一步一寸爬向炕头，下了地，蹑手蹑脚地一步一步走向门。

"佛爷保佑佛爷保佑！"吉门索的心里默念着，双手轻握住门把，闭上眼皱紧眉，轻之又轻地，拉动了门，一指的宽度，一手的宽度，终于打开了！她的左脚开始往外迈，着了地，右脚接着迈出门，咦！衣服被什么给勾住了。她整个人已通过窄窄的门缝出得门去，只得伸回右手去尝试着取下被什么勾住的衣服，却在衣服的末端摸到了一只手！吉门索"啊"的一声闷叫，急忙向外冲，那只手却已打开门将她一把拉回了房间，门在她的眼前"嘭"的一声关上了。少土司这回没再说一句话，将她打横抱起，直直走向那张大炕。看着少土司这张黑沉沉的脸和他周身散发出来的欲望，吉门索怕极了，她柔声求道："放了我好不好？我给你做牛做马，我……我就像这一年多来一样，尽心伺候你好不好？少土司！你怎么也是朝廷命官，皇上钦封的会宁伯的后人，请不要污了你祖上的英名，你……"

吉门索开始后悔了，刚刚她应该不顾一切地跟拉仁布走才对！不计后果地跟他走才对呀！

少土司脸色依旧黑得可怕，他根本不理会吉门索的话，粗暴地放她在大炕上，自顾自地开始解自己的衣服。吉门索真的慌了，她起了身，凑近少土司，一脸诚意看着他，"少土司，这样好不好？我马上给我阿吾写封信，让他送银子来！你说，你要多少？你说多少我就写多少。我阿吾一定会按数送过来的，好不好？我们把这些年所有的积蓄都给你好不好？"

少土司瞪着黑黝黝的眼睛看着吉门索,手下的动作却不曾停,这会儿,他的上身已经赤裸,开始解下面的衣服了。

吉门索见他丝毫不为所动,急出了眼泪,她实在没有办法好想,瞪着泪眼看看四周,突然眼前一亮,她在炕头看见了一把小刀!不作迟疑,一个急步奔过去双手扑向小刀,却还是慢了一步,被少土司先一步拿到了手。他举着手里的小刀,看着吉门索,"阿么?想威胁我?还是要寻短见?哈,我劝你省省吧!我找了你这么久,好不容易找到了,所以,你,我要定了!"说着一个转手扔出小刀钉在梁上,一个箭步扑上炕来,双手握住吉门索的肩膀,将她摁倒在炕上,一只胳膊横在她的胸口,空出另一只手来解她的衣服,三下两下,吉门索被他除去了衣服,露出她缠了一层一层的裹胸。

吉门索见状,羞愧得无以复加,一股热血冲向头顶,她用尽全身的力气,对着他横在她胸口的胳膊,狠劲儿地咬了下去。少土司被咬得疼了,右手去推她的头,她却咬急了眼,不肯松口。少土司疼得紧了,一个巴掌对着她的脸打了下去,这才让她松了口。

少土司看着自己的胳膊,两排血红色的牙印,有两处已经咬出了血。他眉头不由一锁,怒瞪着吉门索。她这会儿嘴唇上还留着少土司胳膊上的血,艳红艳红的,缩在炕角瑟瑟发抖,一副惊弓之鸟的神情看着他。

　　见她这副模样，少土司的心突然软了下来，拿起她的衣服扔了给她，"没想到啊，你还会咬人！有意思！我倒舍不得这么快收拾你了。今天就算了，反正我们有的是工夫。我有这个自信，总有一天，你会主动对我投怀送抱的。"说罢下了炕，躺回那张虎皮榻，没多时，已传来了他的呼噜声。吉门索紧绷着的心这才慢慢平静下来，却也不敢大意，赶忙穿好衣服，缩在炕角，努力地保持着清醒，生怕自己睡着了。就这样坚持了一夜。

　　清晨的阳光透过大窗照亮了整个房间。少土司醒了，睁开眼，看到了缩在炕角歪着脑袋睡着的吉门索。她的头巾已经掉在了炕上，一头的如云秀发随着她的脑袋一歪，像瀑布一泻而下。再是她那张容颜，虽然经过一夜的折腾显出一脸的疲惫，却依旧难掩其美丽。不！其实更多的是一种气质。这些年，少土司也有过不少女人，也见过不少绝色，美则美矣，却没有一个能有吉门索的气质。她骂过他，还咬过他，可他却是越来越喜欢她。没错！就是因为她这股气质，这股不媚不妖，不流俗的气质，像是早晨云端那束清新而炫目的阳光。

　　看着她睡熟的模样，他舍不得去打扰她了，起身出了门。

　　门外守着管家仁欠，见少土司起身出来，忙弯腰迎上前道："主子，有个事讨个您的旨意。"

"什么事？"少土司脚下不停走下楼梯。

"您看看这个，后院杏树下发现的。"

少土司看了眼管家手里的抛儿石，"你想说什么？"

"老奴想的是，昨晚马场的火烧得实在有些蹊跷。我们马场可是从来不见火的呀，怎么会平白无故起火呢？老奴担心这里面有事。"

一听这话，少土司又看了那抛儿石一眼，眉头紧了紧，"看来是有不速之客呀！那就查清楚，看看这抛儿石到底是谁的。"

"呀！老奴即刻带人去查。另外还有一件，是兰索的事。照昨晚那意思，吉门索是想逃出去。我们都忙着救火，要不是兰索那几声大叫，恐怕还真让她给逃了。"管家不远不近跟着少土司，仔细观察着少土司脸上的表情，见他并无怒意，便接着道："所以奴才来讨您的旨意，还送兰索去北山军营吗？"

少土司脚刚刚踩在一楼的木板上，缓缓停住，手扶着楼梯口的扶手，慢慢抬头看了眼楼上，"等吉门索醒了问她的意思吧，她说怎么样就怎么样！"

管家弯腰领命，再待抬头，少土司的身影已消失在院子尽头。

28

吉门索这一觉睡到晌午才醒来,一睁眼,猛地警觉,用眼睛扫了一圈,少土司没在,她悬着的心才放了下来。这时,妲兰索端着一盆水进了门。见吉门索醒了,笑着迎过来,递了湿巾给她,"你可算醒了!这一觉睡得真是长呢!"

"妲兰索!"

吉门索高兴极了,经过昨晚,她身心俱疲,只觉孤立无援。在这样的时候,妲兰索的出现对她是太大的安慰了。

妲兰索坐到她身旁,笑道:"瞧瞧,当初还不承认呢,现在藏不住了吧?怎么样?少土司是要封你做正夫人呢,还是三太太?"

吉门索一惊,僵住了,"妲兰索!你再说这样的话,我不理你了啊!"

妲兰索笑着抓住吉门索的手,"好好好!不开玩笑了。我知道,我现在知道了,你心里只有你的拉仁布,行了吧?"看吉门索不再生气了,妲兰索接着道:"不过话又说回来,你藏得可够深的呀,居然连我都瞒过了!你瞧瞧你这张漂亮脸蛋,恐怕少土司是不肯再放你走了,你打算阿么办?"

吉门索下了炕,来到木格窗前,院子里阳光灿烂,她却怎么也提不起劲来,"我也不知道,只能走一步算一步了。"

姐兰索看着这样的她,慢慢道:"其实兰索当初刚来府里的时候,也和你一样,对少土司的特别关照一直表现得很冷淡。也有可能就是这份冷淡打动了少土司吧,渐渐地,兰索服软了,再后来,就是你看到的样子了。"

吉门索怔怔看着窗外,心里五味杂陈。她当然明白姐兰索的意思,她不得不想到自己,担心自己。她知道人都是有妥协性的,在天长日久的岁月中,又有几个人还能坚守住最初的底线?她有赤列布山上的茇茇草般坚韧的性子,她有降龙岭般坚硬的意志,可岁月啊,那是最磨人的东西。时光,还有一年多的时光,足以改变很多人和事。就算她不变,拉仁布阿么办?土司小姐是真喜欢他,她会乖乖等着自己三年期满出得府去跟拉仁布成亲吗?再说回自己,少土司已经看到她的真面目,即使到了期满之日,他会放她走吗?终于了解当年阿妈让她涂抹雪里蓝花汁的良苦用心了。可一切已经太迟了,在腊月花的一番"努力"下,她从十二岁以来努力伪装的面具被彻底揭开,从此大白于天下。她再也回不到蓝脸丑女的生活里了。人生真的是很讽刺!她当蓝脸丑女的时候,才是真正开心快乐的日子。而现在,当她以自己的真实面貌面对世人时,却已经被囚禁在土司府这个高墙围绕的"大牢"里。这样下去,她和拉仁布终究只能两地相思了。

正这时，少土司风尘仆仆地进了门。妲兰索忙躬身施礼，默默退了出去。吉门索看了他一眼，又将目光看向窗外。外面的阳光真亮堂啊！真怀念当初放羊的日子，每天都沐浴在阳光下。好多东西，拥有的时候并不觉得怎样，等到失去才发现，那些是那样的珍贵。

少土司静静地缓缓地走向她，眼睛都舍不得眨一下，看着她美丽的侧影。她就站在窗前，那是他经常站的位置。看着看着，他才发觉，她的美貌倒是其次，她的这份遗世独立，这份独一无二的娴静气质，才是她身上最吸引他的地方。

他走到她身边，情不自禁伸出手要去抚摸她美丽无瑕的脸颊。吉门索一侧身躲开了，面对他，眼里是一派坦然，"少土司，请告诉我，究竟要怎样你才肯放了我？"

少土司一愣，收回半空中的手，一挑眉笑了，带着惯有的邪气，"放了你？我才刚刚认识真正的你，怎么舍得放了你？我倒想问问你，为什么总想着离开？土司府不好吗？这里吃的住的，不说是世上最好的，最起码这西北高原，我敢说是最好的。吉门索，我美丽的吉门索，就把你的心交给我吧！以我高贵的土司身份，再加上我这万里挑一的相貌，难道还不足以让你倾心吗？我看你只是阿姑的矜持罢了，其实你心里是有我的，对

吉门索不求荣华富贵，只愿天长地久地牧羊在赤列布山的怀抱

不对？要不然这一年多来你那么尽心服侍我，还从来没有哪个丫头像你这样用过心。"

吉门索低头笑了，再看他时却带了一丝不易察觉的嘲讽，"少土司一向这样自负吗？打从我第一天进府，你就很清楚，我是为了拉仁布。而我尽心服侍你，也不过是为了早日出府。"

少土司眼角的笑意慢慢变淡，有好半天没有说话，只是静静地看着吉门索。

吉门索看着他此刻难得的沉静，心里鼓了鼓气，"请少土司提个条件吧，只要肯放我出去。毕竟是我们不占理，对不住大小姐。"

"你们？你们是谁？你和拉仁布吗？"少土司眉间已生起怒意，紧紧盯着吉门索，"你也知道是你对不起我妹子了？你更对不起我！"他突然气急败坏，猛地一脚，踹翻了身旁的几案，怒气冲冲地瞪着吉门索。

吉门索吓了一跳，面上却不见慌乱，她不卑不亢看着怒不可遏的少土司，不疾不徐道："少土司又何必生这么大的气？世上的姻缘，横竖得讲个你情我愿吧？拉仁布的错，是中了红箭却不肯娶大小姐，这也是我们理亏的地方。可话又说回来，拉仁布心里没有大小姐，即使勉强在一起，也只会是他们两个人的不幸。牛不喝水强摁头，不会有好结果的。"

"你左一句拉仁布，右一句我们，你又把我摆在哪儿了？！"少土司几乎要怒气冲天了，他扑上前一把捉住吉门索的手，脸凑上前去，差点要挨着吉门索的面庞。她侧过脸去，退了两步站定，面有难色看着他，轻声道："你……你的话我听不明白。你就告诉我，要怎么样才肯答应放我回家。只要是我能办到的，你尽管提。虽然你不缺吃不缺穿。"吉门索想抽回被他抓着的手臂，无济于事。

少土司的目光太复杂了，吉门索实在看不懂。怒气渐渐从他眉间褪去，慢慢扬起嘴角，他笑了，眼底却滑过一丝狡猾，放开了她的手退后两步，高声道："好！这可是你自己说的。你不是绣活做得好吗？你不是承认你欠我妹子的吗，那就给我妹子绣上一百双靴子！"见吉门索眼里有了光亮，少土司扬起一边嘴角，凑近她，轻声道："不过，我只给你一个月的期限。"

吉门索眉头不由一锁，瞪着他，"你！"

少土司却笑着凑得更近，"怎么样？敢答应吗？做不到就认输，认输就踏踏实实留下来做我的妾。"他伸出右手想要抚摸她脸颊旁的一绺青丝，吉门索一转头躲开了，退后三步站定，定睛看着他，眼神坚定，"好！一个月！希望你这次不会食言。"

"记着，不要刺绣的，要盘绣！"

步出少土司的房门，吉门索的心却似被什么东西拽着往下沉,沉得她走不动道。妲兰索没有走远,她就在楼梯拐角等着她。见她这副模样,忙跑上来搀住她道:"阿么了这是?少土司打你了吗?"

吉门索疲惫地摇摇头,喃喃道:"妲兰索,你做过盘绣靴子吗?"

"啊?"妲兰索被她这没来由的话弄得一头雾水,"没做过,不过我小时候见我阿妈为我阿姐做过成亲穿的靴子,好像很费工夫呢,没个十天八天做不出来吧。怎么了?少土司要你做靴子吗?"

吉门索慢慢点点头,"他答应,要是我做够一百双,他就放我回去。"

"真的啊?!"妲兰索猛地跳了起来,激动地摇晃着吉门索的胳膊,"太好了!我本来还担心他不肯放你。这下好了!太好了!"

"不过……要在一个月内做出来。"

正下楼的妲兰索差点一脚踩空,瞪大了眼睛看着吉门索,总算明白吉门索为什么是这样的神情了。她咂着舌摇了摇头,"这样的狠主意,也只有少土司这样的人能提出来!吉门索,这可怎么办哪?一个月,一百双靴子,还是盘绣的,怎么可能办得到?你也只有一双眼睛一双手啊!难不成以为你有三头六臂?这个少土司！"

吉门索无奈地叹了口气，坐在了楼梯上，"他当然已经料定我完不成，所以才提出这样的条件。"她轻轻捏着自己的耳垂，"不过，我就算是死，也不会让他得逞的。"

妲兰索诧异地看着她，把垂在胸前的长辫子甩向身后，坐到她身旁，"你有什么办法吗？"

吉门索苦笑一声看着妲兰索，没了话。

妲兰索想了想，突地眼睛一亮，一把拽住吉门索的胳膊拉起她，"快跟我来！我想我有办法了！"

妲兰索兴冲冲带着吉门索冲下楼梯，差点撞上正要上楼的管家仁欠。一见吉门索，管家笑道："哎呀吉门索阿姑啊，我正要跟你讨个主意呢。"

妲兰索和吉门索对视了一眼，疑惑地看着管家仁欠。

"是这样，兰索不是打了你一棍吗，少土司原本要罚她去北山军营的。现在跟你讨个主意，到底要拿她怎么办，少土司说由你说了算。"

"北山军营？去那儿做什么？"

妲兰索吃惊地看着吉门索，"你居然连这个都不知道？一个阿姑去军营还能干什么？还不是把小羊羔送到了一群狼的手里？"

吉门索眉头紧锁看看妲兰索，看看管家仁欠，不敢相信自己听到的，"到底是为什么？不会就因为她打了我一棍吧？"

管家仁欠笑了，那笑容却没有一丝温度，"阿姑说的是，自然有打你的原因，更重要的原因是，这新的来了，旧的，可不就得让位置嘛！"

吉门索看着管家仁欠没有温度的笑脸，不由也笑道："既然都准备罚她去北山了，少土司为什么又突然改变主意？还要来问我的意思。"

管家仁欠笑容一僵，"这……"心道：好个冰雪聪明的吉门索！

"这自然是少土司看重你，把你放到了二太太的位子上。吉门索，你可不要辜负了少土司的一片心哪！"

要说一点儿也不怨兰索，那是假的。吉门索心里思前想后，昨晚如果没有兰索的"相助"，她有没有可能和拉仁布顺利离开土司府？人生没有假设，生活不能重来，也许一切还是一样，也许一切真的会不一样。

只是……

"那就让她回到原来的生活吧。"

说着看向妲兰索。妲兰索会意，牵了她的手绕过管家走向了丫鬟房。

29

夜深沉，整个彩虹镇进入了梦里。清风朗月映照下的鼓楼说不出的宁静祥和，见证着人间岁月的苦乐辛酸。是啊，一切都睡着了。然而，桑思格土司府丫鬟房的一角一直亮着油灯。比起院子里彻夜通明的灯火，这点光亮微乎其微，却透着难言的温柔。

这是吉门索和妲兰索的房间，一张中型土坑上围着炕桌坐着十九个俊俏的阿姑。她们此刻都忙着穿针引线，盘绣美丽的图案就在她们舞动的纤纤玉指间活灵活现。吉门索坐在炕沿，做绣活做得脖子酸痛，一抬头看见身边的姐妹们，心里的暖意一点一点在扩散。已经十天了，她们每晚都准时出现在这里，没有多的话，只是默默地帮她做盘绣靴子。白天的活计已经够辛苦了，却还要熬夜来帮她。想到这里，吉门索不由下了炕，将土炉上铜壶里熬着的茶倒了十八碗，一一端在了炕桌上。

"各位姐姐，歇会儿，光这么暗，太伤眼睛了。快喝碗茶吧！"

阿姑们这才彼此看看，笑着停了手，接住了吉门索递来的熬茶。妲兰索帮着端茶，笑道："你说说啊，大家一块儿做活，咋就不知道个累呢？要搁以前，让我做个鞋垫儿我都是三五天才能做完哪！"

众阿姑扑哧笑了，喝着熬茶看着到这会儿还活力四射的妲兰索。吉门索一脸沉重道："我欠下大家一个大人情了，真不知道该阿么还。以后要有我能帮上忙的，请阿姐们千万给我机会。"

妲兰索突地拍拍她的肩膀，人声道："嗨！瞧你说的什么话？我们帮你难道就是为了图你的报答吗？"

"就是啊，太见外了！"

"要不是有难处，哪个阿姑会进土司府这深宅大院？都不容易，当然要互相帮衬着！"

"没错，我们互相不帮忙，还能指望谁啊？"

吉门索刚待开口，门外突然响起轻轻的敲门声。众阿姑俱是一惊，面面相觑，都呆住了。吉门索轻轻走到门口，轻声道："是谁？"

"我，兰索。"

吉门索心里又是一惊。她怎么来了？也不及细想，开了门让她进来了。兰索先是看了眼炕上围桌而坐的众人，目光又落定在吉门索身上，藏在身后的双手慢慢呈现在吉门索面前，她手里竟提着四双盘绣靴子！

"这……"

"其实你们第一天晚上开始做针线的时候，我就知道了。我想过来的，但实在……你明白的，是不？"

吉门索温柔地点点头,"我明白。只要你肯过来,不管什么时候,我都欢迎!"

兰索眼里闪着光,怔怔地看着吉门索。这时候妲兰索走上前来,一把握住兰索的胳膊,朗声笑道:"快来吧兰索!我们可没有耽误的工夫了!"

兰索也笑了,掐了妲兰索的腰一下,惹来妲兰索更大的笑声。这一下,大家都笑得前仰后翻了。

看着她们艰难的青春,却还能这样敞开心怀来笑,吉门索不由感叹造化的神奇。谁说日子像苦水流不尽,谁说上苍给我们的就只有萝卜白菜?可即使老天爷只给了我们萝卜白菜,我们也一样能靠双手做出属于自己人生的饕餮盛宴。

一个月,生命中日夜颠倒的一个月。二十个阿姑用心血绣就的一百双靴子,终于在最后一日的傍晚时分做成了。吉门索没有耽误,径直来到少土司的房间。

令吉门索没有料到的是,少土司只是若无其事地看了一眼那一百双靴子,然后看着她淡淡地开口:"你自己看看窗外,天已经黑了不是吗?"

"天虽已黑,但还未到子时,我按期完成了。"

少土司却突然笑了,"完成又怎样?"

"你!难道你又要食言而肥?"

"我怎么就食言了呢？我记得我当时说的，可是等你做够一百双靴子再说。我说的是'再说'，可没说一定让你离开。"

吉门索倒吸了一口凉气，静静看着他说不出话来。骂他怎样，恨他又怎样，能改变什么？

看她默不作声，少土司起身从炕柜里掏出个物件扔到了吉门索面前，盯着她道："你瞧瞧这东西，应该很熟悉吧？"

吉门索当然认识，她面前摆着的，正是拉仁布的抛儿石，石窝处还有她绣的一朵红梅。她心里一惊，却不敢表现在面上，看向少土司不说话。

少土司走近她，疾言厉色道："知道那晚的大火我损失了多少吗？整个马场都烧毁了，别说是马厩，就连我最喜欢的白马飞骏也被大火烧死了。其他的倒还罢了，但飞骏的死，我绝不原谅！"

看吉门索眼里拢起的担忧，少土司满意地笑了，"所以，如果你还想他能好好活着，就最好乖乖听我的话，别再总想着离开！也别指望着什么三年期满回家，我会择个吉日迎娶你。对于一个牧羊女而言，我已经给足你面子了，别不识抬举。咱们俩的日子长着呢，这辈子你都得待在这里了！"

"这辈子你都得待在这里了！"

吉门索鼓了一个月的气突然泄了下来。气急攻心，眼前一黑，昏倒在了白羊毛地毯上……

忘不了这三十个日日夜夜，土司府的十八个丫鬟是怎么偷偷跑到吉门索和妲兰索的房间，帮吉门索做盘绣靴子。昏暗的油灯下，绣针无数次地扎破左手的食指，盘绣靴子上的朵朵红梅可都是阿姑们的鲜血染成的呀！不知道熬灭了多少油灯，熬亮了多少夜晚，才迎来眼前这一百双美丽绝伦的五彩盘绣靴子。

第二天傍晚时分才悠悠醒转的吉门索眼泪无声地落下，布满血丝的眼睛依旧红肿。妲兰索轻握住她的手，放软声音道："哭什么呀？不哭啊！再怎么样，不是还有我们吗？让少土司再提条件，我们照做就是！我就不信，他能一直说话不算数！"

吉门索摇摇头，"没用的，这世道是有权有势的人说了算。"

妲兰索握紧了吉门索的手，笑道："你可千万不要泄气呀！咱们再想办法就是了。"感受到妲兰索肿起的左手食指，吉门索拿起来看，煤油灯下竟是血肉模糊。吉门索心里一痛，眼泪又落下，"对不起妲兰索！害你受苦了。"

"嗨，说什么呢？只要你能出去和拉仁布团聚，这点苦算什么呀？"

吉门索心里一个激灵，定睛看着妲兰索，再看窗外渐深的夜色，猛地坐起，"不行！我得离开！一定要离开！"

姐兰索听到她这样说，一脸严肃看着她，沉声道："我等的就是你这句话！听着吉门索，早上我去挑水，碰到了拉仁布，不，应该说他一大早就在泉边等着我。他要我告诉你，今天夜里他会在后院西北角的墙外等你，就那两棵杏树那儿，他会准备好你翻墙用的绳子。"

吉门索心里猛地涌进千万股暖流，一把握住姐兰索的手，激动地说道："谢谢你姐兰索！你不知道你带来的这个消息对我有多么重要！"

姐兰索也笑了，反握住吉门索的手，"先别急着高兴。少土司对你这么上心，今天白天他没有出门，往这儿都跑了好几趟了，见你睡着，就那么直勾勾地看着你。晚饭的时候他出去了，要不然这会儿恐怕还得来。我真担心，晚上你阿么脱身哪？"

吉门索一脸坚定地笑了，"放心吧！我有办法！"

既然打定了主意，吉门索便不再消极等待。是的，她不能再只是等待。

夜色笼罩了整个土司府。吉门索估摸着少土司快回来了，她握紧手中的酒壶，感觉自己的手正止不住地颤抖。上次土司太太给的那包药还剩一半，她已经全部倒进手中的酒壶里。

"佛爷保佑佛爷保佑！"

"嘭"的一声，门开了，少土司大步流星地进了门。吉门索一颗心扑通扑通跳得飞快，看着他一步一步走近，双手不由握得更紧了。

他目不转睛看着她，嘴角一抹轻笑，似乎看透了世间的风月。见到满桌子的菜，不由眉眼俱笑，"这些是你做的？"

吉门索一愣，"噢，是。"她的视线落在自己手上，努力定住心神，"这是我刚烫的酩馏，来，我给你倒上，先暖暖身子。"说着忙给他倒酒，满满一大龙碗。

少土司定睛看着她，"阿么突然对我这么好？不气我了？"

吉门索笑了笑，"少土司，不管过去我们之间有什么不快，都忘了好不好？来，我敬你！"说着端起了面前的酒碗。少土司眨了眨眼，见她一脸笑容，心里不由舒坦，便也端起了酒碗，两人一饮而尽。

"说实话，你肯对我用心，我真的很高兴。不过，你不用费心思讨好我。你应该知道，我只要你做我的女人，你不需要再为其他事烦心。我这儿虽比不得皇宫大院，不过，要说山珍海味，绫罗绸缎，那是应有尽有，你想要什么我都答应你，从今往后，你就是这儿的女主人。对了，有件事我一直想找机会告诉你，其实你救……"

"阿么……回事？头阿么这么晕……"他眼神迷离看着酒碗，忽然醒悟，盯紧吉门索，眉头一锁，猛地起身要扑过来，却一个趔趄，倒了下去。吉门索试探着上前，小心翼翼地推了推他，没有反应。

不敢耽误，拿出怀中早就准备好的通关文牒，那是拜托才让阿吾要来的，土司府里负责通关文牒的正是才让的朋友。她知道少土司的关印从来都带在身上，就在腰间别着的藕色公文小包里。这关印即是通关印章，但凡进入东府土司地盘的商人及外来人等，必须盖上此印才能通行。这一个月的日夜赶工，她其实也并非全无防备，防备少土司的临时变卦。吉门索早将出府后的去路想了个透彻，无论她和拉仁布去向何方，都需要这个通关文牒才行。盖上关印，放回原位，一切恢复原状后，不再耽误，直奔后院而去。

两棵老杏树像孪生姐妹一般，枝叶粗糙得像两个大的鸟巢，没有修剪，长势随意，看不出一点修饰的美，从它们的根开始就斜着，歪着躯干向空中伸展的枝杈，也不知树龄几何，梢上的枝子已高过了墙头，伸到了外面。它俩就在后院的角落里，在前排马圈的后墙根下，后院驯马场大门的左前方一棵，门的右前方一棵，东西并排着，相距十几步，像一对老姊妹，相互照应，彼此风雨着一生。连吉门索也担心过哪一棵会提早死去，不敢想另一棵活着的孤寂。

平日里枝干苍老，树皮皱褶，色相灰暗的两棵杏树开花了！

这些日子以来，吉门索用惊奇的眼光注视着这曾经苍老沉默着的枝干，它俩竟一齐开满了粉红色的小花。之前她没发现它们的萌动，也没见到它们吐绿的叶片，它们就一时间把这满树的水彩呈现给了她，让她感觉是游了仙境，内心深处浮起大朵大朵百花涌动般的温热。

吉门索的视野里左边是一片粉白，如纱，似梦，像雾，馥郁馨香，沁人心脾；右边还是一片粉白，如纱，似梦，像雾，馥郁馨香，沁人心脾。在它俩的身上缀满斑驳的彩痕，她的迷惘一下子被全部覆盖了，她的那份美好的、彩色的、花般还夹杂些童稚样的幻想，就拴在了它姊妹俩漂亮的枝头了。

吉门索从小就爱杏花。即使在此刻这样的窘境下，一见到花，她的心还是不由地雀跃。她兴奋地跑到树下，月光里充满了杏花的微香，同时也大片大片注满了她的整个心灵。这多情的粉色杏花，蔓延了无限的深情于地下，耐得住隆冬的严寒，就在早春的寒风中，开得满枝的粉红，饱胀着对大地的挚爱。这盛开的杏花，艳态娇姿，朵朵艳红，三四朵拥在一起，像是着了彩装的蜂儿在风中舞动。站在树下，她听得到风中的杏花绽开的声音，窸窸窣窣的，又若雨点击打在枝上，溅开了一朵朵水彩的小花。随着花瓣的伸展，色彩由浓渐渐转淡，到谢落时就成了雪白一片。

"道白非真白,言红不若红。请君红白外,别眼看天工。"口中念着宋代诗人杨万里的咏杏五绝,真的感叹他对杏花的这份细致了。

吉门索简直就是待在了梦里,天天梦到这两棵开满杏花的杏树,这两棵杏树也把开满杏花的梦给了她。这好看的小花都漫上了她的心枝,她的心里已幻成一幅绚烂的彩画,让她做着红色的、翠色的、白色的、紫色的,各种颜色的童话般的梦,就和心想的甜蜜约会在树下,一边一个,情在左,爱在右,扬起面孔,让陶醉悠然飘起,飘过春天悄然的草坡,飘过夏天垂柳的浓翠,飘过秋色中红霞般的蔓藤,飘过冬季里杏花纷飞似的白雪。就这样一年过去,再轮回一年,把所有动听的故事都幻成三月的杏花,定格在她的心头开放……

墙外突然响起了笛声,吉门索随着两树杏花飞远的思绪跃然回来了。她心里猛地升腾起一股强烈的喜悦,也不敢大声,只伸长了脖子朝着墙外轻声唤道:"拉仁布……是你吗?"

笛声停了,传来一声轻而短的口哨。吉门索当然明白这回答的含义,正欣喜间,墙外扔进来一条麻绳,她想也没想上前将绳子在腰间缠了一圈,然后抓紧了那根绳子,压着声道:"好了!你拉吧!"

手背和腰被麻绳勒得生疼,可身子却半点没有动弹。怎么办？大概是墙太高，绳子太长，拉仁布在外面使再大的力，到这头也被长长的绳子化解了。

怎么办？吉门索有些心急地看着眼前的老杏树，也顾不得许多，试着爬上树干，但试了几次都没成。

"你别急！我想办法进来帮你！"墙外传来拉仁布的声音，吉门索忙道："不不，你不能进来！我再想想办法！"

吉门索又试着爬上杏树。这次不错，已经上移了几步，双手抓紧粗糙的树干，双脚试着踩紧。正努力向上间，一个不小心，一只脚滑了一下，正要下坠时，突然一双手托住了她的屁股。吉门索一惊，差点叫出声来，却听来人道："别怕，是我！"

吉门索回头一看，竟是兰索！

"你怎么会……"

"先不管这个，我托着你，你抓住那枝斜出来的树杈，你再瞧右手边的树干，脚踩在那儿，你就能爬上墙了。"

吉门索只得依兰索的话，往上一点一点地爬。好在有了兰索双臂的力量，事半功倍。看着自己的身子一步一步在升高，慢慢高到老杏树的高度，已够着最美丽的那枝了，再接着，她人已在墙头，那枝出墙的红杏开得疯狂，正在她眼前招摇着美丽的花瓣。

吉门索回头看着兰索，看着此刻她眼中温暖的笑意，不由也笑了,"谢谢你!"

"是我要谢谢你才对!谢谢你不计前嫌。妲兰索都跟我说了,要不是你,我恐怕已经生不如死了。北山军营,那是多么可怕的地方。"说到这儿,她眼色一沉,郑重道:"吉门索,少土司的性子你我都清楚,知道你逃走后他是不会善罢甘休的。你和拉仁布最好跑得远远的,远到他绝对找不到的地方,否则只怕……"

吉门索点点头,"我知道了。你快回去吧,让人看见怕会连累你。保重!"

"你也是,多保重!"

兰索冲她笑了,回身出了后院。

吉门索看着她离去的背影,莞尔一笑。一回头,看着地上的拉仁布,要跳下去,这样的高度,实在心怯。正徘徊间,拉仁布又近前一步,伸出双臂,笑看着她,"相信我!你只管闭上眼睛跳下来,我会接住你的!"

吉门索看着月光下的他眼中无以复加的诚恳,还有他温柔的话语,心里的恐惧慢慢消退。她将心一横,闭上了眼睛,纵身一跃,随着一刹那的空落落,然后她就落入一个坚实有力的怀抱里。

"可以睁开眼睛了,我的阿始!"

吉门索张开了红肿的眼睛,看见自己正被拉仁布整个抱在怀里，不禁羞红了脸，将头埋到他臂弯里，柔声道："快放下吧，怪重的。"

"要是可以，我倒希望能这样抱着你一辈子。"

吉门索心里一热，不由抬起头看着他。两双眼睛就这样痴缠在一起，周围的一切已不复存在。

"你的眼睛怎么肿了？"

"没事，做绣活做的，歇一歇就好了。"她看着他炽热的眼神，羞怯道："我们……拜天吧？"

拉仁布心里一震，目不转睛看着她，"你……想好了？"

"早就想好了，除非……你没有想好。"

拉仁布忙放下她，急道："我比你想好得更早。"

吉门索扑哧一笑，看他这样一副憨态，"好……我承认你比我早，好吗？"

拉仁布被她这么一说，也低头笑了，"咱们去哪儿拜天？"

吉门索温柔地看着他，"有一个地方再合适不过了，你觉得呢？"

拉仁布恍然大悟似的敲敲脑袋，"落凤坡！"

吉门索点了点头，回头看看夜色中影影绰绰的土司府第，还有灯光在闪烁，最高的那一间便是少土司的卧房。依着酒里的药量，他最起码要到明天太阳升起才能醒。她长长地呼了一口气,和拉仁布一起向着落凤坡而去。

"来,我背你。"

"啊?这可是上山的路,怪沉的。"

"不怕!"

"那我给你唱歌。"

      高山耸立入云端

      山高崖险难攀登

      咱俩手儿紧相牵

      两颗心儿紧相连

      攀上阳山山坡上

      折上绿色柏树枝

      登上阴山山坡上

      摘上白色堪巴花[①]

      来到高高山顶上

      煨上冲天大桑烟

      祈求苍天来保佑

---

① 堪巴花:一种开白花或黄花的香花,土族人用来煨桑。

祈求众佛来保佑

苍天为我来作证
大地为我来做媒
成全我俩好姻缘
白头偕老永不分

30

别过拉仁布，吉门索紧赶慢赶回到了自己家里，门从里面上了闩，她只得轻轻敲响了木门。头却越来越重，越来越疼，怎么回事？她努力晃晃头，再次轻轻敲了敲门。门内立刻响起了塔塔的叫声，吉门索忙道："好塔塔！快别叫了！"塔塔听出了吉门索的声音，透过门缝看着月光下的吉门索，果然不叫了，只是一个劲儿地摇着尾巴。这时恰巧是阿吾吉然斯让起夜的时辰，他正要回屋，听到轻之又轻的敲门声，紧接着是塔塔的叫声，忙问是谁，听到是吉门索的声音，快步上前开了门。

"吉门索！你阿么回来的？"

吉门索手指抚唇"嘘"了一声，忍着头疼闪身进了门，塔塔一跃将前掌趴在吉门索腿上，不住地摇着尾巴，尽情摇晃着

落风坡前把天拜

别后近两年的思念。吉门索忙拍拍它的头，回身将门上了闩，拽了阿吾的手，轻手轻脚回到了自己屋里。关上门，也不点灯，坐到了炕沿上，"阿吾，你也坐。"紧跟着她的塔塔贴着她的腿卧在了她的脚边。

吉然斯让依言坐到炕桌另一边。窗外的月光透过木格窗的白纸，映照在炕桌上，桌上漆画的石榴正泛着银光。吉门索侧身看着那斑斑点点的月光，轻声道："阿吾，新阿姐呢？"

"她回娘家了。你倒说说，你是阿么回来的？看少土司当初那意思，是要娶你呀，他阿么肯放你回来？"

吉门索看了眼阿吾隐在黑暗中的脸，月光照不到他脸上，她看不清他的表情。她抬起手揉了揉自己的额角，轻叹了口气，沉声道："我不愿意，他也拿我没辙。阿吾，我是偷偷跑出来的，今天晚上就得走。明天天一亮估计少土司就会找来了，你可千万别说我回来过，不然会连累你。我回来是拿两件衣裳，对了，家里有馍吗？"

"走？你能去哪儿？吉门索，你可想好了呀。看少土司的眼神，我看得出来，他是真喜欢你，我想他不可能善罢甘休的。"

"所以我们才要乘夜走，等到少土司缓过神儿来，我们已经走远了。阿吾，不走不成啊，少土司势大威大，待在这里，没有我和拉仁布的活路的。你和新阿姐好好过日子，无论我到了哪儿，我都会记挂你的。"

手已摸着门，吉门索突又回过身来，"阿吾，以后新阿姐回娘家，你也一起去吧，阿么着你也是她们家的女婿，该多串串门的。这样对你好，对旦见索也好。"

吉然斯让听得糊涂，匆忙中也来不及细问，"行。吉门索，你和拉仁布打算去哪儿？往后要是有机会，我好去看你。"

吉门索想了想道："可能去祁连吧，听拉仁布说，那儿有最美丽的草原，我们可以接着放羊。好了，我该走了，晚了就来不及了。拉仁布在等着我呢。"

"等我们安顿好了，就给你写信。"

吉门索瘦削的身影很快消失在寂寞的土巷道尽头，没一会儿，被关在门内的黑狗塔塔不知阿么开的门，竟然一个纵跃向着吉门索离去的方向飞奔而去，一眨眼的工夫已不见了踪影。吉然斯让站在自家门口，看着空空的巷道发愣。月光如水，都三月了，彩虹村的夜还是很冷。他回头踱起了步，一回身，看到了远处彩虹镇中央静静矗立的鼓楼，他的心猛地一紧。

"你站在这儿干吗？黑天半夜的！"

腊月花悄没声息地出现在吉然斯让的面前，身上传来一股浓重的香味，像是寺院里的酥油香，又像是……吉然斯让记不起是哪里的味道，揉了揉鼻子，"回个娘家，阿么这么晚才回来？

我还以为今晚你不回来了。"

腊月花娇笑两声,将身子凑近他,双手像青豆秆似的缠住了他的脖子,"我要是不回来,你不得想死我啊?"

吉然斯让心里有事,解开她的双手,沉声道:"别耍了,我没那个心思。"说着转身进了门,腊月花紧走两步追上他,伸手掐了掐他的粗壮胳膊,嗔道:"哎哟!我才回去两天,你就换了心思了?给我老实交代!又看上哪家的小妖精了?"

吉然斯让猛地停住脚步,回过身看着媳妇,"嘘!小点声!别让人听见了。"

"哈!你还怕别人听见了,我才不怕呢!你要真跟别人好了,趁早告诉我一声,我倒乐得早点挪窝,你……"吉然斯让忙伸手捂住她吧嗒不停的嘴,"胡说什么呀!跟你说吧,刚刚我是送吉门索。"

腊月花一脸吃惊的样子,一把甩掉吉然斯让的手,"她不是在土司府吗?阿么出来的?少土司阿么可能放她出来?"

"她是逃出来的,所以和拉仁布连夜逃走了。"

"啥?!"腊月花瞪大了眼睛,一脸的难以置信。紧接着焦急地在院子里踱起了步,突又猛地在吉然斯让面前站定,一改刚才的娇媚,眼里冷冷泛着寒光,"听着吉然斯让,你马上去找少土司,告诉他这件事。对了,吉门索有没有告诉你他们要逃到哪儿去？"

吉然斯让愣了愣，犹豫着，"这……不好吧，她好不容易逃出土司府，真要能和拉仁布过上好日子，那也挺好的呀，我……"

"好你个头啊！你脑子是不是被驴踢了？"腊月花尖声道，白了他一眼，"你也不想想，少土司会放过他们吗？这会儿是夜里，所以才让他们得了个便宜，等到明天天一亮，少土司一定会发现吉门索不见了，那他第一个要来问谁？"

腊月花瞪大了眼睛看着吉然斯让，"你说呀！他第一个要来问谁？"直逼问到吉然斯让脸上去。吉然斯让慌了慌神，看着媳妇没有说话。腊月花用手指戳戳他的胸膛，厉声道："你！就是你吉然斯让！吉门索唯一的亲人！"

看吉然斯让依旧沉默着，眼里已有了怯意，腊月花不由放软了声音，握住他的胳膊，柔声道："吉然斯让，我亲亲的阿吾，咱们今后是富是贫，是好是坏，全系在吉门索一人身上。你想想，少土司一个月前可是在大庭广众之下承诺要娶吉门索的，这是多么大的荣耀啊！别人求都求不来的，而你吉然斯让却轻易地得到了。我的好阿吾啊，你马上就要做少土司的大舅子了，今后那还不是要风得风，要雨得雨的？比你现在一个区区的舍房收粮人，不知要强到哪儿去了！"

吉然斯让陷入了深深的犹豫中。

腊月花看着月光下依然沉默不语的丈夫，媚声笑了笑，"我也是女人，我知道吉门索的心思。不过是图那一时的快活，过了那新鲜劲儿，剩下的，也就只有吃不完的苦受不尽的罪了。拉仁布除了一身穷根，还有什么？难道你要让你的亲妹子跟着他喝西北风啊？你是她的阿吾，唯一的阿吾，你的妹子糊涂，你可不能糊涂啊！你得帮她呀吉然斯让！明眼人可都看得出来，少土司是真看上你妹子了，而且他答应的可是明媒正娶，不是随随便便的收房小妾！一边是一眼望得到头的穷苦日子，一边是一辈子享不尽的荣华富贵，你可得仔细掂量掂量。"

腊月花不再说什么，静默着，站在丈夫身旁，看着院中的石块上银白色的月光。那月光清冷无比，仿如此刻她眼中的光亮。

吉然斯让沉默良久，抬起了头，看着天上那轮圆月，颓声道："真的要让吉门索嫁给少土司吗？腊月花，你可知道，当年，阿爸就是从土司府的大牢里被人抬回来后，没过三天就去了。这件事，我阿么能忘了？"

一听这话，腊月花突然用力掐了掐他的胳膊，高声道："你傻呀！你不忘还能怎样？你们家那件事，彩虹村的人谁不知道？都是镇里那十三家地主闹的，要不是他们向土司府告你阿爸，土司府又阿么会抓你阿爸进大牢？吉然斯让啊吉然斯让，我还以为你是个明白人呢，好好的富贵放在你面前，你不要，非要自找苦吃！行吧行吧，你要自找苦吃就自找苦吃，我陪着你总行了吧！你吃糠，我咽菜，只要还有一口吃食，总还能把这苦水一样的日子长长久久地过下去。只不过……"她突然话锋一转，低头抚摸着自己平坦的小腹，突又挑高了眉，看着吉然斯让道："我肚子里可是有了你的儿子。我可说好了，我是什么苦日子都能过，就看你舍不舍得让你的儿子也跟着我们俩过有上顿没下顿的苦日子了。"

吉然斯让瞪大了眼睛看着媳妇，心里一阵狂喜，旋即眉开眼笑，一把抱起腊月花，在院子里转了好几个圈，在腊月花的连声娇呼下才放了下来。他弯下腰小心翼翼地抚摸着媳妇的肚子，喃喃道："我竟然要当阿爸了……我也要当阿爸了……"

腊月花拍了拍他的手背，"小心点！再过八个月，今年的冬天，他就该出来见他的阿爸了。他阿爸，你可准备好了？要给他一个什么样的家？给他什么样的日子？"

吉然斯让心里猛地一震，站直了身，看着腊月花笃定的眼神，苦思良久，终于道："你说得没错！为了吉门索能过上好日子，为了我的儿子能过上好日子，我一定要去找少土司！你先回屋，我这就去！"

腊月花嘴角的笑意越来越深，看着匆忙出得门去的丈夫的背影，慢慢地笑出了声。

31

田野是一个白茫茫的世界，厚厚的积雪掩藏住了荒芜的土地。风呼呼地吹着，大片大片的雪花，在空中肆意地飞舞，远山远树，全笼罩在狂乱的风雪中。除了风雪，田野是寂寞的、荒凉的。也只有在高原，才会遇上这样奇怪的三月天气。

突然间，两匹瘦马拉着一辆破马车，在车夫的高声吆喝下，呼啦啦地冲进了这片苍茫里。

"快啊！跑啊！得儿，得儿，赶啊！"拉仁布高声嚷着。

吉门索紧偎在他身后，两人都穿着白色褐褂，在颠簸震动中，两人都显得又疲倦又紧张。黑狗塔塔卧在吉门索身旁，时不时警觉地竖竖黑耳朵。

"冷吗？吉门索？头还疼吗？眼睛还难受不？"拉仁布关怀地回过头来，把她身上的黑毡子往上拉，试图盖住微微发抖的吉门索。他紧紧凝视着她，眼底是无尽的怜惜，"对不起，要你跟着我受这种苦，可是，我们越走远一点，就越安全一点，现在已经出了西平郡，等到了祁连，我们就真正自由了，嗯？"他的手臂，牢牢地箍住了她，声音低沉而充满歉意："让我用以后所有的岁月，来补偿你，回报你对我的这片心！"吉门索在羊毛褐褂下伸出手抓住了他的手，紧紧握住，她迎视着他的目光，

"不要说这么生分的话好吗？我们已经是夫妻了，你是我的丈夫啊！天涯海角，我都跟着你走！"

是的，丈夫。离开彩虹村那天夜里，在落凤坡上，面对着西天的明月，只有月光下沉默屹立的赤列布山作证。他们两个，没有父母之命，没有媒妁之言，没有迎亲队伍，没有高头白马，没有五彩嫁衣，没有爆竹烟火，只有两腔炽热的诚意和至死不渝的真情。

"我林拉仁布，今天愿娶祁吉门索为妻，今生今世，此情永不改，此心永不变，腾格里在上，佛祖在上，天地为证，诸佛为鉴！"

"我——祁吉门索，今日愿嫁林拉仁布为妻，今生今世，生相随，死相从，腾格里在上，佛祖在上，天地为证，诸佛为鉴！"

说完，两人磕下头去，虔诚地拜了天，再拜西天诸佛，拜帝王，然后夫妻交拜。拜完，两人眼里，竟都闪着泪光。拉仁布将她的手一握，激动得说不出话来，还是吉门索带着泪花哑着嗓子道："从今以后，除了死亡，没有什么可以把我们两个分开了！"

是的，再也没有什么可以把他们分开了。从小就认识却生活在两个孑然不同的世界里的拉仁布和吉门索，终于在彼此的誓言中，完成了他俩认为最神圣的婚礼。

"玲花婶子一个人能行吗？"

"放心吧！我留了足够的粮食。等我们到祁连安顿好了，我就回来接她。到时，咱们就算真正团圆了。"

这时，马车忽然停了。吉门索一震，整个人惊跳起来，"阿么停车了？"她惊慌地问，身旁的塔塔轻轻地叫了一声，也看着拉仁布。

"别慌，别慌！"拉仁布急忙拍抚着她，"到了一个驿站，牲口受不了，要吃点东西，休息一下。你怎么样？要不要下车去走走？"

"我不用。"她不安地说，隐隐地担忧着，"我就在车里等着，你快点啊。"

"那行，我去帮你端碗热汤来，好歹吃点东西！"拉仁布不由分说地跳下车子，向那简陋的小帐房走去。

吉门索心中的不安在扩大。掀开车后的棉布帘子，她眯着眼睛往外面望去。阿么有一团雪雾夹着灰尘，风卷云涌地向着这边翻滚而来？难道天上的乌云全坠落到地上来了吗？那轰隆隆滚过大地的声音是雷声吗？她定睛细看，心惊胆战。

拉仁布端着碗热汤过来了，笑道："刚熬出来的牛骨汤，还有两个白馍……"

塔塔突然激烈地叫唤起来，猛地跳下了车。

"拉仁布！"吉门索颤声喊："快上车！快！"

拉仁布对着后方的隆隆声看去,烟尘滚滚中,已看出是一队人马,正迅疾如风地卷过来。塔塔已迎着那烟尘叫唤过去。

拉仁布一惊,手中的牛骨汤白馍全落了地。吉门索面如白纸,对正上车的拉仁布用力一推。

"拉仁布,快逃!你快逃!少土司,他追来了!他不会饶你的!你快躲到山里去!去……"

"不成!"拉仁布沉声道:"我们都发过誓,生相从,死相随,我们不能分开!"拉仁布说完,一个飞跃,就上了马车的驾驶座,一拉马缰,马鞭挥下,两匹瘦马,仰天长嘶了一声,撒开四蹄,往前奔去。拉仁布不停地挥鞭,瘦马不情不愿地往前奔着。吉门索在车内,紧抓着车杠,一面不住地回头张望。头越来越沉,眼睛越来越不舒服,带着酸涩的肿胀感。那队人马已越来越近,夹杂着烟尘里淹没的塔塔的激烈叫唤声越来越近,越来越近……近得已经看到领先的那一马一骑,少土司亲自追来了!他狂挥着马鞭,那匹来自祁连的白色青海骢又快又急,四蹄翻溅着雪花……

"拉仁布!来不及了!拉仁布……"吉门索喊着。

"追!"少土司马鞭往前一指,土兵一拥而上。

"给我把那辆马车拦住!"车在奔,马在奔,距离越来越近。

终于,四匹快马越过了马车,几个大汉直奔过来,伸手夺过马缰,一切快得像风,像电,车停了,马停了。

吉门索瞪大了眼睛，重重地喘着气。

"唰"的一声，马车的帘子被整个扯落。

吉门索苍白着脸，抬起头来，看着面前那无比威严又无比愤怒的脸孔，一颗心顿时跌进了冰窖里。

少土司伸手去拽她，吉门索本能地往后一躲。少土司再待上前，塔塔不知道从哪儿窜了出来，一口咬住了少土司伸过来的右手，疯狂地咬住了。伴随着少土司的连声惨叫，四个土兵上前人手一个马棒，重重地敲在了塔塔的头上。

"不！……"

随着吉门索一声凄厉的呐喊，塔塔倒在了荒芜的草地上，吉门索晕了过去。努力冒尖的小草还没能送来春天的消息，塔塔黑沉沉的身子埋进了卷起的烟尘里。

旋即，尘埃落定，塔塔死了。

32

土司府里，这晚灯火通明。

土兵分站大厅四周，戒备森严，丫头仆佣，一概不准进入前厅。厅内，少土司面罩寒霜，凝神而立。他的身后，站着吉门索的阿吾吉然斯让。

地上，一排跪着三个人，吉门索，拉仁布，还有拉仁布的阿妈玲花婶子。吉门索脸色惨白，满面风霜，一身白褐褂，看着既憔悴又消瘦。拉仁布神色凛然，年轻的脸庞上有着无惧的青春，虽然也是风尘仆仆，两眼却依然炯炯有神。玲花婶子早已被吓得魂飞魄散，对她来说，整个世界粉碎也不会比现在这种局面更糟。腾格里啊！拉仁布和吉门索都离开了有十天了，阿么还能被抓回来呢？抓回来，那她的儿子拉仁布可就是"堆石头"的滔天大罪呀！

吉然斯让手足失措地站立在少土司身边，望着地上穿着白褐褂的吉门索。此刻的吉门索看来好陌生，她直挺挺地跪着，大睁着一对燃烧般的眼睛。这对布满红血丝的眼睛里没有羞涩，也没有后悔，只有一种不顾一切令人心悸的狂热，夹杂着一丝愤怒。

厅内有五个人，却无比地寂静。

少土司静静踱着步来到吉门索面前，她刚抬起头，他已对着她一耳光抽了过来，"无耻的贱人！你水性杨花，吃里爬外！你阿么对得起我对你的一片心？"

他"啪"的一声，又是一耳光抽过去。吉门索被打得摔倒在地，身旁的拉仁布飞扑了过来护住吉门索，沉声道："别打她！别打她！"他怒瞪着少土司："你要打人，尽管冲着我来，不要拿吉门索出气！是我带她走的！"

"来人！"少土司怒喊："给我抓牢了他，不许他过来！"他抬眼怒视着拉仁布："我早就跟你说过，吉门索是我看上的人，你现在最好给我收敛一点，等我收拾完吉门索，就来收拾你！不用急！咱们慢慢来，一个一个来！"

府里的四个土兵已经冲进来，紧紧地抓住了拉仁布。拉仁布奋力挣扎，奈何四个土兵抱腰的抱腰，抱腿的抱腿，他根本动弹不得。他眼睁睁看着少土司拽住吉门索细弱的双臂，强迫她面对着他，"我真想剖开你的心看看，你这个没有心的女人！我对你不好吗？为什么你一再地想要离开我？以我少土司之尊，难道还不值得你倾心？你不过是一个微不足道的农家女，凭什么不把我放在眼里？凭什么！"最后三个字，少土司几乎是用喊的，他的脸差不多要贴着吉门索的了。吉门索别开脸，伸出双手去挣，却被少土司抓得更紧。

"你个没王法的女人！拿着鸡蛋就敢来碰石头是吗？"

"没错！就碰了！肉身子钻进了磨牙。粉身碎骨碾成浆，也要溅你一身的血花！"

少土司一个愣怔僵在当场，被吉门索眼里的决绝震住了。这时原本跪在地上的玲花婶子拖着跪步上前，抓住少土司长袍的衣角，带着哭腔道："求求少土司放过两个孩子吧！我愿意替两个孩子受罚，求求你……"

少土司怒不可遏地一脚踹在玲花婶子左肩上，怒斥道："老东西！轮得到你来说这话吗？"玲花婶子摔倒在木板地上，半天起不来，大口喘着气。一旁的拉仁布大喊道："阿须厚！你还是不是男人？阿么能对一个老人动手？"

吉门索被少土司拽着的胳膊终于被松开了。她看着拉仁布，真是肝肠寸断，泪落如雨。

忽然间，"唰"的一声，少土司拔出腰间长刀。刀一出鞘，室内的四个人全都一震。少土司杀气腾腾地瞪着拉仁布，咬牙切齿地说："拉仁布！今天我不把你碎尸万段，实在难泄我心头之恨！你一个下贱长工，竟敢跟我争女人！好大的狗胆！"

拉仁布还来不及说什么，玲花婶子已连滚带爬地扑过去，拦住了少土司，她如捣蒜般地磕下头去，泪水疯狂地爬了满脸，她颤栗地嚷着："少土司开恩，少土司饶命！拉仁布带吉门索私奔，自然是罪该万死，但是，请您看在他为土司府放了这些年羊的情分上，饶他不死吧！少土司！少土司！"

她死命拽住少土司的衣袖，泣不成声了，"我们林家只有拉仁布这一个儿子，求求您，网开一面，给我们林家留个后，如果你一定要杀，就杀了我吧！都是我没教好他，才让拉仁布闯下这场大祸！"

"不！"被四个土兵紧紧捉着的拉仁布，突然激动地昂起头来，傲然地大声说："一切与我阿妈没有关系，她完全不知情！请少土司放了我阿妈，放了吉门索，一切冲我来……"

"你还敢大声说话！"少土司怒吼，瞪视着拉仁布："你勾引吉门索，让我们土司府蒙上奇耻大辱，你们母子两个，我一个也不饶！"

少土司举刀，一直在一旁静观一切的吉然斯让突然凄然大喊："少土司！手下留情啊！"说着上前扑通一跪，磕下头去。

"你居然也拦我？"少土司大吼着说："他烧死我的飞骏，抢了我的女人，还敢带着她半夜私奔，他是拿我这少土司当摆设了是吗？那天在府门外我就说过，我要娶吉门索做妾！马上举行婚礼，十天后！不！七天后就举行！至于拉仁布，非死不可！"少土司越说越气，提起刀来，就对着拉仁布劈去。吉门索大惊失色，想也不想起身一扑，紧紧抱住了拉仁布。

少土司惊在当场，在吉然斯让、玲花婶和拉仁布的同声惊喊中，硬生生抽刀回身，虽是这样，已把吉门索的白褐褂划破。吉门索一抬头，大眼睛直盯着少土司，凄烈地喊："你要杀他，得先杀了我！"

看少土司举起的刀停在半空，吉然斯让起身拦在了吉门索面前，"少土司息怒！看在我帮您追回拉仁布和吉门索的份上，饶拉仁布不死吧！"

吉门索心里"咯噔"一下，看着面前的吉然斯让，"阿吾，是你？"

见少土司收起了刀，吉然斯让回过身来，面对着自己的妹子，"吉门索，别怪阿吾，阿吾都是为了你好。少土司是真心喜欢你，跟了他，你有享不尽的荣华富贵，总比跟着拉仁布东躲西藏过苦日子好。听阿吾的，好好准备做少土司的姨太太，这样对谁都好。"他突然凑近她的耳旁，小声道："尤其对拉仁布好！要救他，你只能答应这门亲事！"

吉门索的心一点一点往下沉，脸上却越来越镇定。愤怒达到顶点时，反而是极致的宁静。是啊，愤怒又有什么用？这艰难的世道，处处是令她愤怒的不公，她又能愤怒到几时？她静静地看着面前的阿吾，仿如看着一个陌生人，"如果我已经跟别人拜了天，再嫁给少土司，岂不是一女嫁二夫？"

吉然斯让眉头一皱，"拜天？没礼没聘，没媒没证，自己拜天？不作数！"

吉门索淡淡笑了，"赤列布山为媒，腾格里为证，满天诸佛送福，作不作得数？"

吉然斯让被问住了，他僵着脸看着妹子，她的眼睛里除了无以复加的笃定，居然……还有一丝轻蔑。是的，轻蔑。这个发现让吉然斯让的心莫名地慌了，他不敢再看妹子的眼睛，默默退到了角落里。

少土司见状，高声道："把拉仁布关入大牢，先打一百马棒再说！明天正午带到赤列布山落凤坡，堆石头！"

"不！"吉门索感觉自己的头"嗡嗡"直响，眼睛越来越酸涩，站起身走到少土司面前，一双眼紧紧盯着他，"你凭什么擅断别人的生死？又是谁给了你这样为所欲为的权力？就因为你是称霸一方的少土司？除掉少土司的外衣，你又剩下些什么？哼，你不过是气我不对你倾心，气我和拉仁布不肯向你低头，可这世上又有几个人是真心向你低头的？你每天面对的点头哈腰，磕头作揖，都只是慑于你少土司的这张外衣。我真是替你感到可怜！你只是一个不懂爱，也永远得不到爱的可怜虫！"

少土司被这番话彻底激怒了，他伸出手又要打她。吉门索突然笑了，眼里是她并不打算隐藏的蔑视。这蔑视像一把利刃，端端正正刺在了少土司的心上。吉门索突然高声唱道：

> 刀子拿来头割下
> 不死了还这个活法
> 魂魄也跟了拉仁布
> 下阴曹我也要等他！

平川上的牡丹花

由人采来由人掐

吉门索我是河中的浪花

休想摘来瓶中插!

少土司的手僵在了半空,呆呆地看了她半天,紧接着,那只手软绵绵地垂了下去。他像只被打败的公鸡,却不肯失去最后的骄傲,猛地回转身,高声道:"管家,带吉门索回房!让人守着房门,不许她出房门一步!"

门外的管家应声而入,带走了吉门索。吉门索看着被四个土兵抓牢的拉仁布,她的眼泪就来了。看着带着泪眼被管家带走的吉门索,拉仁布觉得自己的心被硬生生扯掉了一半。

"拉仁布关进大牢,先打五十马棒再说!"

"呀!"四个土兵应令押着拉仁布去了大牢。玲花婶子扯心儿子,拖着沉重的身子跟了上去。

现在,大堂里只剩下少土司和吉然斯让了。

"少土司,您打算阿么处置拉仁布?不会真的要堆石头吧?"

少土司将刀入鞘,挂到墙上,来到官案前,坐进椅子里,手抚下巴,眼盯着官案,"你觉得该阿么处置?"

吉然斯让低下头,"我阿么敢替少土司拿主意。"

土司府逼婚

"说说吧,我让你说。"

吉然斯让见少土司已无怒容,才道:"要不让他们母子离开彩虹镇?让他们走得越远越好,最好能让吉门索永远都见不到他。"

少土司用眼角瞥了眼吉然斯让,"那你说说,哪儿算是远?"

吉然斯让偷偷瞄了少土司一眼,见他正看着自己,忙低下头来,"这……我连彩虹镇都没有出去过,实在是不知道。"

"行了!你去大牢看看,别让那些人偷懒,五十马棒,一下都不能少!"

33

美丽的落凤坡,迷人的落凤坡,满满的都是美好回忆的落凤坡,今天,却要成为杀人的场所了。

雪里蓝还未到开花的季节,可是羊羔花却一丛一丛,绚烂了整个落凤坡。中间夹杂着一簇又一簇的蓝中夹白的马莲花,绿叶如利剑,直刺蓝天。

拉仁布被两个强壮的土兵带出囚车,押着双臂,半拖半拽来到了人群中央。今天来的人真多呀,也是,堆石头是大家最爱看的热闹事,这种事虽然上不了台面,却恰恰是人们最为津津乐道的。堆石头是土族人惩罚不贞之人的民间手段，拉仁布听去过汉地的人说过，汉人处置这样的人，一般都是把人关进竹笼沉到河里，俗称"沉塘"。真是可笑啊，他和吉门索两情相悦，被逼为情而走，如今，倒被冠上拐带他人之妻的罪名，成了被人们鄙视唾弃的无德之人了。这荒唐的人世啊！

吉门索静静坐在丫鬟房里，满腹的苦楚无处诉说，唯有歌声可表。她轻抚越来越重的头，闭上了酸涩得难受的眼睛。

> 六年同上一座山
>
> 二千多个日出日落
>
> 六年同放马和羊
>
> 二千多个歌儿烙在心上
>
> 有你冬天不知寒
>
> 大夏天不怕那酷暑
>
> 有你春天花更香
>
> 秋风冷没见过草枯
>
> 难道姻缘是山中雾
>
> 看得见来摸不着？

莫非你误我来我害你？

不！宁死也不舍你！

不舍你白杨般的身骨

不舍你赛星辰的眼珠

不舍你石头般的穷苦

不舍你火盆般的胸膛

不舍你高崖般的头颅

宁舍天地日月

宁舍山水安昭

宁舍名声性命

也不舍你拉仁布呀！

……

"吉门索不好了！不好了呀！"门外是妲兰索的声音，吉门索被闪电击着了一般，突地跳起扑到门后，双手扒在木格门上，"阿么了妲兰索？"

"拉仁布被少土司押着上了赤列布山，听说是奔落凤坡去了。镇上的人都得了信儿，全赶到落凤坡去了！"

"落凤坡？去哪儿干什么？"

"说是要把拉仁布堆石头！"

吉门索心里一个激灵，脑子里一霎时响动着千万个声音，"堆石头？"

"是啊，堆石头！吉门索，可阿么办哪？少土司在鼓楼前面贴了告示，说拉仁布放火烧毁了土司马场，拐了别人的媳妇，所以要把他堆石头。大家伙都信了，听桑杰说全镇子的人都向落凤坡去了，连邻近的村子都得了信儿，也赶过去了。"

这会儿，拉仁布怕是已经成了人人唾骂的无德之人了！吉门索觉得头都快要炸开了，全身的血直往头顶冲，双手捏紧，指甲都要陷到掌心里去了。她恨透了此刻这种无力的感觉！

"来人了！我先走了！"

"妲兰……"吉门索想喊没喊住，管家的声音传了进来。

"怎么样？没什么动静吧？"

"没有。"

"可看好了啊！等少土司从山上回来，肯定第一站就是这里，要是出一丁点儿纰漏，你们两个的脑袋就等着挂到鼓楼门洞上吧。"

"呀呀！"

管家的声音走远了，吉门索枯站在门后，心急如焚，却无计可施。她回身环视着屋内，头痛欲裂，视线所及的东西也渐渐变得模糊。她心里突然一股无名火起，张开双臂，砸烂了屋里能砸的所有东西，屋外守门的人就像耳聋，就像哑巴，没有一点反应。

她砸累了，摔疲了，瘫坐在木凳上。屋子里又恢复了平静，静极了，静得只能听见自己的呼吸声和脑袋里的嗡嗡响声。日头已经开始偏西，透过木格窗照在眼前桌上的太阳光越来越多，那光慢慢聚拢，慢慢散开，渐渐变成一团白。她猛地甩甩头，努力眯起眼睛，才看得清楚。阿么办？要阿么出去？

土司小姐！吉门索眼睛一亮，旋即那光芒又暗淡了下去。姐兰索早说过，土司小姐早在她逃离土司府的那日去了西宁卫了，西宁卫西府土司家的小姐约达兰小姐去鹞子沟打猎，出门都快有半个月了。

"两位阿吾，大晌午的，太阳毒，来，喝点熬茶吧，还有这油饼，我偷偷从厨房拿的！"

"这不好！不好！管家知道了会不高兴的。"

"有什么不好的！我刚过来时见管家了，他正在后院的亭子里打盹呢，看那样子一时半会儿是醒不了的。不就是一点熬茶和馍馍嘛！都是主子手底下干活的，难道还不让人吃饱肚子了不成？来来来！"

大概一盏茶的工夫，只听两声闷响，紧接着是开锁的声音，门开了，进来的是妲兰索。吉门索雀跃地奔上前去，"你……"

"先听我说！没有耽误的工夫了。门外的两个人我已经麻翻了，你快上山！晚了就真的来不及了！"

吉门索咽下所有感激的话，冲妲兰索沉沉地点点头，重重握了握她的手，冲出了屋子。

出了屋子，却出不了土司府的大门。吉门索被守在大门口的两个士兵死死拦住，不肯放行。

"两位阿吾行行好！拉仁布就要被石块压死了，人命关天啊！求求你们，放我出去！放我出去呀……"

烈日炎炎，照得吉门索直眼晕。昏沉沉的头也越来越沉，她使劲地甩了甩头，才能看清眼前的士兵。

"干什么呢？"

三人一愣，惊见是穿着红色窄袖骑射服的土司小姐达兰，一副风尘仆仆的模样，将身后的一众下人甩了个老远。吉门索听出了土司小姐的声音，仿如见了救星般，冲着马上的土司小姐大声道："达兰小姐快救命呀！拉仁布被少土司拉上山要堆石头了，我们得快点去救他呀！晚了拉仁布就没命了！"

"啥？！"土司小姐一声惊呼，秀眉一皱，看着那两个士兵喝道："你们拦着吉门索干什么！她马上是二太太了，你们胆敢

牧羊女的抗争

对她无礼吗？找死！"

两个士兵慌忙让开了路。土司小姐向她伸出了手，"来！上马！我们一起去！"

吉门索忙摆摆手，急道："达兰小姐你快先去吧！现在只有你能救拉仁布了！早去一刻，拉仁布就多一分生还的机会！"

"行！我先去！你也快点来！"说着一挥马鞭，一骑绝尘而去。

落凤坡前，拉仁布被四个士兵押着，直直地站立着，昂头看着趾高气扬的少土司。

"拉仁布！现在跟我磕头认罪还来得及，或许我一高兴发发善心，留你一条狗命。"少土司头戴白色礼帽，穿纯白色的汗褡，也没套坎肩，浅黄色长裤，金色腰靴，气定神闲坐在拉仁布七八步开外的一块大石头上。拉仁布看着那块石头，那是吉门索常坐的那一块。他不由皱了皱眉，他不喜欢少土司坐在那块石头上。

"我自认没犯什么罪，我和吉门索是两情相悦，哪儿来的拐带别人的媳妇？真要说起来，你才是硬抢他人妻子的人！早在吉门索入土司府之前，你就很清楚我和吉门索的感情，你骗骗不知情的人也就罢了，现在阿么连自己也开始骗了？"

少土司猛地起身，上前一把夺过一旁土兵手里的马鞭，用力抽在了拉仁布身上。拉仁布没有躲闪，也躲闪不了，脸上也挨着了，左脸颊立时肿起了一条红印。四个土兵死死地押着他，将他的两只手臂紧紧地抓着。

少土司扬手又要打他，却因为看到拉仁布脸上的笑意而僵住手，他怒道："狗奴才！死到临头了还有心情笑？我倒要看看，你能硬气到几时？来啊！也要跟他啰唆了，堆石头！"

"呀！"

那四个土兵将拉仁布带到早先准备好的一堆碗大的石头前，将他摁倒在地，仰面朝天。站在外围挡着人群的十几个土兵应声上前，开始往拉仁布身上堆石头。一碗茶的工夫，拉仁布除了脑袋在外头，身上已经堆起了两三层石头。

这时候，少土司悠然上前来，俯视着他，突然高声笑了，他慢慢蹲了下身子，凑近拉仁布的耳旁，笑道："怎么样？还敢嘴硬吗？"

见拉仁布只是面无表情地看着他，并不说话，他收起了笑容，沉声道："拉仁布，我看你有点骨气，就再给你一次机会，只要你现在向我低头认错，然后答应娶我妹子，我就放了你。你好好想想，这买卖对你来说有百利而无一害，你既能捡回一条命，还能很尊崇地活着。"

拉仁布看着少土司笑了,"对你来说,姻缘和感情都是买卖,我真是可怜你!吉门索宁愿舍弃你许她的一世富贵,也要跟我浪迹天涯,这份真情是金山银山也换不来的,我视它如生命,甚至高于我的生命。少土司,你到现在还是不懂,真正喜欢一个人,是舍不得让她有一丝的委屈和勉强的。你总以为你的富贵是人人都想要的,可你难道没有发现,你现在心心念念的,也只是一个女人对你能有一份真心。你不得不承认,你折腾这么多,想要的其实正是我所拥有的。这样说来,我比你富有。"

少土司深吸了一口气,似被拉仁布说中了心事,他怒不可遏,刚待发作,身后突然传来一个清脆的女声,"阿吾!放了他吧!他说得对!"

达兰快步上前,蹲到少土司身旁,看着地上被两三层石块压着的拉仁布,他的脸颊已有些发胀,眼里却还是一派清风朗月,那份淡定,那份从容,从未从他眼中褪去。达兰的心不由一软,眼角有些酸涩,轻声道:"拉仁布,你这又是何苦呢?你先答应了我阿吾不成吗?先过了眼前这一关,其他的事往后慢慢再说好吗?你不为自己想,也得为吉门索想想啊,你这样不爱惜自己,吉门索活着能安心吗?你不舍得让她委屈,那你就忍心看她为你伤心难过吗?"

拉仁布眼中掠过一丝犹豫,慢慢地,这犹豫被忧伤覆盖,他带着这样的忧伤看着达兰,"我和吉门索,我知道她,她也知道我,我们都住在对方的心里。真要死在这儿,她也会明白我的。"

"行啦!还愣着干什么?"

少土司高声一吼,吓得一旁发呆看着拉仁布的十几个土兵慌了神,忙又去抱石头开始堆在拉仁布身上。达兰擦掉眼角的泪,一把拽住少土司的胳膊,"阿吾!你快让他们停手啊!再堆下去,拉仁布会死的!阿吾!阿吾!"

达兰的凄声呐喊让少土司眉头皱紧,他一把甩开她的手,看着原先押着拉仁布的那四个土兵,"把大小姐给我押到一边儿去!"

"呀!"

34

赤列布山腰,黑压压的乌云压顶而来。吉门索全身都被汗湿透了,她是一路跑上山的。腾格里啊!求求你!都说你是万能的,求你给拉仁布留一条活路。我向你起誓,只要拉仁布能活着,我甘愿替他去死!

落凤坡上,黑压压的人群围成了一个圈。吉门索觉得眼前越来越昏沉,这人群和天上的那一团乌云似是上下呼应,压得她喘不过气来。

"阿吾！快停下呀！再堆，人就死了！阿吾……"

土司小姐达兰的声音孤独地传了出来，像是一颗鹅卵石扔在一条大河里，在静默的人群里没有激起一丝热浪，却清清楚楚地敲进了吉门索的心里。他快不行了！

等到吉门索拨开一层又一层的人群，站到圈子最里头时，看到拉仁布只露一个头还在外面，他高大的身子已被碗大的石块层层压住，在他身子上面堆成了一座小石山。吉门索一个趔趄扑倒在拉仁布面前，哭喊道："腾格里啊！你当真不给人活路了吗？"

拉仁布还有一口气在，眼睛艰难地睁开了一条缝，"吉……吉门索，我……总算……见到你……最后……一面……了……"

吉门索朝天高喊了一声，转身看着一旁静立的少土司，他的脸上是一派得意。吉门索平静地看着他，"怎样才肯放了他？"

"哈，这你还要问我吗？"

"好！无论你要做什么，我都随你意。但只一点，我要拉仁布活着！你听清楚了，拉仁布死，我也死！"

少土司被她眼中的决绝惊住了，忙冲一旁的土兵挥挥手，"快！撤石头！"

十几个土兵忙活开了，没费多少工夫，将拉仁布从石头堆中拉了出来。被四个土兵抓了半天的土司小姐达兰也终于被放开了，一恢复自由的她先回身抽了四个土兵一人一鞭，娇喝一声："狗奴才！"然后急忙奔上前去搀扶奄奄一息的拉仁布。

吉门索刚要上前，被少土司一把拽住她的胳膊，"我第一个要你做的，就是再也不准见拉仁布！"

吉门索回头怒视着他，"你……"

少土司扬起嘴角挑挑眉，"放心吧！他只是昏了过去。你乖乖跟我回去，我保证他安然无恙。"

吉门索看着拉仁布被彩虹村的人们抬了回去，土司小姐达兰手里拿着拉仁布掉落在地的破旧的毡帽跟在了人群后面。玲花婶子含着泪冲吉门索瞥了一眼，急匆匆地跟了上去。

少土司一路紧紧拽着吉门索的胳膊回到了土司府，穿过前厅，穿过中院，来到土司楼前的院子，径直进了吉门索的丫鬟房。一进门，少土司一把摁她在门背，对准她的头就要吻她。吉门索将头转来转去，就是不让他得逞。少土司用力捧住她的头，将她的头固定住，吉门索嘴唇被他嘬住，使劲摆头，使劲用双手捶打他的胸口，去推他，去抓他，都无济于事。情急之下，她本能地使劲咬住他的嘴唇，少土司吃痛，终于放开了她。

吉门索趁这机会躲到了一边去，惊魂未定地看着他。少土司伸手擦了擦嘴上的血,看着手上鲜红的血,突然笑了,看着躲在木格窗前的吉门索,"刚尝到点儿甜头,就见了血了,看来要把你收拾服帖,还真得费点功夫。不过没关系,对你,我有的是耐心,因为,我对你是真心的。"

吉门索没有掩藏眼里的愤怒,"你看上的,不过就是我这副皮囊而已,你的爱何其肤浅?不要跟我说什么真心,你从未付出过真心,没资格说它。如今你害得拉仁布重伤,又打死了塔塔,就连我的阿吾,也被你不知用了什么手段变成了一个唯利是图的人,我阿么也不可能再心平气和地面对你了。"

少土司没有发怒,面对眼前的这个女人,听着她这样的话语,他本该生气的,却生不起气来。内心深处,更多的是一种无力感,夹杂着一股若有若无的失落,拉仁布今天说的话又涌上他的心头。他轻叹了一口气,"你又何必这样看轻自己?"他近上前去,看定吉门索疲惫的眼睛,从怀里掏出一个绣着红梅的紫色小荷包,笑看着吉门索,不由放软了声音,"还认得这个吗?"

吉门索看了那荷包一眼,自然识得,只是丢了好久了,都记不起是在哪里丢的。荷包不要紧,只是里面的东西,她忙道:"里面的雪里蓝呢?你捡到它的时候,里面的雪里蓝还在吗?"

少土司笑着打开荷包,从里面掏出了那朵玉制雪里蓝,递给了吉门索。吉门索忙接过,仔仔细细地打量了一会儿,见毫无损伤，才放下心来，打开绳结，戴到了脖子上。

少土司看着她眼里难得一见的温柔，柔声道："原来这花叫雪里蓝！很美的名字。有一件事，我一直想要告诉你，有很多次差点要说出来，却都没说成。两年前的那个夏天，你在彩虹山上救过一个被山猪抓伤的人，你，还记得吗？"

吉门索眨巴着眼睛，看他一脸的认真，便道："记得，阿么了？"

他的眼睛猛地发亮，目不转睛看着她，"你救的那个人，就是我！就是我呀！"看吉门索不为所动，他又近前一步，热烈地看着她，"其实彩虹山相遇是我们第二次见面，第一次见你是在府里，那天你在雨中的惊鸿一瞥，我至今难忘。这红梅荷包，就是我在那雨天里捡到的，我一直珍藏着它，贴着我的心放着，在我心里，它就是我们两个的定情信物啊！知道了这些，你还要说我对你的爱是肤浅的吗？那天你在府门前褪去了蓝色的伪装，以你的真面目出现在我的面前，你可知道当时的我有多么高兴？那种狂喜，我想这辈子都不会再有了。吉门索，不要再推开我好吗？我如果不是爱你爱到骨子里，就不会追你追到库库诺尔[①]。拉仁布能给你的，我都可以给你。而他给不了你的，我也能给你。你好好想想，不要被拉仁布的花言巧语

[①] 库库诺尔：蒙古语，青海湖。

一时蒙蔽了。"

吉门索展颜一笑，退后两步，款款而立，"从来都不用想，也没有谁能够蒙蔽我，我比任何时候都清醒。我要的，只有拉仁布能给我，而你要给我的，是我不想要的，是你一直要强加给我的。至于当初救你的事，你大可不必放在心上，换成是一只山羊，我也会救的，这是我的本能，一个农家人的本能。你不要瞧不起农家人，你可以奴役他们的身体，却永远别想奴役他们的心。当年你们土司府逼得我们家破人亡，剩下我和阿吾孤苦无依。也许你们当初想着，看吧，这两个农家孩子，迟早活不下去。可我们活下来了，世道再艰难，我们还是活下来了。这片多情的土地还是哺育了我们这些被这可怕的世道奴役的穷苦老百姓。

"这世上最没有资格瞧不起我们老百姓的，就是你们土司！你们土司府所有婚丧嫁娶用的银两，全由老百姓负担供应。你们土司府有人去世，他的灵轿，不论路远路近，均由老百姓抬送到墓地。你们土司府修屋盖房，都由老百姓来服役，你们从来只是只给饮食，不付工钱。桑思格的土族过年先要给你们土司府拜年，送酒送油馍，一年来好容易攒下的一点好东西，几乎全送到你们土司府来了。

所以，这片土地的千年荣华，不是你们这些土司创造的，是我们，是我们这些被你们当成蝼蚁般践踏的老百姓。彩虹镇的主人，不是你，而是我们！"

少土司愣怔着，看着吉门索眼中无以复加的蔑视，冲入他脑际的，不是愤怒，而是害怕。害怕？他自己被自己吓了一跳！为什么会是"害怕"？

他甩甩头，想甩掉这些令他慌乱的想法，一时间竟心乱如麻。他高声笑了笑，那声音却直发虚，"哼！是吗？我会让你看到，谁才是这片土地真正的主人！拉仁布的小命还捏在我的手里，他今后会怎么样，全看你的表现！"

吉门索眉头皱起，头痛又来了，"你！……我已经答应一切随你愿，你还要怎样？举头三尺有神明，你这样草菅人命，就不怕得报应吗？"

少土司走近她，近到两人之间没有缝隙。吉门索没有后退，坦荡荡地看着他，眼里无所畏惧。他却轻扬嘴角，看着她的眼睛，放柔了声音仿如耳语般轻声道："对我来说，最大的报应就是失去你，除了这个，我什么也不怕。所以，你最好乖乖听话，你听话了，拉仁布的日子也就好过了。放心吧，等我们俩成了亲，我立马升他做收粮人。走着看吧，成亲后如果你的表现让我满意了，或许我还会升他做个把总①什么的，也不是没有可能。'羊

---

① 把总：土司府的武职，土司其下设千总、把总等官。

粪蛋身材的蜜蜂',我还等着你给我唱一辈子呢。"说完倾身向前要亲她,吉门索一别头,避开了,却被他亲到了脸颊。带着得意的笑,他出了门。

回到卧房,少土司躺在木格窗前的太师椅上,脑子里依旧回响着刚刚和吉门索的谈话。他从出生到现在,从没有被人如此地痛骂过,如此轻视过!被囚禁的牧羊阿姑,她那小小的身子,能有多大的分量?但是,她却压迫着他,威胁着他,使他变得渺小而粗俗!他瘫软着躺进太师椅里,觉得无从移动,也无从言语,一种他自己也不了解的、近乎沮丧的情绪,包围了他。

35

夜深人静,土司府的马圈里却不平静。妲兰索静静地站立着,无惧无愧,不怒不笑,只是静静地站着。

管家仁欠坐在一把木椅上,手中拿着一根马棒,"妲兰索啊妲兰索!我还真是没看出来呀,你居然也是个吃里爬外的主儿!枉我平日里待你不差,你就是这么回报我的吗?少土司今天傍晚可是把我骂了个惨啊,三个巴掌我是结结实实地受了,你说说,这账,咱们该阿么算?"

"你说阿么算,就阿么算。"

"你！你胆子也太大了吧！真没想到啊，我看你是不想活了！来人啊！先给我打这个胆大包天的奴才三十马棒再说！"

几个家丁应声上前，左右架住妲兰索，要行刑。桑杰不知道从哪儿窜了出来，突然奔上前，硬挺挺跪到管家面前，"管家等等！饶了妲兰索吧，桑杰愿意替她受罚！求你饶了她吧！"

管家仁欠一低头，笑了，"哟！是桑杰呀！没看出来，你还是个带种的。阿么，你要替妲兰索出头？你想好了啊，妲兰索犯的可是要命的罪，你想替她担待，可你担待得起吗？行了！我劝你还是闪一边去，这英雄救美啊也得看你有没有这本事。来啊！打！"

一棍，两棍，三棍……棍棍不留情，重重落在妲兰索身上。

"说说吧！你的同伙呢？我身上的钥匙可不是凭你一个人就能偷走的。是不是还有别人帮你呀？"管家仁欠满意地看着趴在地上痛苦不堪的妲兰索，此刻的她，满头满脸的汗，满身的血渍。

她还是强撑着身子，挣扎了半天，勉强地侧坐着，眼睛看着地面的草渣。"没有同伙，是我一个人干的。"

"胡说！还敢嘴硬！当我是傻子？来啊，给我掌嘴！少土司打在我脸上的，我要加倍偿还在你脸上！"说话间，上来两个家丁，一个摁住妲兰索双肩，另一个开始掌嘴。"啪啪"几声，疼得妲兰索眼冒金星，脸颊火辣辣地疼。半刻工夫，开始咳嗽。

一旁的桑杰眼里喷着火，手指都要捏进手心里了，却使不上劲儿，只能在一旁干着急。

"管家！已经打得这么重了，可以了吧？要说惩罚，也够了吧？"桑杰终于忍不住奔上前，一把拉开掌嘴的土兵，屈身扶住要倒地的妲兰索，一脸的疼惜。妲兰索不由抬眼看向他，心里涌进一股暖流，她笑了。

"桑杰，不要费力，我都有准备。你快走开，不要让我连累了。"

桑杰眉头皱紧，"不！我不能眼睁睁看着你被他们打死！我……"

"你还有你的阿爸阿妈，别为我误了。"她咳得更厉害了。

"桑杰！不要得寸进尺！你可是土司府的家生奴，别不知道轻重！少土司是下过令的，要严办妲兰索。他最恨的，就是吃里爬外的人。"

桑杰慢慢地放了手，眉头锁得更紧了。

马棒一棍一棍，闷闷地落在妲兰索身上，妲兰索的痛苦还在继续。

当桑杰脑袋灵光一现，撞开锁着的门找来吉门索的时候，管家他们刚刚离开。妲兰索被一直躲在草料房里的桑杰阿爸阿妈抬到了马圈的草堆上，只有一息尚存。兰索跪在草堆前守着妲兰索，早已哭成了泪人。

吉门索不敢相信自己的眼睛，抱着妲兰索的头，心痛如绞。马圈不似前院，只有马厩顶挂着一个马灯，昏暗的灯光下，妲兰索的脸苍白如雪。吉门索轻声唤了唤妲兰索，妲兰索虚弱地睁开了眼睛。见是吉门索，妲兰索勉强撑着笑了，"你来了。没事……我没事，你别难过。"

吉门索心痛不已，抱着妲兰索的手不住地颤抖。

兰索扑倒在妲兰索身旁，大声哭道："是我！都怪我！都怪我没用！管家要罚的应该是我们两个，白天药倒管家的，是我呀！可我没用，不敢站出来，我……"

妲兰索虚弱地笑了，"说什么呢兰索……要放吉门索出来的，是我……你只是帮我放个药罢了……我不怪你，你可……别犯傻……"

"好冷……吉门索，我好冷……"

吉门索抱紧了妲兰索，伸出手摸摸她的额头，"不行！我要带你去看大夫！"说着要起身，妲兰索的手紧紧拽住了她的紫色坎肩衣角，"不用了，吉门索，我不行了，别再折腾了……"

吉门索猛地摇摇头，"胡说什么！你知道我识得草药的，我托我阿吾去买，他……"说到这儿，她心里一愣，停了口。妲兰索又冲她虚弱地笑笑，"知道你厉害。吉门索，你是我唯一的朋友，还用少土司给你的虫草治好了我阿爸的老毛病，所以，无论为你做什么，我都是心甘情愿的。好好活着，活着和少土司斗，和这世道争！为了你和拉仁布的幸福，这一切都值得。我真羡慕你，可以和拉仁布这样轰轰烈烈地活着。不像我，活了一场，什么滋味儿都没活出来。"说到这儿，她艰难地侧头，看了眼桑杰。

"别这么说。妲兰索，你是我见过最潇洒的阿姑，活得简单，活得真实。你多像马莲花呀，那么坚强，那么勇敢，又那么骄傲。佑宁寺的活佛说过，只要是为了救人，哪怕只是一念，你都已经是菩萨在人间的化身了。"

妲兰索艰难地笑了，笑得那么憔悴，又那么绚烂。她躺在吉门索的怀中，仰望着繁星点点的夜空，唇边带着那抹洒脱的笑意，离开了吉门索的世界。

吉门索拥紧了伤痕累累满身是血的妲兰索，这珍贵的友谊，她没能拥有多久，便永远地失去了。为什么，为什么人世间要有这么多刻骨铭心的失去？自从懂事起，她一直在失去。十五岁，她失去了自己的阿爸阿妈，二十一岁，她失去了自由，从此卷入少土司布下的张张大网中。前天，她失去了爱狗塔塔。昨天，她失去了今生和拉仁布在一起的权利。此刻，她又失去了最珍贵的朋友。

她的眼前一片昏暗，她的心里，又何尝有半点光亮？

不要面对离别，人生最不堪面对的，就是这生离和死别。

这是生命中的缺，却没有圆满那天。

36

拉仁布家贫陋的小院里，只有厨房点着一盏油灯。昏暗的灯光下，拉仁布艰难地喘着气，达兰端着一碗浓浓的药汤，一勺一勺地喂给他。拉仁布刚喝了三口，一阵猛烈的咳嗽后就将先前咽下的药汁全都吐了出来。达兰忙用自己的红帕替他擦掉脖子上的药渍，用手轻轻抚着他的胸口，柔声道："别急别急，慢慢喝一点，总会有用的。"

正在灶前烧火做饭的玲花婶子紧张地起了身看着炕上的二人，眼里的担忧无以复加。见儿子慢慢不咳了，才又提着心继续往灶膛里添着青稞麦草。

"你为她伤成这个样子，值得吗？"看着拉仁布难受的样子，达兰不由责备道。

拉仁布艰难地吸了口气，半眯着眼睛，小声道："值得……就是为她死了，也值得。"

灶前的玲花婶子长叹了一口气，擦着眼角的泪。达兰凝神看着这样的拉仁布，扑闪着那双大眼睛，"为什么？吉门索到底哪里好？你是这样，我阿吾也是一样，一副得不到吉门索就誓不罢休的样子，你们到底是为什么呀？世上的阿姑又不止她吉门索一个！"

"世上的阿姑千千万万个，我心里只有吉门索一个。达兰小姐，也许世上什么都可以将凑，可唯独这颗心，这份情有独钟，却是半点也将凑不来的。等你真正遇上那个对的人，你就会明白了。"

达兰更糊涂了，带着更深的疑问，疲惫地走出了拉仁布的家。守在院子里的仆人祥木默默地跟上了她。

"主子，拉仁布他就是给脸不要脸，您可千万别为了他生气啊，划不来的。"看达兰小姐呆愣着走路不说话，仆人祥木接着道："您为了他都做了多少了，可拉仁布就是狗肉包子上不了席面啊。"

"祥木，不要说了，拉仁布是什么样的人，我比谁都清楚。也正是因为清楚，我心里就更难受。我从来没有这么难受过，更让我难受的是，我难受不是为自己，而是因为他现在难受着。"

仆人祥木听糊涂了，呆呆看着达兰小姐孤独的背影。

"阿妈，那条太阳花腰带呢？我想看看。"

"哦，你等着，我拿给你。"

玲花婶子从陈旧得斑斑点点的炕柜里拿出那条太阳花腰带，放在了拉仁布手里。拉仁布伸出双手，小心翼翼地抚摸着那朵绚丽的太阳花，五彩的颜色，一圈又一圈，形成了美丽的太阳光纹。针脚真密呀，也只有吉门索，才能绣出这样精美绝伦的太阳花来。

这时，腊月花来了。她瞪大眼睛看着这个简陋的小院，真正是家徒四壁啊，真不明白这吉门索，放着到手的富贵不要，阿么对这么个穷小子死心塌地的？

堆石头虽没致命，却将拉仁布的五脏六腑都压坏了。此刻，拉仁布躺在厨房的土炕上，身子下面只铺着一块四处破洞的黑羊毛毡，身上盖着他放羊时穿的白褐褂。此刻，他正闭目靠在身后发黑的土墙上，右手抓着一块白帕，露出半角彩虹的颜色。他面前的白褐褂上放着一条绣花腰带，哇！真是好针线！腊月花不用想也知道，一定是吉门索绣给他的。

拉仁布的阿妈玲花婶子正在案板前擀着破布衫①，锅里大概是面汤，正冒着热气。见腊月花进了门，玲花婶子忙伸着沾了面粉的手请她上炕，腊月花撇嘴看了眼满是尘土的土炕，"不用不用，我就站这儿吧。我来是有点事找拉仁布。"

---

① 破布衫：青稞面擀的面条，因面粉较粗擀不成光面，破洞百出，形似破布衫而得此名。

她的高声调已经惊醒了正闭目休养的拉仁布，他坐直身子看着她，"新阿姐来了？"

"拉仁布，吉门索在土司府为你绝食，为你反抗少土司的婚事。而你呢，你又为她做了什么？"

拉仁布愣了愣，怔怔看着她，眼底涌上深切的痛楚。

"你也不是拐弯抹角的人，我就直说了。拉仁布，你若真心为吉门索好，就给她写封信，说明你的心里，不止有儿女私情，还得顾及家中的老阿妈，一家的生计，跟少土司闹翻，是你玩不起的。"

"我不识字。再说，就算我识字，我也不会写这样的信。"

腊月花脸色一沉，怒道："你不写？你以为愤怒就可以改变你和吉门索的命运吗？你以为很不满，少土司就会忍让你吗？要怨就怨你们生错了人家，生错了时代，生在这个我们百姓只能任人宰割的时代。人人都这么虚伪、迂腐和势利。要怨，就怨你们经历了那么多苦难，还敢温情脉脉地看待这个无情的世间，年少无知到了以为你们不愿意就可以改变周围人的想法，以为靠你们两个就可以改变这个时代。我敢断定，如果你们继续坚持自己的选择，除了无穷无尽的伤痛，你们什么也留不下。"

拉仁布满脸痛楚地摇摇头，沉声道："你不是在说我们，你这是在说你自己。你向命运低下了头，你向这个艰难的世事低下了头，所以理所应当地认为我们也应该低头。可你错了！我们不是你！我们绝不低头！哪怕为此碰得头破血流，遍体鳞伤，我们也不低头！你瞧瞧你自己，你一时的低头换来的是什么？吃喝不愁没错，可你的心呢？你可曾认真问过自己的心，安宁过吗？开心过吗？你有多久没有开怀大笑了？"

腊月花的眼神越来越冷，阴沉沉地盯着越来越虚弱的拉仁布，"哼！你以为只是头破血流吗？吉门索三天后就将成为少土司的二太太，而你，就只能守着这破旧的土房孤独地度过自己的余生了。"她满意地看到了拉仁布眼中愈加深切的痛苦，得意地笑了，"拉仁布啊拉仁布，怪就怪你喜欢谁不行，偏偏喜欢吉门索。吉门索是我在这世上最恨的人，她家世比我好，相貌比我好，连命都比我好。这一切倒也算了，可有一点，她不该搅了我当上土司府女主人的梦！那是我这辈子最大的，最美的一个梦，我几乎是用尽了毕生之力来谋划，来期盼，来等待。可是她呢，轻而易举地，就拥有了我梦寐以求的东西，叫我阿么能不恨她！"

玲花婶子看着炕上的儿子虚弱地靠向土墙，拉拉腊月花的衣袖，软声道："祁家新阿姐，请你快回去吧，拉仁布伤得很重，经不起折腾了，请你行行好，回去吧。"

腊月花一甩手挣开玲花婶，走到土炕跟前，一双眼盯紧了已经闭上眼休息的拉仁布，"拉仁布，你可真是自私呀！吉门索还在土司府绝食，眼见就要一命归西，你却不肯捎个信让她死心。你该知道，只有对你死了心，吉门索才能开始新的生活。经了这么多事，明眼人都看得出来，少土司是真看上了我们家吉门索，只要吉门索不再闹别扭，少土司待她，一定不会差。拉仁布，都说爱是无私的，你是不行了，可你得为吉门索想想啊。她还年轻，少土司又那么看重她，将来的日子穿金戴银，尊贵无比，你难道不想她过得好吗？她现在也许寻死觅活的，可日子长得像树叶，再看少土司对她那份痴情，再硬的冰山也准能给焐化了。"

腊月花倾身向前，一脸媚笑道："瞧你这有今天没明天的样子，难道真的忍心让吉门索跟着你陪葬？"

一听这话，拉仁布猛地一口鲜血吐在手中的白帕上，旋即昏死过去。玲花婶吓得魂不附体，艰难地上了炕，使劲地呼唤着儿子的名字。乘这当际，腊月花拿了那块带血的白帕，悄悄退了出来。

37

晚饭过后，土司府后院，少土司静静抚摸着爱骑的长颈，管家仁欠领着吉然斯让来了。

"拜见少土司！"

少土司瞥了吉然斯让一眼，继续侍弄他的爱马，"吉然斯让啊，少土司我的名声，这下可全让你们家搞坏了。"

少土司不阴不阳地开口，吉然斯让心里一惊，慌忙磕下头去，"请少土司治罪！"

"治罪？那你倒说说看，你都犯了什么罪？"

吉然斯让心里七上八下，不知道少土司究竟想听他说什么，只得硬着头皮开口："吉然斯让管教妹妹不严，才导致她今天这样地任性。都是我的错！请少土司治我的罪！"

"哈！你说得轻巧！"少土司冷哼一声，厉声道："你将妹子一女许两门，其罪一。因此而坏了我土司府的名声，其罪二。身为兄长不规劝妹子，其罪三。你，可知罪？"

吉然斯让早听得一身冷汗，磕头如捣蒜，嘴里不停道："请少土司治罪！请少土司治我的罪！"

"起来吧。"

吉然斯让又是一个愣怔，一头雾水起身静侍一旁。少土司拍拍双手，"给你一个赎罪立功的机会，你要是不要？"

吉然斯让忙低头，"请少土司示下！"

"今晚拉仁布会在落凤坡等吉门索，你知道该阿么做了？"

吉然斯让面有难色，却还是低头一揖，"是。"

"事情办得好了，你除了是土司府的大舅子，我再奏请朝廷，封你个百户当当。"

"谢少土司！"

"管家，带他去兵器房。还有，今晚的事，不准走漏半点风声。"

吉然斯让跟着管家刚转头，身后传来少土司冰冷的声音："今晚的事要是办不成，以后的彩虹镇，就没有你们祁家了。"

吉然斯让一个趔趄差点摔倒，头垂得更低了。

从桑思格到彩虹村有不短的一段脚程。吉然斯让心里翻江倒海，没有一刻平静。他走得很慢，几乎是走走停停。抬头望望星天，长叹了一声。

"佛爷啊佛爷，您显个灵验吧！阿么才能把他俩分散？拉仁布和我一起长大，我对他，该阿么叠办[①]？他是放马羊的好把式，也是个干散少年。"

"少土司啊少土司，你杀拉仁布是一句话的事，让我去，根本就是脱裤子放屁，你这明摆着是要让我妹子恨我呀！堆石头你放了他，只为讨个吉门索的欢心吧？如今明着除拉仁布，你是怕背坏名声啊，也怕吉门索因此恨你。你想让吉门索死心，却用我的手来结束拉仁布，真是好计谋呀！"

---

① 叠办：整治，处理。

"好计谋……"

吉然斯让带着少土司给的短刀，忐忑不安地回到了家里。家里冷锅冷灶，腊月花嗑着瓜子倚着房门，斜眼看着六神无主的丈夫，笑道："瞧你那没出息的样儿！阿么了？"

吉然斯让拽了她进屋，关了门，上了门闩，又沾湿手指捅破了木格窗上的纸，仔细地看了看院子。腊月花扽扽自己的粉色坎肩衣角，"瞧你贼眉鼠眼的！快说说吧，少土司叫你去到底什么事儿？"

吉然斯让这才回到炕沿坐下，从怀中掏出那把短刀放在了炕桌上，上面镶满了各色宝珠。腊月花一见宝刀，眼放光亮，伸手要去抓，被吉然斯让先一步拿在手里，瞪着她道："不能碰！这是凶器！"

腊月花一愣，"少土司给你宝刀干什么？"

吉然斯让又侧头看了看院里，才凑近腊月花小声道："让我用这宝刀在今晚捅了拉仁布！"

"什么？！"腊月花突地跳起，吉然斯让忙拽住她的胳膊，压低声音道："小声点！"腊月花又重新坐下，思谋了半天，才轻声道："一定要杀了才收手吗？少土司难道忘了吉门索那天在落凤坡说的话了？拉仁布要是死了，吉门索怕是不肯独活呀！这样一来，咱们跟土司家就结不了亲家了！"

吉然斯让恍然大悟似地点点头，转念一想又皱紧了眉，"不杀也不行啊，少土司已经给我下了令了，要是办不成这事，彩虹镇就没有我们祁家的立足之地了。阿么办？这可阿么办？这烫手的山药，阿么偏偏就落到了我的手里？"

腊月花斜了他一眼，"慌什么！不是还有我吗？"她说着起了身，环抱双臂在屋子里踱起了步，"既然少土司已经下了令，看来拉仁布是非死不可了。不过，这个罪名你不能担，不然吉门索会恨上你的。往后，咱们和儿子的富贵可都指着吉门索呢，她要是恨上了你这个阿吾，咱们俩就只有喝西北风了。"

"那要阿么弄？明明就是我呀！"

"笨蛋！你换身衣裳不就行了？拉仁布都伤成那样了，再说又是大晚上的，能看清什么？就这么办！干脆你就换上吉门索的衣服，你和她长得这么像！记着，靠近了再动手，一定要让他死透，别给他再说话的机会。"

打定了主意，吉然斯让平静了下来。他将身子靠向身后的土墙，叹了口气，颤声道："拉仁布，毕竟我们是一起长大的，你和吉门索又在一起放了那么多年的羊。这么多年的情义，现在却要我亲手杀了你，实在是……"

"情义能顶什么用？能管饭吗，能管酒吗，还是能管你的富贵？没出息！你也不想想，你马上就是高高在上的少土司的大舅子了，现在就只差一步，挡在你面前的，就只有这个拉仁布了。为了我们下半生的荣华富贵，谁挡杀谁！他拉仁布怪不了我们，要怪只能怪他太自私，不愿意让你的妹子嫁进土司府过好日子。他应该清楚，只要他在，少土司就一直会对吉门索存有戒心的。"

见吉然斯让还是一脸愁容，腊月花坐到他身旁，将脸贴着他的脸，温柔地说道："拉仁布是少土司心上的一根刺，我们今后要依仗少土司过上好日子，就得为他拔去这根刺。而他既然选择了你，那就意味着他当你是自己人了，你应该高兴才对！"

吉然斯让终于转忧为喜，一把搂住了腊月花，"好媳妇！还是你聪明！我算是得着个宝了……"

38

夜已深，土司小姐达兰神情落寞地走进阿吾的卧房，来到正在窗前太师椅上闭目养神的少土司面前，"阿吾，你放了吉门索吧！"

"我没听错吧？"

"你没有听错，我就是要你放了吉门索。我想通了，我喜欢拉仁布，就应该让他得到幸福。既然他心里没有我，我硬要逼他做我的姑爷也没啥意思。你放了吉门索吧！"

少土司意外极了,看着眼前的妹子,这实在不像以往的她了。

"哎!不是,为什么呀?先前不是你让我想办法拆散他们两个吗?现在是阿么了?要是放吉门索回去,你这辈子都不可能再嫁给拉仁布了。"

"没关系,只要他开心,我怎么样都没关系。他看吉门索时那样深情的眼神,从来没有投注在我的身上。我得不到他的心,要他这个躯壳做什么?一点意思也没有。"

乘他发愣的当际,妹子达兰已慢慢走向门口。少土司忙起身追上去,"你等等!达兰,你告诉我,到底发生什么事了?这太不像你了!"

达兰惨淡一笑,缓缓道:"没错,我也觉得我不像以前的我了。如果是以前的我,我一定会想尽办法用尽手段得到拉仁布。可现在……"她整个人变得颓软无比,像是刚刚经历了一场人生浩劫,"我都懂了。"

"不是,你懂什么了呀?"

"我懂了拉仁布对吉门索的那份不能将凑的情有独钟,懂了吉门索对拉仁布的那份无怨无悔的坚贞不屈。阿吾,如果你真的了解吉门索,懂吉门索,你就不该伤害拉仁布。他俩就像一根麦秆上长出的两棵青稞穗,我敢断定,拉仁布要是有个三长两短,吉门索是不可能独活的。"

达兰的话直让少土司心里打了个冷战，他用大笑掩饰着内心的不安，"哈！没有了拉仁布，吉门索只会一心一意跟着我过好日子。我还就不信了，土司府的富贵荣华还抵不上那个穷小子的几句甜言蜜语吗？日子长得像树叶，什么坚贞不屈，什么情有独钟，都会被天长日久的岁月冲淡的。达兰，我看你是为那个放羊的拉仁布鬼迷了心窍。回去好好睡一觉吧，阿吾还等着让你看我和吉门索过上人人称羡的快活日子呢！"

达兰是真的累了，她没有再说什么，默默地出了门。

今晚的月亮真圆呢！又到了四月十五。往年的今天，都会和吉门索到这儿来朝月拜佛。土族人都信佛，四月十五恰是佛吉祥日，传说是佛祖降生、成道、涅槃的月圆日，难得的好日子。想起往事，拉仁布不由虚弱地笑了，朝月拜佛这样的事，也只有吉门索能想得出来。吃食都是她准备的，有时候还能有两块羊肉，不知道她是阿么弄来的。她们家院子里有一棵老杏树，不似别人家的杏花早开，她家的老杏树每年到四月十五前后才开，吉门索总会在这夜摘上一枝杏花带过来。

今晚的月亮真亮啊！照得见周围的一切，甚至他身旁的雪里蓝。雪里蓝还没有开花，这奇怪的生物，非得在深秋盛开，到那会儿，赤列布山上寒气逼人。想到这儿，拉仁布不由温柔地笑了，惊叹这世上有这样独一无二的花，有这样独一无二的吉门索。

阿妈实在是被他缠得怕了，拗不过他，才勉强搀着他来到了落凤坡。一路上阿妈一直在嘟囔着，他当然明白，阿妈是怕他不行了，把命就舍在这落凤坡了呀。阿妈的担忧也没有错，自己的身子自己知道，自打堆石头后，他的胸骨断了六根，有两根扎到了肺里，好在不深，不然他也坚持不到现在。他知道自己不行了，是真的不行了，所以，他才顾不得阿妈的担忧，坚持在这个月圆之夜来到落凤坡。阿妈终究还是不放心哪，扶他坐到这块吉门索常坐的大石头上后，去了百步开外的一丛沙棘林后面。她说不敢走远了，又不好打扰他，所以选了那么个不远不近的地儿。

落凤坡啊落凤坡，他和吉门索在这里相识，在这里相知，在这里相恋，这里记载着他的快乐，他的痛苦，他的喜悦，他的忧伤，承载了他生命中最美丽的一段时光。今夜的月亮又是这么多情，叫他阿么能不拼了命地来呢？

　　　　　　拉仁布在山上好孤独

　　　　　　草叶上滴下了水珠

　　　　　　但愿我们的缘分

　　　　　　不是那草尖的甘露

这漫长的时光像冰水

　　上了冻，迈不开脚步

　　这眼前的苦情似山雾

　　重重裹住我拉仁布

　　玲花婶子站在一棵沙棘树后面，看着儿子孤单的身影，听着儿子忧伤的歌声，心里沉沉的，像被什么拽着，直直往下坠。我可怜的孩子啊！

　　今夜，她会来吗？或者说，她能来吗？这是他和吉门索的约定，每年的四月十五月圆之夜，雪里蓝还未绽放的落凤坡上，他和吉门索要一起拜月朝佛。大概是来不了吧，土司府高高的围墙困住的，何止是吉门索一个？对吉门索而言，土司府是监牢，而对没有了吉门索的拉仁布而言，整个人世都是监牢。

　　听见了沙沙的碎步声，拉仁布心中一喜，转身看去，没错！是吉门索惯常的穿戴，她来了！看那绰绰的身影，蒙着头巾，她居然想方设法地来了！拉仁布实在太高兴了，高兴到没再仔细看看，就艰难地站起身向来人走去，拼尽全力三步跨作两步，怀里像蹦着两只小兔。

　　紫色的头巾，紫色的面巾，依旧是旧时的装扮。好吉门索啊！你还是当初的你。

当那把冰凉的刀子利利落落地刺进了他的胸膛，拉仁布才借着明亮的月光看清，他面前的"吉门索"，居然是一个男人的脸庞！

吉然斯让！

吉然斯让紧接着一把抽出刀子，看了眼带血的刀身，狰狞地盯着渐渐倒地的拉仁布，"你别怪我！要怪就怪你自己命不好，没有托生个富贵人家，却偏偏跟少土司争女人，你争得过吗？你也不想想，少土司是什么人？他要对付一个人，有的是手段。"

拉仁布已命若游丝，眼见着似沙漠中要断流的一条小溪，挣扎着最后的力气，"吉门索在哪儿？"

吉然斯让拿出腰间的白帕擦了擦小刀上的血迹，笑了，"都到这会儿了，还敢惦记我妹子。放心吧，她在土司府里吃香的喝辣的，而且很快就要成为土司府的女主人了。今后的日子里，她是享不完的荣华富贵，受不完的磕头作揖。没有了你拉仁布，吉门索会过得很好，非常好！没错，不会比这更好了！"

拉仁布惨白的脸上露出一丝笑容来，他转头看向天上的那轮圆月，喃喃道："天上人间，总会相会……"

昏暗的油灯下，拉仁布的斡东①前，玲花婶子默默地往面前的黑色瓦盆里烧着黄纸。她努力挤压着自己苍老的眼皮，却挤

---

① 斡东：土族语，灵轿。

331

不出一滴眼泪来。

"可怜的拉仁布啊,阿妈想为你流两行送行的眼泪,可是阿妈的眼泪阿么没有了呀?"

一双美丽的红色腰靴出现在玲花婶子眼前的瓦盆旁,扑通一声跪倒在用旧木材做的斡东前,双手轻轻抚着那表面满是木头渣的暗黄色斡东,用悲切的声音喊道:"拉仁布,你这坏蛋!你真的坏死了!"

玲花婶子用惊异的目光看着跪在她前面的土司小姐,不明白到底是阿么回事。高高在上的土司小姐,居然拆下了五彩花袖,穿上了土族人在参加葬礼时才穿的黑长袍,前来吊唁她的穷儿子。这到底是阿么回事?

"拉仁布,你这坏蛋!你真的坏死了!"

土司小姐嘴里一直在反反复复不停地说着这句话,眼里的泪水像断了线的珍珠,不停地滴进黑色瓦盆里正泛着火光的黄纸上,"嗞"的一声又一声,却始终没有将那火堆浇灭。她的心已经完全破碎,世上的万事万物也都已随着她的心碎而裂成碎片,除了这句话之外,她已经无法将世上任何事连缀在一起。

一个心碎了的女人,思想也会随着破碎的。

"大小姐……"玲花婶子小心翼翼地开口,伸出右手想去拍拍土司小姐因哭泣而颤抖的后背,快挨着她时又犹疑着缩了回来。她长叹了一口气，柔声道："多谢您啊大小姐，到这个时候，还来送我苦命的拉仁布一程，有心了……"说着抬起袖口去擦眼睛，却忘了那里早已流不出眼泪了。

"拉仁布在天有灵，也会感激您的这份情义。夜已经很深了，大小姐，您快回去吧？"

土司小姐突然回过头来，泪水泅润了一脸，"上次落凤坡回来不是好好的吗？阿么会突然死了？拉仁布到底是阿么死的？"

玲花婶子带着哭腔道："堆石头其实已经要了拉仁布的半条命，挨到昨天，其实就剩半口气了。可他们还是不肯放过呀，乘着晚上，把冰凉的刀子插进了拉仁布的心口。我可怜的拉仁布啊……"玲花婶子再难抑制内心的悲苦，号啕大哭。

"他们？他们是谁？！"土司小姐厉声道，倒惊醒了一头扎在苦痛中难以自拔的玲花婶子。她眨了眨满是皱纹的眼睛，心里却是一个激灵，他们是谁？而土司小姐，又是谁？

"唉……我一个孤老婆子，能知道什么呀？再说天那么黑，我什么也没看见。大小姐您快回去吧！我们家到处都是土，连个坐的地方也没有，招待不了您这样的贵客呀！"

土司小姐待要再问，玲花婶子却似铁了心，艰难地起了身蹒跚地走到屋外，站在院子中间用苍老的眼睛回望着她，她只得出了拉仁布的家。

39

少土司要娶吉门索为二太太的事在一夜之间传遍了彩虹镇的大街小巷。白家人，老土司和土司太太，轮番劝说少土司，都不能令他改变心意，事情似乎已无挽回的余地。

这天夜里，已到歇置的时辰，上炕准备就寝的土司太太突然又下了炕，穿上黑色羊羔皮的坎肩，也不要银花陪同，一个人径直来到了儿子的卧房。少土司还躺在窗前的太师椅上，看着窗外的夜色。见母亲进门，忙起身挪到几案前的红木椅上坐下。

土司太太刚一坐下，便开门见山道："阿须厚，好儿子，听阿妈一句劝，别再一意孤行了。你这么用心待吉门索，但她是不可能真心待你的。"

少土司看了眼母亲，缓缓坐到母亲对面，"阿妈，什么事我都可以听您的，独独这件事，儿子已经决定了，您就别再劝了。"

土司太太看到儿子笃定的眼神，想了想，沉声道："有件事，你并不知道。吉门索十五岁时遭遇的那场家变，其实最初的原因，是你阿爸看上了吉门索的阿妈拉姆。"

"啥？"少土司心里一个激灵，一脸的难以置信看着自己的母亲，"您说的是真的？"

土司太太神情凝重，慢慢点了点头，"是真的。当年，你阿爸到彩虹村下乡时看上了拉姆，回来时死活也要得到她，结果就想出了那十三家富户联名上告祁拉仁的损招。更可怕的，是后面的事。这祁拉仁竟是个有骨气的，在府里的大牢里阿么也不肯画押认罪，受了几次刑，虽然后来祁家倾家荡产救了他出去，但回家没几天就一命归西了。你阿爸正高兴着，谁知道那拉姆是个烈性子，当晚就吞药跟着她的男人去了。"

少土司静静听着，一脸的愣怔。土司太太看了看儿子的神情，叹了口气后轻声道："如今看这吉门索的性子，和她阿妈当年几乎是一个样儿的。所以，阿须厚，你再想想，真要娶吉门索吗？以她的烈性子，阿么可能拿真心来待你？她心里可满满当当的都是那个放羊的拉仁布。世上多少好阿姑，要俊俏的有俊俏的，要贤淑的有贤淑的，以你的身份，再加上你这人才，多少好阿姑眼巴巴地等着你的垂青，何苦非要盯着心里没有你的吉门索不放呢？"

少土司突然大声笑了笑，看着母亲，"您觉得我会蠢到像阿爸一样吗？既然我打定主意娶她，就绝不会让那样的事发生在我们身上。话又说回来，当时吉门索的阿妈已经嫁了人，而且孩子都大了，您是女人，您应该最清楚，一个女人的身子归了哪个男人，心也就跟了那个男人。吉门索还没有嫁给拉仁布呢，所以，您担心的事，根本不会发生！"

少土司的声音明显夹杂着怒意,土司太太知道再劝也是无益,长叹了一口气,软了声音道:"那咱们就各退一步,你娶吉门索作二太太可以,但要先娶尼尕做正夫人!咱们怎么也是堂堂的土司府,你又是少土司,怎么能还未娶正夫人就先娶妾室?"

少土司满是意外地看着母亲,扬扬嘴角,笑道:"阿妈,这么跟您说吧,有了吉门索,我不想再要什么别的女人。至少目前是这样。尼尕是你硬塞给我的,如果一定要个名分,那就三夫人吧,毕竟已经是我的人,也不好再往外推。"

土司太太欲待开口,被少土司抢道:"您回房歇着吧,天色很晚了。"少土司起身来到了木格窗前,背对着母亲。土司太太话犹未尽,却也不好再多说什么,轻叹了口气,沉声道:"你阿爸一年到头只管醉死作数,你当阿妈是闲得无聊才来讨你嫌吗?唉,真是儿大不由娘啊!"悻悻出了门。

第二天天刚亮,吉门索正在打水洗漱,门外的锁打开了,进来的,是许久未见的土司太太,怀抱着那只虎斑猫。进得门来,屏退了跟来的丫鬟银花和门外的守卫,坐在炕沿上,看着吉门索兀自坐在梳妆台前的椅子上,面向了她。

土司太太未语先笑,"你是个聪明人,想必已经猜到我今天来找你是为什么事了吧?"

吉门索脸上没有悲喜,只有一股藏也藏不住的萧然,沉声道:

"太太绝顶聪明,您的心思,又岂是我这个平头老百姓能猜到的。"

"行!本事没见长,嘴巴倒是越发厉害了。行吧,既然你这么说,我也不跟你拐弯抹角了。说说看,要怎么样你才答应离开我的儿子?让他死了娶你的心。"

"太太真是说笑了,这个问题该我问您才对啊。刚刚您是阿么进的这个门,不会这么快就忘了吧?"

土司太太怀里的虎斑猫尖叫了一声,跳下地跑到桌子底下去了。土司太太眉头微皱,厉声道:"吉门索!看来我是太厚待你了呀。你最好记着一点:弯过头了要折,拉过头了要断!我都已经改三年为奴期为一年,放你出府了,你阿么还是回来了?好不容易看到阿须厚跟尼尕定了亲,你这一回来,一切都白忙了!你这翻手为云覆手为雨的本事,还真是让我刮目相看哪!一会儿是蓝脸丑女,一会儿又成眼前这个你了,怪不得阿须厚被你迷得神魂颠倒的。要知道你有这样的手腕,我当初就是拼了老命,也绝不会让阿须厚接你进府!"

"要真能这样,吉门索谢谢您了!尊贵的土司太太,在您的眼里,这富丽堂皇的土司府也许是世间最好的所在,吃得好,住得好,丫鬟奴才天天只围着你们一家人转,彩虹镇所有的好东西全紧着你们一家人用,你们是恨不得连天上的太阳月亮都只照着你们这一家吧?可我告诉您,我以一个彩虹镇小老百姓的身份告诉您，我们不稀罕！在你们的眼里这土司府是人间的香仙巴郎，可在我吉门索眼里，这偌大的土司府就是人间最可怕的地狱！它吃人不吐骨头，它是杀人不见血的刀！姚马村的陈家人，也是因为那里的土司敲诈搜刮太重，只得逃离了大通的陈家台，流浪至此。不说远的，就说说你们东府土司的事，才只有十六岁的五十六一年到头辛辛苦苦为你们放牛，却连一顿饱饭都吃不上，就因为偷宰了一头牛，肉还没吃上两口，就被你们夺去了生命。妲兰索，流尽了半世的汗水为你们挑来赤列布山的甘泉水，就因为私自放我上落凤坡，被你们活活打死。他们有何辜？他们有何错？究竟犯了多大的王法，要施予这么重的惩罚？"

吉门索眼中的凛然之气震住了土司太太，她张大了嘴，半天说不出话来，只愣愣地看着她。

吉门索感觉到自己的手在颤抖，心也在颤抖，往事历历，一切并没有远去，全都封存在内心深处的一个角落里，一旦扯出来，便是无可回避的痛苦，排山倒海一般汹涌而来。

"如果可以让我自己选择，我宁愿从来没有认识你的宝贝儿子。现在，我被他囚禁在这人间炼狱，不知道重伤的拉仁布怎么样，不知道可怜的旦见索怎么样，还有……我可怜的塔塔，也被你们的人两棍子打死了，埋在那么遥远的库库诺尔湖边。

我尊贵的土司太太，你不是一向以老好人自居吗？你的好呢？你的善良呢？难道只是做给外人看的？你可当真是'嘴里嘛呢和叭咪，心里刀子和锥子'！我们究竟要被你们逼到什么程度，才算是个头？你如果真是个好人，请你去劝劝你的宝贝儿子，放过我和拉仁布吧！只要你劝得动他，我用我的性命起誓，我和拉仁布走得远远的，这辈子都不让你的儿子找到我们！"

吉门索凝神看着土司太太，见她慢慢缓过神来，理了理鬓角的头发，拽拽枣红色的绸缎坎肩衣角，起了身，来到吉门索面前，静静地看了她好半天，这才扬扬嘴角，"行！算我没看错人。"

吉门索心里突地腾起一股渺茫的希望，眼里慢慢有了光亮，默默地看着土司太太，仿如把整个的命运都交到了眼前这个老太太手里。谁知土司太太却话锋一转，"不过，恐怕我不能随你的意了。经你刚才这么一说，我好像也有点喜欢你了，要遇上你这么个聪明的阿姑不容易，有你襄助，阿须厚的土司之位会更牢固。我不再劝我的儿子放弃你了，但……我要阿须厚答应先娶尼尕做正夫人。"

见吉门索依旧没什么反应，土司太太抱起桌子底下的虎斑猫，对着吉门索的背影高声道："我这个条件，阿须厚一定会答应的。因为我看得出来，我的儿子是真喜欢你，我可不想让他难过。"

土司太太走了没一会儿,兰索端着碗药进了门。是少土司的吩咐,吉门索红肿的眼睛必须吃点药了。

兰索看着枯坐在炕沿的吉门索,轻叹了口气,放下药碗,沉声道:"我在门外听到你说的话了。吉门索,我真的没有想到,你比我们任何人都看得明白。原来的我,一直以为能靠上少土司就算是飞上枝头变凤凰了,现在看来,当初的我真是鬼迷心窍了。"

吉门索看看她,没有说话。

"吉门索,你千万不要放弃!我想这世上最珍贵的,就是拥有一个阿吾的真心。你和拉仁布这样好,腾格里不会绝了你们的路的。"说到动情处,兰索情不自禁握住吉门索的手,"山不能相逢,人不能相离。你和拉仁布,就是那不能相离的人。只要人还在,就总还是有盼头的。"

吉门索被她的最后一句话说动了,心里生起一股苦涩的希望。她反握住兰索的手,憔悴地笑了笑,"谢谢你兰索!在这样的时候肯跟我说这些。"

正这时,吉门索的阿吾和新阿姐来了。吉然斯让是娘家舅,少土司准许他和腊月花进土司府看望未来二太太。

阿吾吉然斯让在吉门索的门口打了个照面便和管家仁欠去

了后院，吉门索的眼神让他本能地想逃。腊月花带着一个多月前在土司府门口揭下吉门索的蓝色面具时的得意神情，走进了吉门索的房间。吉门索坐在炕沿没有动，静静地看着腊月花一步步向她走来，坐到炕桌另一边的炕沿，一直带着笑意看着她。

"哟，妹子，瞧你这个样子！马上就要当新阿姑了，阿么还不见个笑脸呀？"

吉门索的头又开始疼了，这次不同以往，肿胀感越来越重。她不由垂下眼睑，不愿再看腊月花，心里却是苍茫茫一片了。

兰索看着吉门索难受的样子，不满地看了眼腊月花，将炕桌上的药端给吉门索，"快喝了吧，喝了能舒服点儿。"看吉门索接过了，兰索便告辞退了出来。

"不想知道拉仁布怎么样了吗？"

吉门索猛地抬眼看着腊月花，放下药碗急切地问道："他怎么样了？没事吧？"

腊月花一脸事不关己的笑容看着吉门索，从怀里掏出一方白帕，放到了炕桌上，轻轻推到吉门索面前，"你自己看看吧！"

吉门索急忙拿起白帕，当她打开来，看到上面是一大摊已经发干发乌的血渍，身上的血直往胸口涌。她颤着声道："你找过他了？"

"没错！我前两天去看他了。他可真是糟糕呢，躺在土炕上一动不动,我看也就剩半口气了,这帕上的血,也是他咳的。"

"那天他不是没事吗?阿么会变得这么严重?"

"嗨,落凤坡那天看着是没事,可你也不想想,堆了那么多那么大的石头在身上,任是铁打的身子也扛不住啊!他也只是外面看着没事,听说里面的肺啊肝的,全都给压坏了,好像是压烂了什么的,我也不是很清楚。"

吉门索极力控制着自己的情绪,可是眼泪却还是不听话地涌出了眼眶,串成两条线全滴到了手中的白帕上。白帕上已经干了的血渍在眼泪的浸渍下又湿润了,慢慢渗出点红色来,越发夺目地映进吉门索的眼睛里。

她的眼睛开始疼了。

"你到底跟他说了什么?"

"啊?"腊月花一惊,用更密的笑声掩饰着自己的心虚,高声道:"我能说什么呀,我可是你的新阿姐,就算真说了什么,也是为你好,为你阿吾好,为我们这个家好,你……"

"更为了你自己好吧?"

腊月花一怔,瞪大眼盯着吉门索,见她只是看着血帕。腊月花突又笑了,"你想说什么呀?我阿么听不明白了。"

吉门索用袖口擦掉眼里的两汪泪水,她没有注意到,自己白色的袖口已染了血色。她双手握紧那方血帕,慢慢看向腊月花。腊月花的脸重叠成了两个,吉门索用力甩甩头,沉静地说道:"从我为奴期满出土司府那天开始,你的手段就已经开始了是不是?腊月花,事到如今,你又何必再隐瞒?既然敢做,就应该敢当。"

腊月花心里一震,笑容慢慢僵在她的嘴角。她没有迎上吉门索已布满血丝的眼睛,起了身来到木格窗前,"话既然都说到这个份儿上了,我也不怕告诉你。吉门索……"她回身紧紧盯着吉门索,"有个事,我想你应该知道。就在前天夜里,拉仁布……死了。"

吉门索脑子里"嗡"的一声,身子摇摇欲坠,眼前的一切慢慢变成一团一团的光影,"你一定要这么坏吗?"

腊月花绽开她惯常的媚笑,"哟,这可怪不得我!拉仁布是因为受你的牵连才被堆石头死掉的。你当初要是好好答应少土司的婚事,不闹什么逃婚私奔的戏码,拉仁布还好好放着他的羊呢!"

吉门索慢慢动摇了,茫然地瞪着腊月花,眼前的光影渐渐转暗,脸上的表情竟不像是伤心,而是一片全然的麻木。她缓缓起了身,手中捏着那方血帕,看着腊月花,腊月花已变成了千千万万个叠影。

"他死了?"吉门索双眼发直,声音虚软而空洞,"你是在告诉我，拉仁布他……已经死了？"

暂失的意识缓缓凝聚，吉门索的神情也渐渐痛楚起来，她开始摇头，拼命地摇头，企图甩脱腊月花所说的消息，甩掉眼前的一团团阴霾，却只摇碎自己一脸纷呈的泪珠。

"你骗我！你也太恶毒了！"她骤然爆出一连串痛极的嘶喊："我不信！我绝不信！"喊声未绝，她已掉头往门外冲去，一路狂叫："拉仁布！拉仁布！拉仁布……"

管家仁欠早带人闻声赶来，合力拦住了吉门索，但她仍死命挣扎，哭叫着，双手到处乱抓，"放开我！我要去彩虹村！让我走！让我去看看到底是阿么回事儿！你们放手……放手……"

"你不用去了！"腊月花追出门来，高声对吉门索喊道："他已经下葬了！"

吉门索猝然回头，泪痕狼藉，双目圆睁，那双眼却已没了焦点。她几乎已濒临疯狂的边缘，"不可能！除非我亲眼看见！腊月花，我不会再相信你了！"

"是真的！拉仁布真的死了！"

阿吾吉然斯让突然从管家身后窜了出来，看着方寸大乱的吉门索道。吉门索神色惨然地呆立在原地，如同刚聆听过死刑宣判的犯人。四周真的是安静极了，一种空洞如死的寂静。一时之间，她不知自己置身何处，甚至也听不见风过树梢的声音，唯有拉仁布曾经的笛声,从四面八方回荡而来。

吉门索什么也听不到,什么也看不到了。她投注在阿吾吉然斯让脸上的目光空空的,那目光像是穿过了他的身体,聚焦在了很远的另一处。

乘这当际,管家已命兰索和其他几个丫鬟将吉门索搀回了房间,房门再次上了锁。

吉门索仿如灵魂出窍般,呆呆地站在那儿,一动也不动。

此刻,她的眼里只有漫天风沙,泪水洒遍整个沙漠却换不来一束花开。

她还要继续吗?她还能继续吗?生命里所有的光亮都将随着拉仁布的永远离去一起消逝,她就要死了。

是的,她就要死了。一直以来,她都好怕这一天的到来,怕自己先死了,留拉仁布一个人孤独地活在这世上。可真的到来了,却一点也不怕了。是的,不怕了,如果能真的结束了,倒解脱了。

只是,她就是死,也不要死在这土司府里。对!她不能死在这里,死在这块肮脏的地方。拉仁布!对!去见拉仁布最后一面!拼了命也得去!

"混账东西!谁让你们告诉她的?想死吗?"

门外是少土司训斥吉然斯让夫妇的声音,他透过门缝看了眼呆坐在炕沿的吉门索，回头看着吉然斯让道："成事不足，败事有余的东西！她要没事则罢，要是有事，我要你们夫妻俩陪葬！"

吉然斯让只是低头无语，腰一点一点往下弯。腊月花心里一个激灵，看着这样的少土司，听着少土司这样的话语，心里顿作冰封一片了。

少土司甩袖进了门，看着雕塑一样的吉门索，默默地拉了小木凳坐到她面前，看了一会儿，这才柔声道："你为拉仁布受尽煎熬，我何尝不曾为你肝肠寸断？谁知道他会突然死了，如今看来，到底是他福浅命薄，你俩无缘白首啊！"

吉门索枯坐无语，静静听着，一动也不动。

少土司走到她面前，软声道："吉门索，难道你不觉得这一切都是腾格里的旨意吗？天意不可违，我们两个，是天作之合！"

吉门索颤巍巍地站起来了，抬起头来，直视着少土司，却找不到焦点。她那白纸似的脸上，像罩着一个面具，一点表情都没有，眼睛像两口黑色的深井，黑黝黝的深不见底。张开嘴来，她用幽幽的、慢慢的、不高不低的声音，平平板板地说："'红嘴鸦的嘴虽红，全身却是一色黑。'狩猎者面对到了手的猎物，往往喜欢用怜悯代替跋扈，故作宽厚大度。少土司，收起你的这套把戏吧，对付那些等待你垂青的女人，也许很管用。"

少土司脸上的笑容不见了，温情不见了，刚待发怒，只听吉门索道:"要我心甘情愿嫁给你,只一件,我要去祭奠拉仁布!要不然,你得到的,只能是我的尸身。"

少土司冷哼了一声,"你别吓唬我!我时刻让人守着你,看你阿么死!"

吉门索毫不迟疑,一把抽出针线筐里的剪子举在了自己的脖子上。少土司心里一个激灵,上前死命拽住了她,急道:"好好好!依了你,行吧?不过,咱俩两天后就拜天成亲。"

"行。祭奠拉仁布,也在那一天。"

少土司见吉门索一脸决绝,也只得点头答应。反正到了后天,他有的是办法。

40

在一片吵嚷声中,迎亲队伍已经浩浩荡荡向着土司府而来。先是举着"喜"字和华盖的土司府土兵仪仗队,然后是土司府的乐队,乐队后面,是身穿绛紫色土族长袍骑着白马的新郎官少土司,再后面,是分成两列的十八个送亲姑姑,全是土司府的丫鬟。再后面,是骑着枣红马盖着大红盖头的新娘子吉门索。她头上的红盖头描金绣凤,华丽极了。再后面,是两列眉清目秀的阿姑。所有的队伍,连丫头带送亲姑姑,都身着崭新的五彩花袖衫，头戴插花的礼帽。在深春灿烂的阳光下，真是明丽耀眼，使人目不暇接。

围观的百姓们一见到新娘子的枣红马出现，就更加兴奋了，大家拼命地往前挤，都挤到迎亲队伍前了。管家仁欠带着上百名土兵和土司府的家丁，在现场维持着秩序。这些人手中都拿着一根木棍，分站在道路的两旁。棍子上都系着红缎带，他们横着木棍，拦住两边的群众。管家仁欠不住地对人群大声喊："别挡着路！今天是少土司的大喜日子，你们可别不识趣地上来挡他的路！"人群往后面退了一些，可是，棍子一个拦不牢，人群就又蜂拥而上。常常一大堆人都摔跌到石板路上来，场面简直难以控制。

吉门索高坐在枣红马上，眼观鼻鼻观心。喜帕蒙着头，她正襟危坐，一动不动。马走得不快，她几乎要着急了。天气很热，她那戴着钱达和绣花腰带，里三层外三层的嫁衣下，早已是香汗淋漓。这一路上，她听着那吹吹打打的鼓乐声，心里是翻江倒海，思潮澎湃。用不了多久，她就可以见到拉仁布了！就算是死，也得见他一面再死。为了这样一份念想，她答应了少土司的亲事。只有腾格里知道，她是怀着怎样的心情，穿上嫁衣，盖上红盖头，骑上枣红大马，走上这条路的。然后，她感觉到枣红马的速度放慢了，听着周围的人声鼎沸。阿么回事？还没

含泪出嫁

到山上啊！

这时候，鼓乐声戛然而止。

接着，是管家仁欠在高唱着：

"请新郎下马！"

"请新阿姑下马！"管家仁欠再唱。

天气太热了，白花花的阳光映着那红色的喜帕，炫耀得吉门索满眼都是亮亮的红。她的头晕晕的，还在怔忡间，两个送亲姑姑已经伸手上来要扶她下马。

吉门索甩开那两双手，晃晃头，透过红帕看看周围的情形，在她的正前方，赫然是土司府的大门。她心里一惊，一把扯掉头上的红帕，怒瞪着就在她三四步开外的少土司，"人活脸，树活皮！难道你又要食言吗？"

少土司高声大笑，慢慢走近吉门索，仰起头看定她，"如果我没记错的话，我答应的是你可以去看他，不过，得等拜过天后再去。请吧，我的新阿姑，可不要误了吉时啊。"说着上前要抱她下马。吉门索情急之下从另一边下了马，因为在马上坐了太久，双腿都有些发软，下马时，忍不住趔趄了一下，倒在了地上。这半刻工夫，少土司已来到她的身边，搀住了她。吉门索挣开他的搀扶，自己站了起来，拍拍身上的土，看着少土司，心想到了这会儿，再跟他生气也无济于事。

"先让我上山吧！对我们今后的日子而言，他是过去，我总得和我的过去道个别，才算有个了结。难道，你要让我带着那么多和他有关的回忆嫁给你吗？"

少土司目不转睛看着她，似是想要看进她的心里去。让她上山，这太冒险了。可她说的，也不无道理。正犹疑间，土司小姐达兰来到他身旁，"阿吾，吉门索只是想见拉仁布最后一面罢了，这么一点小小的心愿，你都不肯答应吗？她以后可就是我的新阿姐了，人都是你的了，你还怕什么？"

少土司被妹子说动了心，心里虽还有狐疑，但看吉门索眼中的坦荡，此刻又是众多喜客在场，再看身旁的妹子一心只为吉门索帮腔，坚持下去，怕是下不来台。

吩咐下人们牵了马来，众人簇拥着，送吉门索上赤列布山。

老人们常说，土乡的阿姑要会三个哭，一是要会哭出嫁，从三更哭到上了白马，哭落星星哭出早霞。二是会哭阿舅升天，泪一把来涕一把，五里外哭进阿舅家。三要会哭殁爹娘，三天三夜嗓子哭哑，哭出了满腔的血花花。

吉门索一不哭出嫁，二不哭阿舅，三不哭爹娘，不呼天地不叫佛，一声声哭给拉仁布听。妹子赶来祭阿吾，满心的爱，满腔的恨，早已结成寒冰。

拉仁布就静静地坐在齐腰高的"塔布"①里，坐在赤列布大山的怀抱里。无情的人世夺去了他的性命，有情的天地却接纳了他的魂魄。吉门索收住哭声，仔仔细细地看着拉仁布，他的面貌依旧栩栩如生，好像只是睡着了，并不曾离她而去。

拉仁布阿吾，你别走

只要能够救活你

我用泪水洗你的伤口

只要你多留一留

我用血浇灌你的心头

拉仁布阿吾，你别走

阿吾啊阿吾，等我一等

让我俩

同把这阳世路走完

---

① 塔布：即土族人的火化炉。塔布要用土块砌成，其形为圆形灶，腰部稍大，里面呈三角形置三个土块墩，用于放置亡人遗体，下面留四个能添柴的小洞。塔布东沿留些豁口，待放入遗体后砌合。

少土司冲着管家仁欠使了个眼色,管家仁欠会意,来到拉仁布的塔布前。早有几个土兵上前强行拉起了吉门索,将她带到了一旁。管家回身面朝众人高声道:"刁民拉仁布死有余辜,他烧毁了土司马场,烧死了少土司的爱马,偷拐了少土司的花朵。犯上败俗天不容,死十次,也是罪有应得!这样的人,不能土葬装棺材,土地爷要被他玷污。不能天葬高山顶,腾格里要遭他亵渎。不能水葬入河里,龙王爷也嫌他臭恶。他不是喜欢放火吗?那就用火烧!今天把他烧成灰,连魂魄都化成粉末!"

人群中有不小的骚动,百姓们不知道真相,被管家仁欠的话唬住了。这个时候,寺里的大喇嘛官布走到拉仁布的塔布前,敲响了除孽法鼓。百姓们纷纷跪倒,都道:拉仁布啊拉仁布,你惹下了烧身的大火……

火已点起,浓烟滚滚直上云天,蓝蓝的天空因这浓烟变得暗淡。红衣大喇嘛的咒经已经念过千百遍,却奈何拉仁布的遗体始终烧不着。跪着的百姓们纷纷窃窃私语,心道这是怎么回事?莫非拉仁布有冤情莫白?

这时,天空突然风云大变,不时便飘飘洒洒扬起了雪花。四月飞雪,在青海高原也不是没有过。只是这原本晴天丽日,转眼下雪,却也是少见。人群中响起不小的骚动,人们窃窃私语着。

生死别

"你瞧，大喇嘛的咒经不灵了，拉仁布的魂魄也没有被火烧掉，连腾格里也为拉仁布送葬呢……"

一位白发阿爹冲身旁的小伙子轻声道："尕娃，见了没？阿爹我死后，你也将我火化高山。"

尕娃不解地看着自己的阿爹，疑惑道："为啥？阿爹难道要受地狱苦，让三魂九魄升不了天？"

白发阿爹轻捻银须，看着冲天的熊熊烈火，沉声道："那天堂，是富人们的宫殿。在人间的时候霸占我们的土地修建他们的乐园，死下了还想要占天呢，唉……"

谁又能想到，土族人的火葬从此始，一代代传了下去。

少土司见状，急忙命人再加柴火，"我还就不信了，烧不着你一个卑贱长工的肉身！"

吉门索手上落下了一片五瓣雪花，好容易止住满腔的泪水，从巨大的悲痛中苏醒过来。一回头，看到的却是依旧一脸得意模样的腊月花和站在她身旁回避着自己目光的阿吾吉然斯让，吉门索不由想起了前夜桑杰来找她说的话。自打妲兰索走后，桑杰整个人像霜打的油菜花，没有人样。他麻木的脸上再也没见过笑容，隔着上了锁的木门，对门内的吉门索道："两天前的黄昏时候，我正在马场整理草料，正巧看见少土司找来了吉然斯让。我藏到草料后面听了个清楚，是少土司派你阿吾去落凤坡杀了拉仁布。"

吉门索的心里像被猛地塞进一块大石头，沉沉的不能自已，一个踉跄跌坐在地，却听门外的桑杰接着道："有件事我一直想不明白，少土司阿么知道拉仁布那天夜里会去落凤坡。就在刚刚，我终于想明白了，那天晌午时候，白崖的达杰来后院找过管家仁欠，他们一直在小声说话，我没听清楚，但有三个字我却听得清楚，落凤坡！

"那个达杰，已经是白崖舍房的收粮人了，昨天我还见他来找少土司……"

桑杰走后，吉门索一夜无眠，早把事情的来龙去脉都想了个透彻。

"腊月花，你用我的眼泪换珍珠，你用我的血肉换珊瑚，你用我的骨头换白银，用我的痛苦换你的富贵。口口声声说为了我，其实你只爱你自己。你把我当做上马镫，跪在地上任你踩。阿吾啊阿吾，人人都说你是耿直老实人，可你没叫声却能咬死人。你曾经忍气吞声受人欺，如今你反过来欺人，甚至杀人。拉仁布与你何冤何仇，至于你下这样的狠手？你啊你，该记的仇不记，却对善良的拉仁布下手。你去抱土司府的大腿，可你难道忘了，当年，就是土司府害得我们家破人亡呀！"

看着躲在人群中低头不吭声的阿吾吉然斯让，吉门索摇摇头笑了，冲着他高声道："好啊，你不是要拿我换你们夫妻俩的荣华富贵吗，你只管拿去换了！你不是算盘珠子打得响吗，当着乡亲们的面，你和少土司议议价，算算看，看看你，能换个多大的官？"

吉门索面对着满山看热闹的人们，朗声唱道："乡亲们，这样的骨肉太凶残！杀了拉仁布又害我这妹子，虎狼见了他也会羞死！吉然斯让夫妻真是一丘之貉呀。腊月花！"吉门索怒瞪着新阿姐，急声唱："你费尽心计，老谋深算，下了套子又使绊，挑起了吉然斯让的杀心！你乱点邪火吹阴风，落凤坡前，让吉然斯让谋害了拉仁布的性命。桩桩件件是血泪，哪一桩，不是你的罪证！"

腊月花脸色惨白，直往人群里躲。她身后不远处，却是两汪泪泉的旦见索，已是怀抱婴儿。吉门索心里一软，投去温柔的一瞥，看到她身旁的达杰，眉头不由一皱，心道："万能的腾格里，护佑软弱善良的旦见索吧！别让毒蛇一样的腊月花破坏她的幸福！"

土司小姐达兰走上前来，站到被土兵押着的孤零零的吉门索面前，"放开她！"

两个土兵看了眼面色难看的少土司，见他点了点头，便放开了吉门索。达兰看着吉门索沉声道："吉门索，你也别太伤心了。

拉仁布的死有蹊跷，我一定会查清楚，还他一个公道！你且放宽心，祭奠过拉仁布就回吧，再怎么样，你也已经是我阿吾的新阿姑了。"

吉门索凄然地笑了，看着土司小姐达兰高声道："公道？这世上还有公道吗？达兰小姐，你是个有善心的阿姑，我替拉仁布谢谢你的这份心。只是，你说错了一句话，我不是你阿吾的新阿姑，永远也不会是！"说着当众脱下了身上重重叠叠的嫁衣扔到了一旁的火堆里，只剩下一件黑色长袍，那是土族人参加葬礼时穿的。接着，她取下头上的一应首饰，只留满头青丝静静地流泻而下。一转身，看到了一身新郎装的少土司，她平静地看着他，一把将手中的银制头饰扔到了他面前的草地上，却不想对他说什么。

少土司一步跨上前来，伸手就掐住了吉门索的胳膊，他那每天练功夫的手指和铁钳一样硬，紧紧地箍住了她，"原来你是早有预谋啊！穿上衣服！"他命令地低语，"你做出这副样子要给谁看？我就说不能让你上山，回去我跟你好好算账！"少土司咬牙切齿道："走！"

吉门索使尽全力想要挣脱少土司的钳制，一边脚步踉跄着走了几步，像一个被押解的囚犯，被迫地跟着少土司走。情急之中，吉门索低下头咬住了少土司的手，用力地咬住了，将所有的恨都集中在了咬他的嘴上。少土司吃痛松开了手，乘这工夫，吉门索又回到了拉仁布的遗体前，她转回身，面对着拉仁布，"腾格里啊，万能的腾格里，你可知道，在你的凝视下，还有多少我这样的阿姑？你可想过，还有多少人，愿为土司老爷去筑墙吃喝？你可明白，可怕的不是狼，一见它，三岁的孩子也认得。世上最可怕的，是想当狼的狗，在人群中，披着狗皮藏着狼心。"

看着又要走近的少土司，原本淹没在人群里的兰索突然窜到了少土司前面，"少土司行行好，就让吉门索安心祭奠一下拉仁布吧！人死为大！"谁料少土司却倏地一个巴掌打在她脸上，力道之大让她整个人倒向了一旁，几个送亲阿姑忙上前搀起了她。

吉门索见状，大声唱道："吉门索犯的哪家法？拉仁布又曾害过谁？不是我俩犯王法，而是王法犯了我们呀！这万恶的人世，我可怜的姐妹们，满腔的眼泪又垫得平几多坑？"

少土司的脚像被钉住了，迈不开步子。吉门索的眼睛里流出来的，是血泪！满天的飞雪中，吉门索血红色的泪水是那样的触目惊心，所有人都看见了，所有人都呆住了。

吉门索全然不顾眼睛的血管已经爆裂，依旧哭着唱着，哭了一阵，唱了一阵，慢慢静了下来。山水静穆，似也被吉门索的哭声哭软了心。她抬头看看巍峨的赤列布山，雪山高耸，清泉汩汩。谢谢多情山水养育我，二十三年恩情难报，赐我青稞和鲜奶，红花香草，赐我飞雪和雨雾，赐我春风日照，赐我四季不歇的雨露。赐我缭绕的桑烟，赐给我甜美的爱情和开怀的欢笑。如今我就要死了，就死在你的怀中。多情的赤列布山啊，我们是你的儿女呀，死后，我们的魂魄还把你紧紧缠绕。

一低头，一眼瞧见了她脚边的一丛雪里蓝。哗！这个本该在秋日里盛开的花朵，居然绽放着最美的容颜。那蓝色的花瓣在微风中对着她轻轻起舞，令人心碎的美丽。吉门索不由展开笑颜，蹲下身轻轻抚住那娇嫩的花瓣。美丽的雪里蓝！你曾是我和拉仁布的媒人啊，因为有你，我才知道了拉仁布的真心。也因为你，我过了那么多年宁静安详的日子。直到后来你离开我，我的一切都变了样。想来，你才是我的幸福使者呀。但愿，但愿来世还有你相伴，我就可以早早地遇到拉仁布了。

不经意抬头，见不远处的悬崖上，数不清的紫蓝色雪里蓝你挨着我，我挤着你，爬满了山坡上、草丛间、石岩缝中……在深深扎进地下的根系上抽出嫩芽，发出细茎，一对对叶子冒出展开，把山崖染得格外绚烂。雪里蓝长在这远离喧嚣、空气清纯的山间，它显得那么高洁，一尘不染。那独有的蓝色，分明就是燃烧不熄的精神之火，给此刻的吉门索带来了一股深深的暖意。

吉门索慢慢地解开胸口的衣扣，轻轻地掏出那枚玉雕的雪里蓝，夹着它双手合十，冲着高耸的赤列布山"扑通"跪倒，郑重地祈祷：

　　雪里蓝，圣洁的雪里蓝

　　保佑我，保佑我和拉仁布

　　来世，不！永生永世

　　都能相知相守

　　不离不弃！

起了身，吉门索拿起火把，待要点燃塔布四个小洞里的柴火，这才见塔布周围一两米之内都黑漆漆的，不是原本该有的土色。怎么回事？

这时，玲花婶子颤声远远地哭道："吉门索，我可怜的吉门索呀，拉仁布不肯走啊！他的遗体早就被少土司派来的人烧了三天三夜，还是烧不着啊！我知道，阿妈知道，他这是在等你啊！没能见你最后一面，他死了也闭不上眼哪！"

吉门索用黑色袖口擦去满脸的血泪，看着人群中被土司府的土兵拦着不让上前的玲花婶子，冲她点点头，笑了，"我知道，阿妈，我都知道！"

拉仁布啊拉仁布，你若魂魄有知，等等我，千万等等我……黄泉路上孤寂难耐，吉门索给你搭伴。

当塔布内的柴火被点燃时，吉门索口念六字真言。她不会念诵光明指路经，但相信天上诸佛有灵，会明白她的心意。她一边念诵真言，一边往火化炉中浇酥油、投放五种白色粮食、直木棍子，祈祷拉仁布的魂魄能够找到光明的路径，径直到达香仙巴郎极乐世界。

塔布里四个小洞的火堆全都燃起，熊熊烈火中，拉仁布的遗体安然无恙，冲天的火势却无法点燃他的肉身。

吉门索伸出袖子一把擦掉眼里再次流出来的血泪，一脸决绝站起身，冲着红烈的火焰高声唱道："拉仁布你听着，你不着来我知道，阳世里舍不下我吉门索，等我和你一起烧。清白身子舍给你，一块烧到天地老。好阿吾，我来了！"

少土司心里一个激灵，待要上前去拦，只见血一样红烈的火堆前，吉门索绽放了这一世里最灿烂的笑容。一旁的少土司感觉全身一震，这样美丽的笑容，这样绝世的风采，怕再也不会有了。而这笑容，这风采，从来不曾向他绽放过。

当他伸出双臂想要抓住吉门索时，一切已经来不及了。

当吉门索纵身投向那团赤色的火焰时，人们分明看到了一个浑身是光的仙子飞向了原本属于她的圣火。

少土司蓦然醒觉，震撼与悲痛，都达于极点。他目瞪口呆地跪倒在那儿，接着，就双手握拳，仰头狂喊：

"吉门索……"

紧接着是土司小姐的一声高喊："拉仁布……"

他们的呼声，穿透了云霄，直入苍天深处。山谷中震荡着回音，似乎天摇地动。但是，无论怎样强烈的呼唤，都再也唤不回拉仁布和吉门索了。他们在烈火中平静地依偎着，两人的唇边，都带着微笑，把人世的纷纷扰扰，是是非非，恩恩怨怨……一起都抛开了。

"世间，再也不会有这么美丽的死亡了。"一身红衣的土司小姐达兰跌坐在地，呆呆地说着。

人群静默了。

天地静默了。

在漫天漫地的静默中，土司府的十八个送亲阿姑默默地取下身上的五彩袖，取下盘绣的衣领，脱掉艳丽的坎肩，摘下插花的礼帽，一身黑衣静静地上前，默默地跪倒在了那堆大火前。她们的神情肃穆，凝重，仿如十八个雕塑。只听为首的兰索高声道："拉仁布阿吾，吉门索阿姑，慢些走啊！让我们哭哭你俩！"紧接着，十八个阿姑齐刷刷地哭祭道：

来到深深的巷道，

巷道里面冷冷清清，

进去白色的庄廊，

庄廊里面冷冷清清，

进去雕花的房屋，

房屋里面冷冷清清，

我们正直勇敢的拉仁布哟，

怎么不见你的身影！

我们美丽善良的吉门索哟，

怎么难觅你的踪迹？

从此以后，

羊儿饿了谁护？

花儿红了谁赞？

迎接我们的只有眼前头空旷的庄廊，

迎接我们的只有双眼里滚动的清泪，

迎接我们的只有内心里无限的哀思。

……

大火燃烧了一天一夜，终于在第二天的太阳升起时，化为灰烬，被风一吹，什么都没有留下。

双双飞过万世千生去……

只有那丛雪里蓝，孤独地绽放着，在满天红霞照耀下轻轻起舞，散发着紫蓝色的慑人光芒。

紧接着，赤列布山顶出现了两架美得让人心碎的彩虹，一明一暗，一显一隐，互相映衬，相依相傍。人间不能得圆满，香仙巴郎天界里，到一搭了！

第二年的春天，落凤坡前，拉仁布和吉门索燃烧过的地方，长出了一对合欢树。两棵树以惊人的速度生长，仅仅一年的时光，就舒展腰枝，给树下的那两块石头遮阳挡雨。那两块石头，是拉仁布和吉门索曾经坐过的石头。再后来，拉仁布和吉门索的故事渐渐传播开来，经过天长日久的岁月，变成了美丽的传说，赤列布山慢慢变成了神山，人们敬畏它，也爱戴它。逢年过节，桑烟缭绕，老人们常说，在落凤坡前烧过香磕过头，来年定能风调雨顺。老龙王的雨水，可都藏在赤列布山神的怀里呢。